내일의
어제로

내일의 어제

펴 낸 날 2024년 5월 27일 초판 1쇄

지 은 이 김현주
펴 낸 이 박지민
책임편집 민영신
책임미술 롬디
마 케 팅 박종천, 박지환

펴 낸 곳 모모북스
　　　　서울특별시 동대문구 왕산로81, 203-1호(두산베어스 타워)
　　　　전화 010-5297-8303 팩스 02-6013-8303
　　　　등록번호 2019년 03월 21일 제2019-000010호
　　　　e-mail pj1419@naver.com

• 책값은 뒤표지에 있습니다.
• 잘못된 책은 구매하신 곳에서 교환해드립니다.
• 모모북스에서는 여러분의 소중한 원고를 기다립니다.
  투고처: momo14books@naver.com

내일의 어제로

김현주 지음

목차

모모랑

"나 이혼하려고."

선우는 입술을 오므리고 반쯤 감은 눈을 떨구었다. 갈색 눈동자가 왼쪽에서 오른쪽으로 흘렀다. 오른쪽 엄지손가락 손톱을 이로 잘근거리던 선우는 조절 능력을 상실한 채, 마치 시선과 눈빛을 잃어버린 사람 같았다. 보이지 않는 발자국에 쫓기다가 막다른 골목을 본 사람처럼. 마주 앉은 정민이 아무런 움직임 없이 카페 통유리를 통해 반사된 햇볕에 눈을 찡그렸다. 살짝 다시 뜬 실눈 사이로 선우의 지난 시간이 겹쳐 보여 정민은 머리를 가볍게 흔들었다. 바깥에서 안으로 침입한 햇살이 반짝, 선우와 정민 사이에 다시 내려앉았다. 침입자는 슬금슬금 선우의 눈에 한 번, 정민의 입술에 한 번, 다시 선우의 콧방울에 올라 흘러내렸다.

선우가 지호와 이혼하겠다고 말한 건 처음이 아니었다. 이

번엔 처음보다 진지했다. 무미하고 건조하게. 선우가 결혼한
지 삼 년 정도 지났을 때였을까. 선우는 헤어지겠다, 그만하
려고, 더 이상은 못 살겠어, 같은 표현으로 에둘렀는데 이번엔
이혼이라는 두 글자를 썼다. 정민은 그때를 다시금 떠올려 보
•았다. 선우가 지호를 부숴버리겠노라고 장난기 가득한 말투
로 말하고 아무 일도 일어나지 않은 채 네 번쯤 계절이 바뀌었
다. 계절이 바뀌기 전 어느 아무 오후에도 선우와 정민은 조용
한 카페에 마주 앉았었고 전에 했음 직한 안부를 닮은 이야기
를 적당히 주고받다가, 컵의 얼음이 다 녹아 음료의 색깔이 혼
탁해질 때 즈음 결혼 생활이 힘들다고 했다. 한 시간이 넘게
요점 없는 목소리를 늘어놓고선 둘 다 별일 없다는 듯 서로 잘
지내라는 인사를 하고 헤어졌었다.

　힘들어 죽겠다고 하지만 쉽게 죽지 않는 삶처럼, 어떻게든
얇고 희미하게 이어지는 내일처럼, 그 사람을 죽여버리겠다고
울부짖고 조금 시원해지면 증오를 잊는 것처럼 그렇게 계절은
바뀌었고 그 계절이 다시 제자리로 돌아왔다. 선우는 괜찮아
졌다고 했다가, 다시 힘들어졌다고 했다가, 헤어질까 묻다가,
맞았다고 했다가, 화해했다고 그냥 참고 살기로 했다고 눈과
입술을 수평으로 늘어뜨리던 게 마지막이었다.

　정민은 솔직히 잘 기억이 나지 않았다. 영화 속 부부 싸움

이야기와 헷갈렸던 것도 사실이었다. 몇 개의 드라마 속 이혼하기 전 처참한 싸움 장면이 섞여 떠올라 머리가 잠시 어지러웠다.

'영화 속 살인 사건을 보는 것과 실제 살인 장면을 보는 건 다르지.'

정민은 분간되지 않는 현실에 집중하며 선우를 이해하려 애썼다. 선우는 맥락 없이 장난처럼, 심지어 호탕하게 웃으며 헤어지겠다고 했던 것 같다. 애쓰고 애써 기억을 돌아보니 흐릿하게 오므리던 선우의 입 모양이 떠올랐다. 그래서 결혼 생활이 힘든가 했었다. 정민은 그래, 타인과 사는 삶인데 당연히 힘들지, 여겼다. 여느 남편처럼 술을 마시고 연락이 되지 않고 밥 먹고 설거지를 바로 하지 않고, 주말에 데이트를 나가지 않고 잠만 잔다는, 발톱을 깎고 바로 치우지 않는다는 그런 유의 불만인 줄 알았다. 결혼은 조금 거슬리는 일만 반복되어도 그 사람이 평생 내 인생에서 없어져 주길 바라기도 하니까. 하루, 이틀쯤 꺼져 주길 바라는 마음은 금방 잊어지고 보통의 결혼 생활은 진짜 헤어지지 않는 날의 연속이다.

선우는 어느 날 갑자기 연락해서 정민에게 잘 지내냐고, 만나자고 했다. 평소라면 잘 지냈냐고, 밥은 먹었냐고, 바쁘냐고 물었을 텐데, 첫 시작이 만나자, 였다. 그게 오늘이었다. 수평이었던 입꼬리에 선명하게 힘을 주고선 그렇게 됐다고.

"그렇구나."

사람은 그렇게 되는 일을 겪으면서 살아가니까. 어설픈 말로 상황을 동정하기에 선우의 표정은 명료했다. 정민은 그렇게 된 일이구나 생각하면서 그동안 흐렸던 선우 표정의 조각들을 모으고 모아 보았다.

정민의 기분이 아래로, 바닥으로, 끝으로 떨어졌다. 선우가 사는 게 힘들다고 할 때도 요즘 다들 힘들지, 말했다. 남편과 헤어지고 싶다고 할 때도 나도 그럴 때 있어, 말했다. 특별히 해줄 말은 없었다. 남편과 몸싸움을 했다고 했을 때, 그때는 제법 진지했는데 괜찮냐고 병원 가서 사진 찍고 진단서 받아 놓았냐고, 폭력은 증명되어야 한다고 다그쳤지만, 그럼 내적 폭력은 내가 미쳐야 증명되냐며 눈물을 머금고 쏘아보는 선우에게 아무 말도 할 수 없었다.

"나도 때렸어. 일방적으로 맞은 건 아냐."

지호와의 몸싸움에서 일방적인 피해자가 아니라 말하는 선우를 보며 정민은 기가 막혀 손바닥으로 테이블을 한 번 치고는 기침을 했다. 잠시 침묵이 흘렀다.

"구레나룻을 다 뜯어 놓지 그랬니? 그런 놈들은 말로 맞아야 해! 말로!"

선우는 가만히 얼굴 근육을 움찔거렸다.

"힘들면 말하지 그랬어. 왜 말하지 않았어? 내가 해결은 못
해 줘도...."

정민은 들어는 줄 수 있잖아, 위로해 줄 수 있잖아, 같은 어
쭙잖은 말을 입술 아래 모았다. 선우는 그 찰나의 순간이 억울
했는지 말끝을 낚아채듯이 말했다.

"그래. 네가 해결해 줄 수 없잖아. 그리고 했어. 말했어. 이
제 터진 것뿐이야."

정민은 흩어져 있는 기억에 죄책감을 느꼈다. 아무리 노력
해도 선우의 말과 행동, 표정이 이혼으로까지 모아지지 않았
다. 약간 괴로워하는 정민에게 선우가 계속 말을 이었다.

"별로야. 말로 때리는 거. 세상에 있는 더러운 욕을 했는데
이렇게는 못 살겠더라고. 내가. 언어폭력 그거. 내가 너무 불
결한 사람이 되더라고."

정민은 선우보다 높아진 목소리를 낮추고 테이블에 올려진
티슈를 매만졌다. 그 카페의 커피잔 캐릭터에 동그란 눈과 입
이 그려져 있었다. 커피잔의 스마일, 제법 귀여웠다.

"아무 일도 안 일어났으면 좋겠어."

선우의 시선이 한 번에 정민이 매만지던 티슈로 향했다.

— 커피잔의 초록색 스마일.

"지호 그 새끼. 내가 부숴버릴 거야."

정민은 커피잔의 스마일이 망그러지게 움켜쥐고는 양손으로 티슈를 구기면서 결연한 표정을 지었다. 선우가 웃었다. 오늘 처음으로. 미처 웃음을 끝내지 못해 아직 엷게 웃음기가 있는 선우가 곁눈질하고는 말했다.

"훔칠까?"

풉.

"꼭 훔쳐야 해? 양해 구하고 조금 받아 가면 되잖아. 쓰라고 주는 건데."

"허락받는 거 이제 안 하고 싶어."

정민은 훔친 것들은 어차피 내 것이 아니기에 훔치는 것보다 허락받음이 나중을 생각했을 때 더 좋은 일이라는 말을 하려다가 가만히 그러자고 했다.

"그걸로 뭐 하게?"

"예쁘잖아. 가방에 두면 언젠가 쓰겠지. 너도 훔쳐."

둘은 엷게 웃고 낮은 한숨을 쉬었다.

정민은 찬찬히 주변을 돌아보았다. 서로를 바라보며 커피를 마시는 사람들 틈에 구석진 테이블에 늘씬한 여자가 혼자 앉아있었다. 엉덩이를 겨우 가리는 짧은 바지에 검은색 스타킹이 매끈한 다리에 밀착되어 있었다. 여자는 왼손으로 턱의

괴고 오른손으로 진동벨을 통통 치면서 커피를 기다렸고 진동
벨이 울릴 때까지 두 번 번갈아 다리를 꼬았다. 정민은 그 여
자의 구두 코끝에서 허리선까지, 허리선에서 가슴골까지, 가
슴골에서 어깨선까지, 어깨선에서 귓불까지 천천히 훑어본
후, 선우에게 살짝 눈짓을 했다.

"저 여자, 몸매 진짜 좋다."

"어디?"

선우가 갑자기 뒤를 돌아보려 했다.

"야, 너무 티 나게 돌아보지 마."

선우가 목은 그대로 고정시킨 채 최소한만 고개를 돌려 곁
눈질을 했다. 선우의 눈동자가 가장자리로 몰리면서 목에 선
명한 주름이 생겼다. 이혼을 말하던 선우에게 제법 어울리지
않는 우스꽝스러운 자세였다. 아까 떨어뜨리던 시선보다 훨
씬 더 또렷하고 강력한 순간적인 눈빛이었다.

"매끈하네."

선우도 정민처럼 여자의 구두 코에서 가슴골까지 곁눈질로
시선을 훑었다. 집중하느라 잊고 있었던 손의 건조함이 느껴
졌다.

"핸드크림 있어?"

"잠깐만"

정민은 옆자리에 팽개쳐 놓은 가방 속에 손을 넣어 안을 휘저었다. 정민의 손끝으로 구겨진 영수증과 우산, 면봉, 각질제거제, 상비약, 핸드폰 충전기, 노트, 비상용 배터리, 빗, 펜 몇개, 거울을 더듬은 후 핸드크림을 찾아 선우에게 내밀었다.

사람들은 정민에게 그렇게 다 들고 다니면 무겁지도 않냐고 물었지만, 이내 필요한 게 생기면 정민을 찾았다. 정민은 그렇게 타인의 조력자가 되는 게 좋았다.

"네 가방 보기만 해도 무거워."

"너도 이렇게 필요할 때 쓰잖아."

선우는 정민이 건내 준 핸드크림을 가볍게 짠 후 손을 비벼고르게 발랐다. 물건을 많이 머금은 볼록한 가방을 보고 선우는 고개를 저었다.

"정리는 그때그때 하는 거야."

"정리는 시간이 지나면 언젠가 스스로 되는 것도 있는 거야. 가장 나중에 진짜 더러운 것들, 뾰족하게 튀어나온 것들만 치우면 되거든."

정민은 더 이상 선우에게 의미 있는 말을 하지 않았다. 선우도 그랬다. 둘은 의미 있는 대답은 피했다. 선우는 팔을 걷고 바지허리 쪽을 내려 몸에 남아 있는 상처를 보여 주었다. 시퍼런 멍이 누르틱틱한 색깔로 변하면서 점점 나아가고 있었다.

"이제 참을 수 있는 만큼 아픈데, 보면 자꾸 그때가 생각나. 빨리 나았으면 좋겠어."

정민은 몸에 남은 상처는 증거이니 아물어 다 없어지기 전에 사진을 찍고 변호사를 찾아가라고 했다. 선우는 증거란 단어가 나올 때마다 인상을 찌푸리고는 대답을 피했다.

선우는 지난 상처보다 앞으로 찾아야 할 증거에 더 힘들어했다. 이미 끝난 멍은 스스로 나을 일만 남았지만, 변호사를 선임하고 증거를 남겨 소송을 진행하는 건 과거의 멍 자국을 후벼파면서 앞으로 선우가 적극적으로 받아야 할 확실한 상처였으니까.

선우는 쓸데없는 말 몇 마디를 늘어놓고 보니 속은 좀 후련하다고, 이런 이야기 들어줘서 고맙다고 했다. 아무것도 해결되지 않은 약간의 쓸모만 있는 대가였다. 둘은 초록 커피잔 스마일이 그려진 티슈를 잔뜩 훔쳐 가방에 넣고는 마주 보고 웃었다.

"이제 그만 일어날까? 난 약속이 있어서."

"그래? 들어줘서 고마워."

"너 집으로 갈 거야? 지호 집에 있지 않아?"

"집에선 안방에만 있어야지. 화장실이 거실에 있어서 그것만 좀 불편해. 집에선 입맛도 없어. 아무것도 안 먹어. 아직 안 방은 내 차지거든."

선우는 마치 이혼의 승자라도 된 듯 어깨를 우쭐한 후, 티슈를 훔치던 그 표정으로 한 번 더 웃었다.

"무슨 일 있으면 전화해."

아무것도 해결해 줄 수 없는 정민이 먼저 일어났다. 아무것도 해결되지 않은 선우도 따라 일어났다. 정민은 무슨 일이 없길 바랐고 선우는 조금 시원한 듯 보였다.

카페 앞에서 둘은 자연스럽게 헤어졌다. 그 시절에 헤어졌던 것처럼, 그 계절에 헤어졌던 것처럼, 그 언젠가 헤어졌던 그때처럼, 마치 어제도 헤어졌던 것처럼 각자의 걸음걸이로 등을 보이며 멀어졌다.

정민은 선우에게 지호와 앞으로 어떻게 할 거냐, 진짜 헤어질 거냐 묻지 않을 것이다. 앞으로 어떻게 살래, 잘했어, 좀 참아봐 같은 말은 더더욱. 선우가 당장 지호와 헤어진다고 해도 정민은 해줄 수 있는 게 없었다. 한번 때린 놈은 또 그럴 수 있다며 선우를 붙들면 그다음 현실적인 문제가 닥친다. 그렇게 정민의 설득에 선우가 붙잡히면 어떻게 해야 할까. 정민이 살 수 있는 공간을 마련해 줄 수도, 그렇다고 선우를 끼고 살 수 없었다. 그래서 정민이 선우를 위해서 해줄 수 있는 건 지금 진심을 다하는 일, 그 정도였다. 이혼하겠다고 말하고도 선우는 '그냥 잘 지내기로 했어.'라면서 지호와 밥 먹은 이야기, 잠을 잔 이야기를 할지도 모른다. 정민은 어쩌면 미련일지도 모를 선우와 지호의 재회를, 어쩌면 희망일지도 모를 그들의 헤어짐을 잠시 그려본 후 천천히 걸었다.

사실 약속이 있다는 건 일어날 핑계였다. 정민의 인내심은 그 정도였다. 자꾸만 꺼져가는 기분에 바깥바람을 쐬고 싶었어. 정민은 볼록한 가방을 그러안은 채 빠르게 걸었다. 혹시 선우가 따라오지 않았나, 카페 문 앞에 서서 정민 쪽으로 돌아보진 않나 몇 번이고 뒤를 돌아보았다. 거리엔 각자의 길을 가는 사람들로 가득했다. 검은색 남방을 입고 이어폰으로 귓구멍을 막은 키 큰 청년이 무심하게 정민과 눈이 마주쳤다. 정민은 그 눈길을 피해, 그의 시야에서 벗어나고자 걷고 또 걸었다.

정민은 주변 어디에도 자신을 보는 시선이 없음을 직감하고서야 바로 보이는 작은 카페로 들어갔다.

"아이스 아메리카노 한 잔 주세요."

신맛도 탄 맛도 나지 않길 바라면서 커피를 한 잔 주문했다. 정민은 카페의 가장 구석 자리에 자리하고 있는 네모난 2인용 테이블에 자리를 잡고선 낮게 한숨을 쉬었다. 두 손으로 잡아야 들 수 있을 만한 잔에 얼음이 가득한 커피가 나왔다.

정민은 가방에 손을 넣어 노트와 펜을 꺼내려 가방 안을 쓸었다. 방금 전 선우와 함께 훔친 티슈 뭉치가 보드랍게 만져졌다. 카페 안에는 손님이 없어 그 어떤 말소리와도 섞이지 않은 조용한 재즈 음악이 흘렀다.

정민은 지금까지 선우에게 들었던 이야기를 머릿속으로 복기했다. 생각할수록 기가 막힌 사연이었다. 정민은 선우가 이야기하는 동안 선우의 말에 끝도 없이 빠져들었다. 핸드폰 한 번 보지 않고 선우의 말을 들으며 집중했다. 선우의 절절한 마음은 현실적이고 실감 났다. 요즘 돌싱에 대한 사람들의 관심이 깊다. 선우의 말에서 한마디도 놓칠 것들이 없었다. 귀에 쏙쏙 들어오는 에피소드였다. 이렇게 생생한 사연은 많은 사람들에게 먹힐 것이다. 조금만 각색하면 라디오 사연이 되어 대본으로 쓸 수 있을 것 같았다. 혹시 선우가 들으면 어쩌나 걱정이 되기도 했지만 이름을 말하지 않으면 된다. 선우가 모를 만큼 각색하면 된다. 정민은 그 사람을 지정하지 않을 만큼은 필력에 자신 있었다. 계속 함께 살기로 했다든가 하는 결론을 만들면 된다. 각색이 얼마나 정성이 들어가는 일인데 성실한 거짓말을 하면 그 노력은 알아주지 않을까. 세상엔 비슷한 사연이 무궁무진하게 많다. 선우가 듣지 않으면 그뿐이다. 선우는 바쁘잖아. 굳이 내 라디오를 일부러 찾아 들을 시간이 없을 것이다. 분명 남편과 싸우고 싱숭생숭할 텐데 일부러 라디오를 찾아 들을 리가 없다. 그것도 평일 오후 4시에.

정민은 선우에게서 들은 이야기와 선우의 슬픈 눈빛, 목구멍에서 나오던 축촉한 목소리를 단어와 문장으로 세세하게 적어 나갔다. 사람들의 관심을 끌기 위해서 선우를 더 구질구질하게 만들었다. 한 번쯤은 매달려주는 게 더 인간적이니까. 선우가 매달리는 내용은 생각보다 줄줄 나와서 정민은 흐뭇하게 놀랐다. 이미 선우의 이야기가 아니었다. 그저 사람들의 관심이 예상되는 하나의 라디오 사연일 뿐이었다. 한참 대본을 적다 보니 이혼 앞에서도 당당한 여성이 더 주목받는 요즘 시대에 맞지 않는 것 같아 너무 구질구질해 보이는 이야기는 지우기로 했다. 자신은 이야기를 잘 들어주는 좋은 친구로 만들었다. 각색하는 과정에서 나이를 높였다. 언니라면 더 좋은 이미지가 되지 않을까. 들어주는 사람을 언니로 바꾸니 이야기는 훨씬 더 훈훈해졌다.

*

화요일 오후 3시 57분.

"스탠바이, 체크, 완료."

정민은 방송 작가로 일하는 라디오 생방송을 준비하느라 분주했다. 문자 프로그램 송, 수신 체크, 마이크 상태 체크, 대본 체크, 현성의 기분까지 체크 완료.

모든 준비를 끝낸 후 정민은 본격적으로 긴장하기 시작했다. 스튜디오의 구석에 쪼그려 앉아 노트북을 열었다. 손을 뻗어 옆에 둔 생수통을 들어 뚜껑을 따고는 한 모금 꼴깍 마셨다.

"아휴, 또 저러지. 방송국 안 무너져."

"이 구석이 심신 안정제 같은 거예요. 잘 알지도 못하면서."

정민은 무릎에 올린 노트북을 두 번 탕탕, 두드렸다. PD는 정민이 준비되었음을 인지하고는 고개를 까딱했다.

"그렇게 앉아있으면 부스 안은 보여?"

"죽어라 목 빼면 쪼금은 보여요."

정민은 브이를 보이고 다시 노트북 화면에 집중했다. PD는 익숙한 듯 정민을 한 번 바라보고는 방송 시작, 큐 사인을 보냈다. 현성은 경쾌한 음악과 함께 멘트를 시작했다.

ON AIR.

요즘 이혼이 흔하다 하죠? 그런데 있잖아요. 저는 이혼한 사람이 그렇게 말하는 거 한 번도 들어본 적이 없어요. 그거 이혼해 보지 않아야 할 수 있는 말이에요. 이 말 분명 이혼 안

해본 사람이 지어낸 말이에요. 내 말 좀 들어줄래요? 정말 너무너무 답답해서 미칠 것만 같습니다. 세상에 행복하게 이혼하는 사람, 정말 있어요? 평생을 함께 살자고 약속한 사람과 헤어지는 건 삶에서 또 다른 삶을 덜어내는 것과 같죠. 그래서 남아있는 삶은 마치 쪼그라든 것처럼 작아지는 것만 같습니다.

쉽게 만나면 쉽게 헤어진다는 편견을 깨고 싶었어. 우리가 그럴 줄 알았어. 나 이제 그만하려고. 구질구질하게 서로 잡지 말고 우리 헤어지자. 며칠은 슬퍼할게.

오늘의 첫 곡입니다. 꺼져 줄게. 잘 살아. 주현성의 사는 이야기 시작할게요.

현성은 한때 잘나가던 배우였다. 물론 20년도 더 지난 이야기지만. 그 당시에 한국에서 가장 아름다운 사람으로 꼽히기도 했다. 착하고 예쁜 역할만 하다가 연기의 변화를 꾀하고자 악역을 했는데 그 후로 TV에 나오는 횟수가 점점 줄어들었다. 사람들은 처음엔 현성이 착한 이미지가 강해서 악역이 어울리지 않는다고 이미지가 좋은 착한 배우라 했지만, 시간이 지날수록 연기력이 별로라고 탓하기 시작했고 그렇게 사람들의 관심에서 멀어졌다. 욕먹으면서 일어났던 분노는 이상한 허망함을 멍울처럼 남긴다. 사람들의 관심이 줄어드는 건 티가 나지 않았지만 시간이 지나서는 확실히 소멸되었음을 보여 주었다. 탓은 언젠가 탓하기도 싫을 때 탓했던 기억을 잃으면 흔적도 없이 사라지고 마는데, 사람들의 관심은 어마어마하게 쉬이 끊겼다. TV에서 간혹 보이는 현성은 본방송으로 출연하는 프로그램보다 재방송인 경우가 더 많았다. 재방송 속 현성은 어리고 젊었고 순수해 보였다. 악역을 시도하기 전 모습 그대로, 착하고 예쁜 이미지 그대로.

현성은 라디오 부스 안이 아닌 곳에서는 늘 화를 내고 까칠했다. 일을 할 때는 말이 잘 통하는 프로 DJ였지만 사적인 공간에서는 매사 따졌고 이유가 분명해야 움직였다. 좋은 건 절대 좋지 않고 나쁜 것이니, 결과에 충실하며 조금도 손해 보지 않으려 했다. 사람들은 도무지 속을 알 수 없다며 이기적이라 비난했고 같이 일하는 사람들에게 예민하게 굴어서 많은 PD와 작가들이 꺼리는 DJ 중에 한 명이었다. 다른 프로그램 PD는 '지가 아직도 잘나가는 배우인지 안다.'라면서 뒤에서 현성을 욕했다. 실제로 현성은 거의 매일 인상을 쓰고 다녔으며 팔짱을 끼고 짝다리로 서 있었다. 방송이 끝나면 고개를 숙인 채로 바로 스튜디오를 빠져나갔다. 우렁차게 '고맙습니다. 수고하셨습니다.'는 말만 남기고 사라졌다. 마치 재방송 속 생기 있는 모습처럼.

현성의 부스 안에서의 부드러움과 부스 밖에서의 무심한 면이 정민의 무던한 성격과 잘 맞았다. 정민은 그저 묵묵하게 일을 한다고 생각했다. 매일매일 '고마워요. 예뻐요. 최고예요.'라고 말하는 사람보다 정민은 아무 말도 하지 않는 사람이 편했다. 맛있고 새로운 음식을 먹는 것보다 매일 똑같은 음식을 조금씩 먹는 게 더 맞았다. 정민은 현성이 필요 이상으로 관심을 주는 사람보다 익숙해지기 좋았고, 현성은 라디오 부스의 문만 통하면 변하는 사람이었으니, 정민은 현성을 그 문을 통에서 구분하면 되었다. 세상에 탁하게 섞여 있는 여러 표정의 불특정 다수보다 현성은 단순했으니까.

어차피 방송 이외의 시간은 함께할 생각이 없으니까.

정민은 멘트를 하는 현성을 보면서 크게 침을 한번 삼켰다. 현성은 가끔 목에서 큉큉,하는 버릇이 있었다. 목의 울대 부분을 마이크 앞에 두고 큉큉, 거리면 그 소리는 고스란히 마이크를 통해서 퍼져나가 듣기 불편하다는 불만이 많이 올라왔다. 현성은 요즘 목을 큉큉, 거린 후 무안해서인지 뒤에 웃어버리는 습관도 생겼다. 그런데 오늘은 흐름을 깨지 않고 감정을 넣어 잘 읽어 나갔다. 반응은 폭발적이었다.

— 이혼하는 여자의 선곡이 꺼져 줄게 잘 살아래, ㅋㅋㅋ

과연 잘 살 수 있을까?

— 이혼 자체가 꺼지는 거임.

— 꺼지고 잘 사는 사람 본 적이 없음.

— 날 괴롭히는 놈은 바로 손절치셈.

— 진심은 무슨. 헤어지면 끝이지.

— 꺼지고 행복하기 바랍니다.

정민은 노트북을 들고 벽의 구석에서 일어나 자리에 앉았다. 본격적으로 청취자들의 반향을 살폈다. 청취자들은 사연의 주인공을 불쌍한 사람으로 만들어 가볍게 동정했다. 착한 가면과 악한 가면, 남아있는 아무 가면이나 막 쓰고 익명을 빌려 여과 없이 하고 싶은 말을 다 했다. 이혼과 헤어짐, 손절의 깊이가 가늠되지 않는 쉬운 평가가 오르내렸다. 심심한데 잘되었다는 생각은 게시판을 뜨겁게 달구었다. 그나마 댓글창에 표현된 글이 이 정도면 수많은 사람들의 손가락에는, 눈에는 또 귀에도 가면이 쓰여 있을 것이다. 실시간으로 확인하며 사람들의 반응이 올라올 때마다 정민은 약간 살아있고 또 약간은 죽은 것 같은 엷은 희열을 느꼈다.

1부를 마친 후, PD는 뿌듯한 표정으로 정민을 바라보았다.

"신선해. 요즘 이혼이 대수는 아니니까. 막상 나한테 닥치면 대수지. 이혼한 사람들 뭔가 독해 보여서 난 무서워."

PD는 벙글거리며 약간의 치를 떨었다. 녹음되어 있던 광고 노래가 흘러나왔고 부스 안의 현성 DJ와 사인을 주고받았다.

"오프닝을 편지 형식으로 할 생각은 어떻게 한 거야? 우리 프로는 여성 청취자가 많으니까 다들 좋아하시는 것 같아."

"다행이네요."

정민은 다행이라는 PD를 향해 싱긋 웃고 한숨을 쉬었다. 현성의 목소리를 들으며 한 번 더 낮게 한숨을 쉬고 편안하게 오른쪽 다리를 꼬아 앉았다. 계속해서 실시간으로 청취자들의 댓글이 올라오고 있었다. 대부분이 막말이었다. 아무리 이혼이 흔해도 이혼할 만한 사람들이 하지 멀쩡히 잘 사는 사람들도 많다는 유의 말 중에, 간간이 자신도 이혼을 고민 중이라고, 용기가 필요하다, 이혼을 선택하진 못했다고, 얼른 훌훌 털고 일어나라는 진심 어린 응원도 있었다. 정민은 가벼운 막말을 거르고 그중 진중한 동정심이 베인 문장을 채택해서 현성의 목소리로 전했고 비난 비슷한 말들을 골라 이혼에 대한 사람들의 생각을 습득했다.

'여전히 부정적으로 생각하는 사람이 많구나. 그래, 세상은 쉽게 변하지 않지.'

불특정 다수는 어설프고도 진지하게 한 시간 안에 한 사람의 결혼과 삶, 그리고 이혼을 파헤치고 결론을 만들어 갔다.

방송 시간 동안 선우는 꽤 많은 동정을 받았다. 아니, 선우가 아니다. 선우라고 이름 박지 않았으니 그저 대한민국에서 이혼을 준비하는 한 여성의 평범한 이야기일 뿐이다. 청취자들은 잘 들어주는 언니를 좋은 사람이라며 칭찬하기 시작했다. 정민은 좋은 사람이 되어 갔다. 아니, 정민이 아니다. 분명 정민이 아니지만 정민은 어떤 우월감에 기분이 좋아졌다. 마치 선우에게 좋은 친구가 되어 준 듯이.

한참 방송을 진행하고 있는데 핸드폰 진동이 울렸다. 선우였다. 정민은 괜히 고개를 살짝 숙이고 테이블 아래에서 받는 포즈로 속삭이듯 여보세요, 했다. 선우는 흐릿한 목소리로 뭐 하냐고 물었고, 일상적인 인사를 조금 하더니 시간 있냐고 물었다. 정민은 선우의 낮은 목소리 톤에 살짝 걱정되었다가 이내 그다음의 기대감이 몰려왔다. 그래서 어떻게 되었는지, 진짜 헤어진다고 할지, 아니면 이대로 살겠다고 할지. 결론이 말끔하기보다는 구질구질한 선우만의 에피소드가 있길 바라면서 내일 만나기로 약속했다.

정민은 전화를 끊고 책상에 손바닥을 대고 손가락을 튕겨 보았다. 아마 계속 살기로 했다면 군이 정민에게 전화해서 만나자고 하지 않을 것이다. 선우가 전화해서 하고 싶은 이야기는 무엇일까. 정민은 흐릿한 호기심이 일렁였다. 선우는 어떤 표정일까. 이혼하지 않는다고 하면 실망할지도 몰랐다. 정민은 궁금함에 입술을 씰룩거렸다.

다음 날 오후, 선우는 굳은 표정으로 먼저 와 앉아있었다. 둘에게는 늘 만나는 카페, 늘 앉는 자리가 있었다. 어느 계절에 몇 시에 만나면 창가에 햇볕이 어떻게 떨어지는지, 어느 자리에 앉으면 눈이 부신지까지 알만큼 둘은 그 카페에서 자주 만났다. 정민과 선우는 장소에 대한 고민 없이 서로의 스케줄에 맞추어 만날 시간만 정하면 되었다. '몇 시쯤 봐.'하는 간결한 약속. 중심가에서 벗어난 그 카페는 거의 한적했는데 가끔 둘만의 자리를 다른 손님이 앉아있으면 다른 자리에서 커피를 마시다가 그 자리로 옮겼다. 힐끔힐끔 그 자리에 앉아있는 사람들의 눈치를 보고 서로 마주 웃고, 힐끔힐끔 눈치를 보고 또 서로 마주 웃는 일은 꽤 재미있었다. 둘은 가끔 약속 시간에 늦더라도 서로를 탓하거나 이유를 묻지 않았다. 정민은 주로 글을 쓰면서 선우는 핸드폰을 보면서 기다렸다. 둘 사이에는 굳이 애써 설명하는 말이, 이유와 핑계가 필요 없는 일이 많았고 '어디야? 언제 와? 왜?'라는 질문이 없었고, 그래서 사소한 사과가 없었다.

그 카페, 그 자리에서, 그 커피를 시키고서 선우는 입 밖으로 나온 말은 거짓이고 그 입술 안에 머문 말은 진실이라는 듯이 앙다물고 있었다.

"혹시 내 이야기야?"

"어떤?"

목구멍으로 땀 같은 물컹한 물질이 내려갔다.

"내가 이혼 이야기하고 나서 너희 라디오 프로그램 오프닝, 그 이후에 나온 이야기 말이야."

선우는 어떻게 하기로 했을까, 선우의 다음 이야기를 기대하던 정민은 잠시 생각을 망설였다. 사실이지만 사실이지 않은 이야기, 선우의 질문에 한마디로 할 수 없는 대답, 선우의 이야기이지만 오직 선우만의 이야기는 아니기에 굳이 너의 이야기로 꼭 찍을 필요는 없지 않을까 하고 정민은 어쩌면 미리 준비해 두었을지도 모를 핑계를 댔다.

"아니야. 예전에 소설 읽고 써 놓은 대본이야. 네 이야기 듣기 전에 쓴 거야. 요즘 흔하잖아. 헤어지는 일."

이혼이란 단어를 쓰지 않는 건 정민 나름의 배려였다. 당황한 거짓말치곤 제법 마음에 들었다. 정민은 최대한 아무렇지 않게 두 손을 파르르 떨며 얼음이 다 녹은 맹탕 커피를 빨대로 쪽쪽 빨았다. 표면에 물기를 머금은 컵을 감싼 손바닥이 흥건해져 살짝 미끄러져 내렸다. 정민은 무의식적으로 가방 속에 손을 넣어 뒤적거렸고 핸드크림을 발랐던 걸 깜빡하고 있었다.

"네 이야기랑 비슷하긴 하네. 요즘 이혼하는 사람 많으니까. 그땐 말 못 했지만 그래서 네 이야기가 더 잘 들린 건 사실이야."

정민은 핸드크림이 땀과 범벅된 손바닥을 바지에 슥슥 닦으면서 말했다. 선우는 눈동자를 잠깐 굴리더니 안도의 옅은 한숨을 쉬고는 맹탕이 된 커피를 저었다.

"그럴 리가 없지. 오해지? 미안해. 내가 좀 예민한가 봐."

"누구의 잘못도 아니잖아."

"있잖아...."

선우의 눈동자는 깊고 슬펐다. 선우는 힘들 때 천천히 말하는 습관이 있었다. 그래서 정민은 선우가 '있잖아'라고 말하면 좋은 얘기를 할지, 나쁜 얘기를 할지 금방 알아챌 수 있었다. '있잖아'의 속도가 더딜수록 선우는 더 오랫동안 힘들었다는 속상한 일이 진하다는 뜻이었다. 선우는 속에 있는 말을 다 하는 성격은 아니었는데, 선우가 몇 마디 하지 않아도 정민은 선우의 상태를 알 수 있었다. 오늘의 '있잖아'는 정민이 한 번도 들어본 적 없는 느린 속도였고 슬픔만으로 설명할 수 없는 것들이 꽉 차 있는 눈동자로 말하고 있었다.

"미안해."

선우의 꽉 찬 눈동자와 눈이 마주치자 정민은 자신도 모르게 미안하다는 말이 튀어나왔다. 무게는 가벼웠다. 정민은 잘못을 했든, 하지 않았든 상대가 마음이 상했다면 사과를 해야한다는 둥, 요즘 이혼이 흔하다, 이혼한 사람 독하다고 하는 사람 많은데 자신은 그렇게 생각하지 않는다는 둥, 이러다가 결혼한 사람들 전부 이혼하는 건 아닌가 하며 갑자기 이상한 대화를 이어나갔다.

"어쨌든 내가 만든 방송이고 듣고 마음이 상했다고 하니까."

"무슨."

선우가 피식 웃었다. 정민은 선우의 웃음을 보며 아까 들었던 '있잖아'가 다시 천천히 떠올랐다.

"그 많은 이혼한다는 사람들, 다들 이만큼 힘든가? 아님 나만 그런가? 지호 말처럼 내가 유별난 건가? 혹시 너도 그래? 나랑 이야기하면 막 숨이 턱턱 막히고 말도 하기 싫고 답답하고 화가 나고 그래?"

"우리가 무슨 부부냐?"

선우와 정민은 피식 웃었다.

사실 정민은 가끔 선우가 답답하고 과하다고 느낄 때가 많았다. 정민이 선우에게 스카프를 빌려줬다가 잃어버린 적이 있었는데, 선우는 기어코 똑같은 스카프를 구해서 돌려주었다. 괜찮다는 정민에게 잃어버린 상황을 상세하게 설명하고 그때 자신이 어떤 상태였으며 어디서 잃어버렸는지 예상되는 장소를 지도를 보며 말해주었다. 미안하다는 말을 다섯 번도 넘게 반복하고 꼭 다시 사주겠다고 말했다. 정민이 부담스러운 감정을 지나 그 스카프를 잊을 때쯤 선우는 브랜드에 전화에서 구했다며 똑같은 스카프를 정민 앞에 내놓았다. 선우는 언제나 공평하길 바랐다. 맛있는 음식을 먹으러 가도 정민이 사는 걸 원하지 않았고 한 사람이 일방적으로 계산을 하면 나중에 부담스러워서 못 만나게 된다고 똑같이 나누었다. 물론 둘의 관계가 유지되는데 긍정적인 면도 있었겠지만 정민은 그걸 계산할 능력도 없었고 필요도 느끼지 못했다. 정민은 가끔 52,500원이 나온 식대를 정확하게 26,250원을 송금해 주면서 잘 먹었다고 말하는 선우에게 미세한 섭섭함을 느끼기도 했다. 사소한 일에도 고맙다는 인사와 미안하다는 사과를 1.1배 이상은 해야 직성이 풀리는 사람, 남에게 폐를 끼치지 않아야 직성이 풀리는 사람, 공정하고 동등한 계산이 가능하다고 믿는 선우였다. 정민은 그런 선우가 처음에는 정확해서 좋았다가 조금 섭섭함을 느끼다가 익숙해지니 편해졌다. 어쨌든 나누어지고 정리되고 뒤끝이 없으니. 그래서 선우와 정민 사이에 정리되지 않는 것들은 없었다.

정민은 선우와 다른 얘기를 하다가도 요즘 이혼하는 사람들 정말 많지 않냐고 물었고 상관없는 이야기를 하다가도 요즘은 돌싱이 더 멋지게 산다고 말했다. 그렇게 대화가 끊길 때마다 선우는 엷고 힘없이 멍했다. 일상적인 대화는 거의 끝이 날 때쯤, 이제 일어나자는 말이 자연스러울 침묵이 잠시 흘렀다.

정민은 편안한 침묵을 느끼고서야 선우가 조금 이상하다는 걸 눈치챘다. 무슨 말이든지 한 박자 늦게 말했고 눈빛 하나, 한숨 하나씩 세어 가는 듯하게 눈을 깜빡거리고 있었다.

선우는 천천히 말했다. 그 한숨도 한 박자 늦게 쉬었다.

꼴깍.

선우는 남아 있지도 않은 커피의 마지막 한 방울을 억지로 삼켜냈다.

그리고 이번엔 진짜 헤어지겠다고 천천히, 작고 마른 목소리로 말했다.

"있잖아."

선우는 어떤 결심을 한 듯 좀 전보다 더 천천히 있잖아를 말하고선.

"진짜 헤어지려고."

진정으로 힘들어서 진정으로 다짐하고 진정으로 헤어지겠다는 그런 진심. 사람과 사랑 사이에 더러운 진심만 남으면 진심으로 헤어져야 한다고. 선우는 천천히 몇 개의 단어로 이혼하겠노라고, 아까까지 했던 대화와는 전혀 상관없는 말을 하고서는 마지막에 울었다.

정민은 마음이 아프고 쓰라렸다. 저렇게 힘들어하는 표정의 선우를 본 건 처음이었다. 소설을 썼던 정민은 진짜와 진짜인 척, 아닌 척하는 건 쉽게 구분되었다. 선우는 정민의 눈을 제대로 보지 못했고 창밖만 바라보며 그렇게 됐다는 말을 스무 번 정도 반복했다. 정민은 진심으로 마음이 아팠지만 아쉽기도 했다.

선우가 헤어지면 이 이야기도 끝이겠구나.

보통 라디오 방송은 녹음본으로 진행되었다. 정민은 생방송을 진행하다 보면 혹시 방송 사고가 생기지 않을까, 그러니까 갑자기 방송국이 무너지진 않을까. 라디오 주파수가 맞지 않는다거나 DJ가 대본을 그대로 읽지 않는다거나, 방송을 아무도 듣지 않아서 실시간 참여가 없는 상황이 상상되곤 했다. 물론, 단 한 번도 그런 일이 일어난 적은 없었지만.

청취율 면에서는 실시간으로 청취자와 소통할 수 있는 생방송이 녹음 방송보다 훨씬 좋았다. 방송 중 문자를 받고 사연을 읽어주며 마치 대화하듯이 방송하는 게 훨씬 더 잘 먹혔다.

주파수는 기계팀에서 항상 관리하고 있었고 현성 DJ는 늘 대본에 충실했다. 한 번도 일어나지 않는 일이라고 정민에게 안도감을 주는 건 아니었다. 어떤 불행은 딱 한 번만 찾아와서 모든 것을 앗아가기도 하니까. 정민은 생방송이 있을 때면 알 수 없는 긴장감과 심장의 일렁거림 때문에 숨이 잘 쉬어지지 않고 벽의 모서리에 머리를 대고 앞으로 혀를 씹어대야 겨우 마음을 추스를 수 있었다. 정민은 가끔, 그리고 문득문득 작가가 아니라 DJ를 꿈꾼 적도 있었는데 이런 이상한 일렁거림 때문에 그 꿈은 흐릿하다가 언젠가 사라져 버리는 연기 같은 존재가 되어 정민의 미래에서 흩어졌다. 생방송으로 가끔 무너지는 정민의 삶을 지탱해 주는 건 녹음 방송이었다. 녹음된 두 시간, 녹음되어 있는 소리 이외의 소리를 절대로 허용되지 않는 예상되는 메시지를 조용히 듣고 있다 보면 가끔 있는 생방송을 견딜 수 있는 힘이 모였다.

그 일이 있은 후, 정민의 삶은 라디오 녹음 방송처럼 바뀌었다. 모든 것은 예측되고 아무것도 끼어들지 않아야 버틸 수 있었다. 누군가 삶은 대본조차 없는 생방송이라고 했던가. 정민에게 삶은 녹음 방송이었다. 매일매일 다른 옷을 입고 행동과 태도, 표정과 자세까지 다 변화하는 녹화도 버거웠다.

"너는 사람의 목소리 떠올릴 때 무슨 생각해?"

"그 사람 표정, 말투 그런 거?"

"난 그냥 까만 배경 생각해. 사람에 대한 건 아무것도 떠올리지 않고 그 목소리만. 들었던 말을 목소리를 떠올리며 되뇌는 게 좋아."

그 일이 있은 후로 정민에게 자신의 말과 몸으로 걸쳐지는 천과 몸에서 나는 냄새, 상황에 따라 다른 행동, 기분에 따라 일그러지는 표정을 다 책임지며 사는 삶은 버거웠고, 버거움을 회피하자 남은 게 없었다. 삶은 지겨웠다. 정민에게 녹음은 사람을 까만 배경으로 기억할 수 있게 했다. 마치 아무 색깔 없이 가만히 있는 흑백사진처럼. 정민은 삶에 주어지는 책임에 신물이 나고 있었다.

어쩌면 마치 녹음처럼 흘러가는 자신의 삶이 아늑하다고 믿었으니까.

ON AIR.

겪어 보지 않은 사람은 절대 알 수 없다고 하죠. 비참하다는 게 무언지. 사실 타인은 궁금하지 않을지도 모릅니다. 듣는 것만으로도 힘이 쭉쭉 빠지니까요. 사람은 헤어짐 앞에서 자신의 처지를 확인한다고 합니다. 마음 같아선 당장이라도 헤어지고 싶은데, 끊어낼 수 없는 건 앞으로의 혼자될 삶이 막막해서일 텐데요. 실제로 세상에 혼자 남겨지는 게 두려워 참고 견디는 사람이 많다고 합니다. 이혼하고 나서 스스로 자립할 수 없는 사람들이 꽤 많다고 하는데요. 특히 경제적인 문제가 가장 크다고 합니다. 생각보다 부부 사이의 폭력도 흔하다고 하네요. 혹시 가정 폭력이 있었다면 절대 주저하지 말고 증거를 남겨 변호사를 찾아가야 합니다. 미련하게 당하고만 있으면 안 되죠.

이혼하는 데 올바른 선택이 있긴 한 걸까요? 아무리 생각해도 잘 모르겠습니다. 어떤 선택이 정말 나를 위한 선택일까요?

현성의 사는 이야기 시작합니다.

현성이 오프닝 멘트를 끝내자 정민은 방송국의 모퉁이에서 일어나 라디오 부스 안을 바라보았다. 정민은 일어선 채로 노트북을 들고 게시판을 확인했다. 오프닝 멘트를 들은 청취자들이 단 댓글이 무수히 올라오고 있었다. 정민은 라디오 댓글창을 확인해 방송에 필요한 내용은 현성에게 전했다.

선우의 이야기를 대본으로 쓴 이후부터 정민은 생방송이 그리 두렵지 않았다. 정민이 쓴 글에 대한 반응, 청취자들의 생각에 대한 궁금증은 그간 정민이 느꼈던 생방송의 두려움을 잊게 해주었다. 오늘의 오프닝 역시 선우의 이야기였지만 선우의 이야기는 아니었다. 선우만의 이야기가 아닌, 지금을 살아가는 우리 모두의 이야기일 테니까.

이번엔 조롱의 반응이 더 많았다. 답답하다, 한심하다, 저런 사람들 사람 질리게 한다는 말로 매도하고 이혼당해도 싸다는 댓글도 있었다. 정민은 참여자 수를 확인했다. 지난번보다 세 배는 되는 듯했다. 정민은 빠르게 올라가는 댓글창의 속도를 한 번 더 확인했다. 접속자는 계속해서 늘어나고 있었다. 정민은 평소 참여자 수보다 네 배 정도 많은 숫자를 확인하고서는 노트북을 덮었다. 천천히 댓글창에 올라와 있는 글을 보면서 긍정적인 반응은 없나 찾다가 다섯 개까지 세고 그만두기로 했다. 정민은 라디오 생방송 동안 선우의 표정이 스무 번쯤 떠올랐다. 무표정으로, 마치 검은색처럼 보이는 흑백사진으로. 정민은 실시간의 빠르게 올라가는 댓글들을 보면 선우의 표정을 잊을 수 있었다. 어떤 방식으로의 무관심이었다. 현성 DJ가 방송을 하는 도중 이상하게 히죽거리긴 했지만, 표정은 마이크를 타고 새어 나가진 않는다.

청취자들은 누군가의 과거에 대한 한탄을 저렇게 웃는 표정으로 읽고 있다고 상상이나 할까.

어쩌면 이혼하는 게 선우에게 더 좋을지도 몰랐다. 아니다 싶으면 즉각 단절을 선언하는 건 삶을 낭비하지 않는 방법이다. 요즘은 쉽게 잇고, 쉽게 끊고, 쉽게 사고, 쉽게 버리면서 쉽게 쉽게 산다. 어떤 면에서는 선우에게 더 잘된 일이다. 이상한 놈과 평생을 살면서 삶을 망치느니 헤어지는 게 더 나을 수도 있다. 괴로움보다 외로움을 선택하는 게 옳을 때도 있으니까. 정민은 돌이켜보니 선우는 결혼하고 나서 얼굴이 좋지 않은 날이 많았다. 한 번도 직접 말하진 못했지만 그렇게 살 바에는 헤어지는 게 더 낫다고 수차례 생각했었다. 물론 그건 선우를 만나고 마주하고 있을 때만 유효한 생각이었다. 정민은 자신의 삶으로 돌아오면 선우의 표정을, 말투를, 그 입술을 오므리고 침을 삼키던 목구멍을 잊었다. 지호의 안부를 묻지 않는 것, 둘 사이에 무슨 일이 있는지, 잘 살고 있는지, 행복한지 묻지 않는 것, 그게 정민과 선우가 오랫동안 함께하는 그들만의 우정 방식이기도 했다.

라디오 생방송이 끝나갈 무렵, 선우에게서 전화가 왔다. 정민이 퇴근 준비를 마치고 집에 가서 볼 영화를 찾아본 후, 무거운 가방을 어깨에 척, 하고 걸치고 나서였다. 정민의 어깨에 걸쳐진 무거운 에코백 안에서 진동은 요란하게도 울리고 있었다. 정민은 선우가 할 이야기와 자신의 역할이 대충은 그려졌다. 선우의 감정이 쏟겨 있는 뜨뜻미지근한 커피 같은 이야기보다, 시원한 캔맥주가 정민은 간절했다.

정민은 대, 여섯 번 정도 울리는 핸드폰을 물끄러미 바라보다가 통화 버튼을 누른 후, 오늘은 안 되고 모레쯤 보자고 말했다. 선우는 전화기 너머로 침묵만 건 낼뿐 아무 말도 하지 않았다. 한숨 쉬는 선우가 상상되어 정민은 피로감이 느껴졌다. 통화의 끝에는 모레도 다시 모레의, 모레로 미뤘다. 선우는 대답하지 않았다.

정민은 자꾸 오른쪽 어깨가 욱신거렸다.

*

책에서 본 적 있다. 주말을 함께 시작하는 사람이 있다면 그 사람은 꽤나 소중한 사람이라고는 문장을. 주말에 함께 늦잠을 자고 함께 시작하며, 눈을 뜨고 나서 무엇을 할지 이야기하는 것. 정민과 하늘의 평범한 토요일 오전이다. 아침 햇살은 밝았고 둘은 함께 늦잠을 잤다. 토요일 오전 열 시는 하늘의 다리가 정민의 몸에 걸쳐 있기 좋은 시간이다.

하늘의 발이 정민의 턱에 걸쳐져 있었다. 발꿈치가 정민의 턱선에, 하늘의 무릎이 쇄골을 짓눌렀다. 정민은 이상한 냄새가 나서 눈을 뜨고 하늘의 발을 최대한 멀리 던져 침대 귀퉁이로 처박았다. 그래도 하늘은 잠들어 있었다. 저렇게 세상모르고 잠자는 모습을 보면서 정민은 내가 저렇게 세상을 모르는 사람과 살고 있다는 것과 저렇게 깊이 잠이 드는 능력을 가진 하늘에게 무한한 존경심이 느껴졌다.

먼저 일어난 정민이 침대에서 나와 거실로 걸어 나왔다. 대충 세수를 하고 수건에 얼굴을 묻었다. 부엌으로 가서 냉장고 문을 열고 냉장고 안을 가볍게 둘러본 후 김치통을 꺼냈다. 참기름에 김치를 달달 볶아 김치볶음밥을 만들었다. 주방이 고소한 참기름 냄새로 가득했고 안방까지 고소함이 전해지는 오전이었다.

하늘은 참기름 알람에 눈을 뜨고 지글거리는 소리에 몸을 일으켰다. 김치볶음밥 냄새에 홀려 거실로 나와 정민의 뒤에서 꼬르륵, 꼬르륵 소리를 냈다. 하늘은 한 손으론 눈을 비비고 다른 한 손은 바지춤에 넣은 채 식탁을 어슬렁거리다, 숟가락 두 개를 챙겨 식탁 의자에 앉았다.

정민은 김치볶음밥이 담긴 프라이팬 그대로 식탁에 올렸다. 머리에 까치를 얹고 곰을 두른 배를 긁으며 하늘이 말했다.

"소시지 없어?"

"그냥 먹어라."

정민은 아직 떨어지지 않은 눈꼽이 움찔거릴 만큼 눈에 힘을 주고 흘겨보았다.

"스팸이라도? 허허"

정민은 밥을 볶던, 밥알이 잔뜩 묻어있는 볶음용 숟가락으로 하늘의 콧등을 톡 때렸다. 하늘은 코를 한번 찡그렸다. 정민이 하늘이 준비해 둔 새 숟가락을 손으로 잡으려 했다.

"볶던 숟가락으로 먹어. 설거지 또 나오잖아."

"이거 커서 입 찢어질 것 같단 말이야."

정민은 숟가락으로 자신의 코 전부를 가리고 가로로 입을 최대한 찢어 보였다. 하늘은 '인정'하고 말하고는 김치볶음밥을 듬뿍 퍼서 입에 넣었다.

먼저 다 먹은 정민은 자신이 먹은 숟가락을 싱크대에 넣고 욕실로 향했다. 하늘은 남은 밥을 한입에 왕창 넣어 씹었다. 하늘이 설거지하는 동안 정민은 샤워를 하고 나왔다.

"음식물 쓰레기 버렸어?"

"어? 안 치우려 했는데. 들켰군."

싱크대 안에는 어제, 그제 요리를 하고 남은 음식물 쓰레기가 모여 있었다.

"싱크대에 그대로 두면 냄새나. 며칠째냐."

하늘은 안방으로 들어가더니 얼마 전에 산 신상 선글라스를 쓰고 두 팔을 허리에 올린 채 위풍당당하게 걸어 나왔다.

"준비 완료. 이렇게 하면 더럽게 안 보이지롱."

하늘은 까만 선글라스를 쓰고 빨간 고무장갑을 낀 채 싱크대의 음식물들을 쓸어 봉투에 담았다. 정민이 화장대에 앉아 선크림을 바를 때쯤, 하늘은 씻고 나왔다. 정민이 외출 준비를 마쳤고 하늘은 젖은 머리를 손으로 대충 털었다. 오랜 시간 훈련된 말이 필요 없는, 호흡이 척척 맞는 외출 준비였다.

어젯밤 둘은 침대를 뒹굴며 내일은 나가자고 했었다. 정민이 데이트라고 말하려고 하다가 그냥 나가자고 말하는 걸 하늘은 눈치채지 못했을 테다. 하늘이 '내일 영화 콜?'을 외쳤고 정민은 대답하지 않고 잠들어도 약속은 유효했다. 둘은 대화하지 않아도 내일 몇 시에 일어날지, 서로가 무슨 색깔의 옷을 입을지 알았고 모자를 쓸지 말지, 컨디션은 어떨지, 어떤 신발을 신을지까지 알고 있었다.

편한 차림으로 둘은 영화를 보러 나왔다. 하늘의 청바지는 스무 살 때 입었던 것이었다. 패션에 아예 관심이 없는 하늘은 좋아하는 옷 하나를 아껴서 입었다. 아껴 입던 옷이 해지면 똑같은 브랜드의 똑같은 옷을 또 샀다. 똑같은 옷을 새 옷처럼 입었다. 늘 똑같은 옷을 입고 있는 하늘을 보면서 친구들은 껍데기는 늙지 않는데 얼굴만 늙는 놈이라고 말했는데, 그럴 때마다 하늘은 마음도 늙지 않는다며 엄지손가락을 들었다. 배가 조금 나오고 머리숱이 많이 줄어들었지만 둘의 순수한 시절과 비슷한 옷 스타일이 하늘과 잘 어울렸다. 언제나처럼. 하늘이 청바지에 운동화를 신으면 둘만의 스무 살로 돌아갈 수 있었다. 정민은 오른손에 핸드폰만 들고 하얀 운동화를 대충 신고 발을 세워 바닥에 툭툭 차면서 걸어 나왔다. 하늘은 정민에게 지갑도, 화장품도, 노트북도 필요 없는, 대비가 필요 없는 유일한 사람이었다.

스무 살 때 둘은 만났고 연애했다. 중간에 몇 번 헤어지긴 했지만 두 사람에게 그 헤어짐은 크게 의미가 없었다. 헤어져도 두 사람 다 다른 사람을 만나서 다른 연애를 하지 않았다. 한 달 정도, 육 개월 정도, 1년이 지나고 다시 연락해도 둘은 다시 서로 연인의 자리를 채워주었다. 헤어지자는 말을 쉬고 싶다는 말로 해석하듯, 그 해석으로 서로의 감정을 조절하듯, 그저 혼자 있고 싶었던 시간을 인정해 주듯, 조용히 싸웠고 특별한 계기 없이 둘은 오랫동안 만나지 않기도 했다. 그게 이별이 될 때도 아닐 때도 있었고. 그래서 각각이 생각하는 연애의 시작도, 헤어짐의 시기도 달랐다. 둘이 연애 일수도 서로 다르게 말했다. 헤어져 있는 동안의 날짜는 빼야 되는 거 아니냐고 다투다가 결국 세지 않기도 했다. 일상을 함께 세는 것보다 일상을 함께하는 게 더 중요했으니까. 서로를 사랑하기로 한 날짜가 중요하지 않을 만큼 함께한 시간이 늘어났다. 두 사람 사이에는 합의하에 생략된 기념일이 많아졌고 결혼한 후에는 아무것도 기념하지 않기로 했다.

두 사람에게 헤어지자는 말은 혼자 있고 싶다는 말이지 다른 사람을 만나고 싶다는 뜻이 아님을, 그렇게 서로에게만 통하는 헤어짐으로 둘은 서로에게 갇히고 가두면서 사랑을 주입시켰다. 그게 사랑일지도 모른다고 믿으면서. 이십 대 초반의 연애가 버스의 뒷자리에서 데이트했다면 지금은 운전대를 잡고 직접 운전을 한다는 것, 스무 살 때는 분식과 돈가스가 제일 맛있었는데 지금은 얼큰한 국물을 찾아다닌다는 것 정도 달라졌다. 둘 사이에는 둘만의 세상이 별도로 있었고 시간은 흐른 듯 흐르지 않았다.

집에서 나온 둘은 떨어져 걸었다. 정민은 두툼한 하늘의 손을 보면서는 잡고 싶단 생각보단 안정감을 느꼈다. 하늘의 입술을 보면 닿고 싶단 생각보다 그저 적당히 말했으면 했다. 하늘의 넓은 어깨와 품이 좋아 밝은색 남방을 입히고 싶었지만, 기대거나 안기고 싶진 않았다. 정민은 하늘의 품에 안길 생각을 하면 가슴에 난 작은 구멍으로 작게 숨 쉬는 기분이었다. 그렇지만 어떤 어려운 장면에서도 정민을 구해줄 것 같은 느낌, 함께할 거란 믿음이 정민을 지탱할 수 있게 했다. 손을 잡지 않고 걸으면 손잡고 걸을 때 일어나는 불편한 일은 일어나지 않는다. 굳이 몸이 닿지 않아도 둘은 서로의 걸음걸이 속도, 걸음 습관을 잘 알았다. 엘리베이터에서 떨어져 서 있어도 둘은 어떤 고리로 연결되어 한곳을 향했다.

영화는 지루했다. 정민이 보고 싶었던 영화였는데 예고편을 볼까 말까 고민하다가 본 건 큰 실수였다. 마치 영화는 예고편을 2시간으로 늘려 놓은 것처럼 흘러갔다. 결말도 뻔했다. 남자 주인공이 여자 주인공을 구했으니 이제 서로에게 몇 마디 해주고 몇 년 후의 장면으로 넘어갈 것 같다는 생각이 든 정민이 하늘 쪽으로 고개를 돌렸다. 하늘은 똑같은 지루함을 느끼고 있었다. 하늘이 정민 쪽으로 고개를 돌리고는 살짝 윙크하고 고개를 까딱했다. 둘은 일어나서 입구 쪽으로 다시 나왔다. 다른 상영관에서는 [상영 중]이라는 안내판이 걸려있었다. 둘은 그곳으로 살금살금 걸어가 하늘은 조심스럽게 문을 열었고 정민은 망을 봤다. 사람 한 명 겨우 들어갈 수 있는 만큼 문을 열고 하늘이 먼저 몸을 밀어 넣었다. 정민은 그 뒤를 따랐다. 지금 예매율이 1위인 영화라 영화관은 꽉 차 있는 것 같았다. 둘은 도둑질하듯 상영관으로 들어가 가장 먼저 보이는 계단에 쪼그리고 앉았다. 하지만 이내 잔인한 장면이 정민을 불편하게 했다. 정민은 하늘을 톡톡 쳤다. 하늘은 주변을 잠시 두리번거리고 다시 또 입구 쪽으로 나왔다.

세 번째 상영관에 문을 열었을 때, 멀리서 관리자로 보이는 사람이 둘을 불러 세웠다.

"저기요. 잠시만요. 어떤 영화 보러 오셨습니까? 표 확인 좀 할게요."

"튀어!"

둘은 손을 맞잡았다. 그리고 냅다 뛰기 시작했다. 영화관 건물에는 계단도 많았고 도망갈 곳이 없었다. 무엇보다 사람이 너무 많았다. 둘은 얼마 뛰지 못하고 관리자에게 잡혀서 자초지종을 설명했다. 설명이라기보다는 죄송하다는 사과와 구질한 반성이었다. 관리자는 알 만한 사람이 왜 그랬냐고, 그래도 티켓을 끊고 들어왔으니 한 번은 봐주겠노라고 했다. 둘은 감사하다고 말하고는 그 자리를 로켓 발사하듯 튀어나왔다.

건물을 빠져나왔을 때쯤 둘은 동시에 배가 고팠다.

"짜장면이나 먹자."

"난 짬뽕"

둘은 언제 놓았는지 모를 손으로 각각 핸드폰을 보며 말했다. 그리고 처음 보이는 중국집으로 들어갔다.

"여기 간짜장 하나랑 차돌박이 짬뽕 하나 주세요."

"왜? 나 오늘은 해산물이 당긴단 말이야."

"그냥 먹어. 내가 먹고 싶단 말이야."

정민은 잠잠했다. 정민은 하늘이 정해주는 게 편했다. 하늘은 정민의 아무거나와 그거 말고를 기똥차게 알아들었다. 하늘과 함께 밥을 먹다 보면 해산물과 차돌박이 맛의 차이점은 금방 잊었다. 하늘이 정해주는 대로 입맛이 길들여지고 습관이 길들여졌다. 오랜 시간은 둘에게 길들이는 사람 없이 길들여진 사람을 남겨 주었다. 그게 둘에게는 가장 무서운 시간이 있었다. 그래서 정민은 하늘과 함께하는 그 시간에, 공기에 길들여졌다. 정민은 두 사람에게 함께 내려앉은 시간이 좋았다.

차돌박이 짬뽕은 정민 입맛에 딱 맞게 맛있었다.

"역시 하늘의 선택은 틀리지 않아."

"뭐래. 차돌박이 짬뽕이 이 집 시그니처야."

하늘은 나무젓가락으로 짜장면을 비비다가 실제보다 고기가 듬뿍 담겨 사진 찍혀있는 벽면의 포스터를 가리켰다. 매콤한 국물을 한 숟가락 입 안에 넣자 영화관에서 느꼈던 긴장이 풀렸다.

"근데 너 젊었을 땐 좀 멋있지 않았어?"

정민이 머리를 박고 짜장면을 먹고 있는 하늘이 귀여워 물었다.

"왜 이래? 우리 아직 젊어. 근데 나 멋있던 적 없어. 잘생겼
단 말 들어본 적이 없어."

하늘은 짜장이 가득 묻은 나무젓가락으로 단무지를 들어
입어 넣었다. 아그작, 아그작, 하늘의 입안에서 단무지가 씹히
는 소리가 정민에게 생생하게 들려왔다.

"내가 언제 너한테 잘생겼다고 했어?"

"멋있다며?"

"엄연히 다르지. 나도 너 잘생겼다고 한 적 없다?"

하늘은 정민을 바라보며 단 한 번도 그런 적 없다는 표정을
잠시 지었다. 하늘은 눈을 찡긋하고는 다시 젓가락으로 짜장
면을 들어 입에 넣었다. 하늘은 입 안의 음식물을 정리하느라
온갖 얼굴 근육을, 입 주위의 모든 근육을 움직이고 있었다.

"있었어. 스무 살 때, 그리고 그 후에도 너 멋있었어. 지금
도 멋있어."

"네 눈에 콩깍지 씌어서 그래."

하늘이 손으로 입가를 스윽 닦았다. 짜장면을 입 안에 넣고
터질 것처럼 동그란 볼이 곰살맞게 움직이고 있었다. 정민은
얼큰한 짬뽕을 하늘 쪽으로 밀고 하늘의 짜장면을 한 젓가락
뜨면서 말했다.

"내 눈에 콩깍지는 지금이 더 심한데? 너보다 편한 사람은

없으니까."

"콩 깎는 소리군."

"함께 알아가고 함께 늙어가면서 우리 같은 병으로 같이 죽자."

"뭐래?"

"아니, 이렇게 같이 움직이고 같은 거 먹으면 같은 병 걸리지 않겠어?"

정민은 우걱거리며 짜장면을 먹는 하늘과 같은 속도로 늙고 같은 속도로 아프고 그래서 서로를 이해하는 시간이 길고 길길 바랐다. 앞으로 하늘과 함께 늙을 상상을 하면, 상상의 끝은 정민을 과거로 찬란했던 시절로 편안히 데려가 주었다.

연애할 때 정민은 화가 날 때마다 하늘을 서점으로 데리고 갔다. 화가 난 만큼 책을 읽게 했다. 철학 책, 우주에 관한 책, 로맨스 소설, 정민의 기분에 맞는 책 제목을 찾고 하늘에게 읽게 했다. 그럼 하늘은 꾸역꾸역 그 책을 다 읽었다. 등을 구부리고 책을 읽는 모습을 보면 정민은 쉽게 마음이 풀렸다. 하늘이 책을 읽다가 이해되지 않는다며 정민에게 말을 걸어오면 둘은 자연스럽게 아무 일도 없는 듯이 대화를 이어갔다. 이렇게 화해를 하다 보니, 하늘은 책 제목으로 정민의 마음을 맞출 수 있었다. 책을 읽으면 정민의 마음을 이해할 수 있었다.

책은 정민 기분의 답이 되어 주었고 둘은 작가의 생각을 받아들이며 예상되는 책의 내용을 말하면서 마음의 결은 비슷해져 갔다. 그렇게 하늘도 점점 책에 관심이 생겼다. 어떤 날은 크게 싸우고도 좋은 책을 추천받는 것 같아 정민의 화가 기쁘기까지 했다. 정민은 하늘의 변화가, 소소한 다툼이, 서로를 닮아가는 둘 관계의 결이 안온하고 행복했다.

두 번의 생방송 후 라디오 녹음이 예정된 날이었다.

애초에 지방 방송사라 청취율 경쟁도 없었고 굳이 생방송을 고집하지 않았지만, 녹음으로 방송을 진행하는 건 생방송을 꺼리는 정민에 대한 방송국의 배려이기도 했다. 한 번 녹음하면 두 개, 많으면 세 개 정도의 녹음을 진행했다. 녹음은 순조로웠다. 별일 없는 이야기를 정말 약간만 별일 있게 만드는 일은 이제 정민에게 그리 어렵지 않았고 정민의 문체와 현성 DJ의 목소리는 잘 어우러졌다.

"고생하셨습니다."

"요즘 정민 작가 표정이 좋아. 생방송 때도 편해 보이고."

"다 PD님 덕분이죠."

정민은 묵직한 가방을 어깨에 메고 노트북을 그러안은 후, 스튜디오 문을 나와 문에 등을 비스듬히 기대섰다. 한 번 늘어지게 하품하고 동시에 기지개를 켠 후 복도로 걸어 나갔다. 정민의 오래된 운동화 뒤꿈치 아래로 청바지가 질질 끌리는 소리를 냈다.

엘리베이터는 지하 3층에 멈추어 있었다. 정민은 쇠 색깔의 문 옆에 동그란 버튼을 눌렀다. 허공을 향해 올라오는 네모난 공간을 기다리며 정민은 기운을 차리려 애쓰며, 물에 빠진 가지처럼 잠시 눈을 감았다.

—땡

경쾌한 전자음이 정민의 귓속으로 파고들었다. 방송국 정문을 빠져나와 정확하게 각진 코너를 돌아 직선 길을 걸었다. 방송국 정원에는 제법 많은 나무들이 있었다. 나무의 이름과 특징을 설명한 팻말들이 잘 꽂혀 있었는데 정민은 한 번도 그것을 읽어보지도 궁금해한 적도 없었다. 모래와 자갈이 적당히 섞여 있는 길을 밟고 또 밟아 백 미터쯤 걷고, 다시 직각으로 돌아서면 또 직선 길이 나왔다. 그렇게 백 미터쯤 지나면 방송국 입구의 네모난 탑이 보였다. 방송국 개국 30년 기념으로 만들어놓은 철탑이라는데 그 탑이 하는 것이라곤 왔다 갔다 하는 사람들을 지치게 하는 것과 차갑게 빛을 반사 시키는 것뿐이었다.

정민이 방송국을 나서는데 검은색 옷을 입고 검은색 모자를 쓴, 엉거주춤 무언가 불편해 보이는 검은색 사람이 보였다. 선우였다. 정민은 걸음을 멈추고 가슴에 안고 있던 노트북을 꼬옥 껴안았다. 어깨의 묵직한 가방이 정민의 어깨를 깊은 한숨처럼 눌렀다. 선우는 정민이 일하는 곳을 알고는 있었지만 찾아온 건 처음이었다. 선우는 어딘가 멍하고 어딘가 나사 빠진, 나사가 빠져서 망가져 화가 난 사람처럼 보였다.

선우는 정민을 보자마자 검은색 모자를 오른손으로 누르고 마치 몸을 숨기듯이 재빠르게 걸어왔다. 한쪽 손에는 커다란 타포린백이 들려있었다.

"나 맞잖아."

정민은 모자를 푹 눌러쓰고 고개를 숙여 선우의 얼굴이 제대로 보이지 않았다. 선우는 입술이 움직였는지, 움직이지 않고 말을 했는지 알지 못할 만큼 눌러진 발음으로 말했다. 모자 챙으로 가려진 턱선에 시선을 두는 게 둘 사이 최선의 친밀함이었다.

"갑자기 무슨 말이니? 맞다니? 뭐가 맞아?"

"그때도 지금도 다 나 맞지? 그거 내 이야기잖아!"

선우는 고개를 들어 눈을 치켜뜨고 정민을 바라보았고 정민은 그 눈빛을 받아치기 위해 신속하게 눈을 두 번 감았다. 앞, 뒷말 없이 따지고 드는 선우는 제법 공격적이었다. 정민은 품에 안고 있던 노트북을 한 번 더 세게 껴안았다. 정민은 알 듯 말 듯 한, 무슨 말이냐는 표정으로 오른발을 살짝 뒤로 물리고는 온몸에 힘을 풀면서 몸의 구석구석이 막힌 듯이 약간만 어둡게 웃었다.

말을 이어간 건 선우였다.

"나 요즘 하루에 백 번도 넘게 불쌍하다는 연락을 받아. 그 기분 알아? 쪽팔려서 살 수가 없다."

"아니라고. 너."

정민은 짜증을 섞어서 소리쳤다. 그 순간 짜증을 내려 했던 건 아니었지만, 정민은 지금 매우 피곤한 상태라는 걸 알리고 싶었고 이 짜증이 선우에게 좀 전해지길 바랐다. 정민의 갑작스런 짜증을 예상하지 못한 듯 선우는 정민을 바라보며 우두커니 서 있었다.

"요즘 이혼이 무슨 대수라고."

정민은 후, 하고 한숨을 쉬고 고개를 돌리며 선우를 살짝 쏘아보았다. 어깨로 흘러내린 가방끈을 다시 올려 맸다. 어차피 이혼하고 나면 주변에 알려야 할 텐데 이렇게 방송국까지 찾아와서 녹음을 세 개나 하고 온 사람을 붙잡고 퇴근길에 몰아붙이는 선우를, 정민은 배려가 없다고 생각했다. 이해되지도 않았고 이해하고 싶지도 않았다.

정민이 본격적으로 나오는 대로 말을 하기 시작했다.

"어차피 주변에도 알릴 거 아니었어? 너 이혼하는 거. 그만큼 들어 줬잖아. 지금 내가 녹음 몇 개나 하고 온 줄 아니? 너 하루 종일 일하는 게 얼마나 힘든지 알아? 알면 이렇게 막무가내로 찾아와서 따질 수가 없지."

쏘아붙인 정민이 이내 후회했지만, 후회를 닮은 티는 내지 않았다. 무거운 가방에 어깨가 내려앉는 것 같았다.

"이런 방법은 아니지. 언제 어떻게 알릴지, 알리고 말고는 상황을 봐야 하는 거고."

"냉정하게 생각해봐. 나중에 귀찮아질 일 미리 알린 거잖아."

정민의 말을 듣던 선우가 다시 고개를 숙이고 얼굴을 감추었다. 정민은 선우의 턱선을 바라보지 않고 시선을 오른쪽으로 돌렸다. 둘의 시야는 서로 다른 장면들로 채워졌다.

정민의 쏘아붙이는 대답은 암묵적인 인정이었다. 방송으로 흘러나왔던 이야기는 선우의 이야기였다는, 그게 선우에게 해롭게가 아니라 이롭게 작용할 거라는 설득이 담겨 있었다. 어쨌든 다 너를 위한 일이었다고 생각하라고. 그렇게 좋게좋게 생각하라고. 이렇게 무작정 방송국 앞으로 찾아와서 따질 일은 아니라고. 과거의 일보다는 지금 지켜야 할 선을, 친구 사이의 예의만 생각하고 말했다. 까놓고 말해서 되돌릴 방법 같은 건 없다고.

여전히 답답한 듯 선우는 씩씩거렸다. 선우는 어떤 복수 같은 움직임으로 정민의 노트북을 낚아채고는 타포린백 꾸러미를 안겼다. 깜짝 놀란 정민이 어쩔 도리 없이 덥석 껴안으며 몸이 한 발짝 뒤로 밀려났다. 정민이 이게 뭐냐는 물음표 같은 눈으로 멀뚱히 쳐다보았다. 시간은 잠깐 멈췄다. 정민이 밀려나며 타포린백을 껴안았을 때 심하게 구겨지는 소리가 났고, 안에 있는 것들이 묵직하게 부딪히는 소리가 들렸다. 선우는 한국을 떠날 것이기에 이 강아지를 키울 수 없으니 자신을 한국에서 쫓아낸 정민더러 키우라는 것이었다.

"갑자기 강아지?"

"걱정 마. 진짜는 아니니까."

방금 정민이 선우를 바라보던 눈빛으로 선우가 정민을 바라보았다.

"말도 안 돼. 갑자기 나보고 개를 키우라고?"

"키우기 싫으면 그냥 처박아 두던가. 네가 한 짓은 말이 되는 짓이라고 생각해?"

정민은 딱히 할 말이 없었다. 몰라서 하지 못한 대답, 말이 되려고 혹은 말이 되지 않으려고 한 일은 없었다.

정민도 이렇게 될지 몰랐다. 이렇게 되라고 한 일은 없었다. 몰랐던 건 진심이었다. 정민은 선우의 이야기를 들어 줬을 뿐이고 대본을 쓰는데 생각이 났을 뿐이었다. 그리고 지금이 매우 피곤하고 성가시고 곤란하고 귀찮고 황당할 뿐이었다. 정민은 가끔 자신이 겪은 이야기를 대본으로 쓰기도 했다. 하지만 문제가 된 적은 단 한 번도 없었다. 세상에 글에 자신의 이야기가 절대 담기지 않는 작가가 얼마나 되나. 정민도 그런 작가 중의 한 명이었다. 월급은 받는 라디오 방송 작가였고 어떤 글을 쓰는지는 자유가 아닌가 생각하면서 어떻게든 이 불편한 대화를 그만두고 빨리 집으로 가서 쉬고 싶었다. 직장인 생활을 해본 적 없는 선우가 자신의 피곤한 상태를 체감하지 못해 타이밍을 제대로 잡지 못했다고 생각하면서.

"그래 알겠어. 미안해. 미안하다고. 됐지?"

마치 달래는 듯한 정민의 인정으로 선우는 주먹을 쥐고 몸을 부르르 떨며 더 분노해 갔다.

"사람은 최소한 자신이 한 말과 글에는 책임을 지고 사는 거야. 너도 책임져봐."

정민은 상황이 점점 생방송처럼 느껴졌다. 예상할 수 없는 선우의 말과 목소리 톤, 말투. 보이지 않는 표정과 생각들. 선우가 서서히 목소리를 높여가며 정민을 짓누를수록 분노는 벌레처럼 정민의 신경세포를 타고 온몸으로 전해졌다. 몸 구석

구석 남아있던 짓눌렸던 감정들이 스믈스믈 올라오기 시작했다. 정민은 세세하게 분노가 차면서 숨쉬기가 어려워져갔다. 주변의 꽃과 나무, 모래와 흙, 돌에 모두 표정이 생기고 입이 생겨 말하는 모습이 머릿속으로 그려졌다. 생방송의 돌발 상황처럼, 정민은 지금도 아무 대처할 수 없는 무력해진 진행자가 되어 짓눌리고 있을 뿐이었다.

정민은 잠시라도 숨을 쉬고자 아래로 시선을 돌렸다. 살짝 열려 있는 타포린백 사이를 가만히 들여다보았다. 하얀색 솜뭉치처럼 보이는 강아지와 강아지가 사용할 물품이 보였다.

"네가 파멸했으면 좋겠어. 어쩌면 널 지켜줄 것 같아서 그게 더 역겹긴 하지만."

겨우 서 있는 정민을 두고 선우는 미련 없이 뒤돌아 걸어갔다. 정민이 끈을 손으로 잡고 팔을 아래로 떨어뜨렸다. 타포린백은 묵직한 소리를 내며 바닥에 닿았다.

정민은 황당함에 그저 멍하니 선우의 뒷모습을 바라보았다. 선우의 얼굴과 표정이 상상되지 않는 뒷모습이었다. 정민은 검은색 옷을 입고 저렇게 뒷모습을 보이는 사람이 선우가 아닐지도 모른다고 생각될 때쯤 겨우 숨을 고를 수 있었다.

선우가 보이지 않자 아득했던 정민의 정신이 돌아왔다. 어깨에 메고 있던 무거운 가방이 툭 하고 바닥에 떨어졌다. 생방송이 끝난 기분이었다. 정민은 마치 생방송에서 잘못 챙긴 소품인 듯 멀뚱히 타포린백 사이로 보이는 강아지 물품을 응시했다. 타포린백을 질질 끌고 갈 수도 없었고 들고 가기에는 정말 무거운 무게였다. 정민은 참고 있던 짜증이 확 밀려와서 집어던지려고 했는데 그마저 마음대로 되지 않았다. 정민은 타포린백을 제대로 들기 위해 팔을 굽혔다. 한숨을 푹 쉬고 어떤 마음을 먹은 것처럼 앞으로 끌어안았다. 앞이 제대로 보이지 않은 채로 뒤뚱거리며 겨우겨우 가까운 지하철역으로 걸어갔다. 지하철역은 많은 사람들로 붐볐다. 그냥 갖다 버릴까 싶어서 요리조리 쓰레기통을 찾았지만 이 타포린백이 들어갈 만한 크기의 쓰레기통은 없었다. 사각지대 없는 CCTV가 허락 없이 정민을 감시하고 있었다. 정민이 할 수 있는 건 지하철에서 여러 사람들에게 밀쳐지지 않도록 혹시 타포린백이 찌그러지지 않도록 요리조리 피하는 것뿐이었다. 땀이 비 오듯 흘렀다.

정민은 자신의 발아래에 타포린백을 내리고 지하철 귀퉁이에 자리 잡았다. 사람들이 타고 내리면서 발로 찼다. 정민은 그게 신경 쓰여 자신의 다리 가랑이 사이에 끼워 타포린백을 보호했다. 가까스로 지하철에서 앉을 자리를 잡았을 때는 타포린백을 꼬옥 그러안았다. 핸드폰만 바라보는 사람들 속에서 정민은 타포린백을 그러안고 지하철의 이방인처럼 멍하니 내릴 정거장을 기다렸다. 정민은 자신도 모르는 사이 많은 사람들 사이에서 타포린백을 소중히 꼬옥 끌어안은 채 지키고 있었다.

정민은 운전을 하지 않았다. 면허는 있었다. 하늘과 몇 번도로 연수를 해보기는 했지만 좀처럼 운전이 늘지 않았다. 며칠 전에 꿀밤 한 대 때리게 해주면 운전 연수를 시켜주겠다고하던 하늘의 장난기 가득한 표정이 떠올랐다. 지하철을 타고다니고 하늘이 태워주는 게 더 편했고 하늘은 정민이 가야 할곳이 있으면 언제든 기사가 되어 주었다. 정민이 한참 도로 주행 연습을 시도하고 포기하고를 반복하고 있을 때, 운전하다가 골목에서 아이들이 튀어나와 사고를 내는 꿈을 몇 번 꾸고서는 도로 주행을 포기하기로 했다.

'운전 연습할걸. 차가 있었다면 이렇게 치이지 않을 텐데.'

정민은 두 손으로 한 아름 타포린백을 꼬옥 그러안고 눈을 감았다.

약간의 후회와 뒤범벅된 땀을 흘리며 정민은 집에 도착하자마자 타포린백을 짐짝처럼 내동댕이쳤다. 냉장고 문을 열어시원한 물을 벌컥벌컥 마셨다. 허기가 밀려왔다. 시원한 물이몸속으로 타들어 가자 운동을 막 끝낸 듯한 이상한 성취감도 느껴졌다. 요 근래 몸과 마음이 가장 많이 움직였던 날이었다. 정민은 목을 축인 후 머그컵을 식탁에 올려놓고선 다시 열 걸음쯤 걸어가 던져놓았던 타포린백을 열어 보았다. 까만 동그라미 속에 갈색의 탱글한 동그라미 눈동자를 가진 하얀 강아지가 혀를 날름거렸다. 갈색의 큰 동그라미 속에, 그 속의 작고 까만 동그라미 안에 정민의 무표정한 얼굴이 비쳐 보였다.

'귀엽네, 눈은.'

정민은 가만히 무릎을 쪼그리고 앉아 강아지의 코를 오른쪽 두 번째 손가락으로 톡톡 쳐보았다. 정민의 손가락 방향대로 강아지의 시선이 움직였고 작게 입을 열어 몽~ 하는 소리를 냈다. 정민의 입술에서 괜히 웃음이 샜다. 이렇게 하얀 털에 이렇게 까만 코라니. 강아지는 정민이 터치하는 속도에 맞춰 앙증맞게 콧구멍을 발름거렸다.

잠시 손가락으로 콧구멍을 간지럽히던 정민은 기분이 나빠졌다. 어쩐지 느껴지는 서늘한 기운. 축 처진 귀와 털이 난 피부, 입 모양과 짐승의 이빨까지 너무 진짜 같았다. 아니, 이건 진짜였다. 정민을 바라보는 눈빛에 귀여움과 연민, 혼란함, 어쩌면 진짜일지도 몰랐다.

정민은 자기도 모르게 두 손으로 강아지가 든 타포린백을 안아 올리고서는 힘껏 쓰레기통에 던졌다. 타포린백은 쓰레기통을 후려치고 질척한 소리를 낸 후 거실에 나뒹굴어 떨어졌다. 타포린백 안에 들어있던 강아지 옷과 물품들이 거실 여기저기로 흩어졌다. 강아지는 정민의 발 앞에서 힘없이 옆으로 누워 네 다리를 천천히 움직이며 낑낑거렸다.

'뭐야 도대체.'

정민은 냉장고 문을 열고 맥주를 꺼내 한 모금 마셨다. 캔 속의 맥주를 목구멍으로 벌컥벌컥 쏟으면서도 자꾸 발아래에서 낑낑거리는 강아지에게 시선이 쏠렸다. 정민은 맥주의 시원한 탄산이 목구멍을 타고 들어가 배꼽까지 닿는 느낌이 들자 선우 생각이 났다.

'진짜 주변 사람들이 다 알아차렸나. 내 라디오를 다들 듣는다고? 그럴 리 없을 텐데.'

들고 있던 맥주를 식탁에 올려놓고 거실을 찬찬히 둘러보았다. 구겨진 타포린백과 버섯 모양 집이 그려진 강아지 옷, 곰 발바닥처럼 생긴 강아지 신발, 작은 방울이 달린 목줄, 귀엽고 앙증맞은 뼈다귀들이 아무것도 없던 거실과 잘 어우러져 있었다.

마치 아이의 물품들로 채우기 위해 깔끔하게 비워 두었던 신혼집처럼, 아이가 커가는 속도에 맞춰 채워질 빈자리처럼, 아이를 안고 처음 돌아와 그제야 사용될 새 물건들처럼. 정민은 거실에 흐트러진 강아지 물품들이 마치 유아 용품들 같아서 한참을 물끄러미 바라보았다.

몽몽.

정민은 발에서 움직임이 느껴져 고개를 숙여 내려보았다. 강아지는 뒤집어져 등을 바닥에 붙인 채 네 개의 발을 꼼지락거리고 있었고, 그 움직임이 정민의 새끼발가락 끝에 닿았다 말았다 했다. 살짝씩 깜빡이는 동그란 눈으로 살려달라고 말하는 것 같았다.

정신을 가다듬은 후 정민은 아까 마시던 맥주를 들고 쓰레기통 옆에 다리를 세워 앉았다. 핸드폰을 열고 '고철 버리는 법'을 검색했다. 쓰레기봉투에 담긴 앙상하고도 아련한 강아지의 모습이 상상되었다. 정민은 시원한 맥주를 꼴깍 마신 후 생각에 잠겼다.

맥주를 입에 댈 때마다 정민은 강아지와 눈이 마주쳤다. 그 눈빛이 애잔해 정민은 눈빛을 가진 동물을 쓰레기봉투에 묶어버리는 건 사람이 할 짓이 아니라는 생각이 들었다. 고철 버리는 법도 성가셨다. 검색하면 할수록 아까 마주쳤던 강아지의 동그란 눈망울이 생각이 났다. 검색창에 고철을 지우고 '강아지'라고 다시 썼다. 검색란에는 '강아지 버리는 법'이 자동완성되었다. 인류애가 사라질 만큼 잔인한 글들이 검색되었다.

'이런 사람이 될 순 없지.'

정민은 어느새 차가운 기운이 전혀 없는 밍밍해진 맥주를 입안 가득 한 모금 머금고 다시 강아지를 바라보았다.

쓰레기통에 꼬꾸라지는 순간에도 고철을 쓰레기통에 버리듯 묵직하고 질퍽한 소리가 났다. 그렇대도 저렇게 진짜 강아지처럼 생겼는데 단순히 철 덩어리는 아니다. 정민은 이리저리 버리는 법을 검색하다 포기하고 강아지에게 다가가서 잠시 바라보았다. 강아지의 발바닥이 바닥에 닿도록 세웠더니 꼬리를 살랑살랑 흔들었다. 그 잠시 동안 슬펐는지 강아지의 동그란 눈에 눈물이 촉촉하게 맺힌 듯했다. 귀여운 눈망울과 발름거리는 콧구멍에 정민은 자꾸 웃음이 났다. 강아지를 들어 두 손으로 치켜올려 보았다. 배 부분에는 직사각형의 작동 매뉴얼처럼 작은 버튼이 있었다. 호기심에 한 번 눌러 보았다.

― 모오옹, 모옹

정민이 누른 건 짖기 기능 버튼이었다. 입을 작게 벌리고 짖는 모습마저 인형처럼 귀엽고 깜찍했다. 그 기능 버튼을 누르면 그때만 짖었다. 정민은 너무 신기해서 한 번 더 눌러 보았다. 버튼을 한번 누르면 한번 짖었고, 두 번 누르면 두 번 짖었다.

'로봇은 로봇이구나. 진짜는 아니구나.'

정민은 진짜가 아니라고 생각하면서 두 팔로 안아 털을 쓰다듬었다. 몸에서는 생명체의 살아있는 체온이 느껴졌다. 손가락으로 귀를 만져보았다. 어딘가 숨구멍이 있는 것처럼 귀는 섬세하게 떨렸고 간지러운 듯이 새침하게 꼼지락거렸다. 정민은 만약 이 강아지를 키운다면, 짖기 기능은 절대로 사용할 일이 없지 않을까 생각하니 마음대로 짖지도 못하는 강아지가 안쓰러워 마음이 아려왔다.

정민은 강아지의 몸을 가만히 나누어 보았다. 짖기 기능 버튼 옆에 빨간색 경고등이 켜져 있었다. 다시 강아지를 바라보니 힘없이 축 처져 있는 듯했다. 정민은 조심스럽게 품에서 내려 바닥에 네 발로 세웠다. 제대로 서 있지 못하고 스르르 미끄러졌다. 정민은 직감적으로 함께 들어있었던 뼈다귀 사료 모양이 생각나 거실 곳곳으로 시선을 돌렸다. 강아지를 품에서 내려놓고선, 장식장 아래, 소파 아래까지 샅샅이 찾아보았다. 핸드폰 불빛을 비추어 소파 아래를 비춰보았을 때, 한참 안에서 뼈다귀 사료를 찾아내었다.

정민은 타포린백을 세차게 내던진 걸 후회했다. 소파 아래에 어깨를 반쯤 넣고 뻘건 자국을 남기고서야 뼈다귀 사료를 꺼낼 수 있었다. 정민은 강아지의 곁으로 돌아와 한 손으로 뼈다귀 사료를 들고, 다른 손으로 입속에 손가락을 대자 입이 열렸다. 혹시 갑자기 입을 닫아 버리면 어떡하지, 하는 두려움도 있었는데 어떻게든 강아지가 힘을 내게 하는 게 더 중요했다. 강아지는 정민의 손가락에 반응하듯이 입을 벌리고 혓바닥을 날름거렸다. 입 안에는 뼈다귀가 꽂힐 만한 자리가 있었고 정민은 조심스럽게 입속의 그 자리에 넣었다. 딸깍 소리가 났다. 힘없이 미끄러졌던 강아지의 다리에 힘이 들어가고 네 발로 우뚝 서고는 꼬리를 흔들거리며 천천히 걸음을 걸었다. 정민이 강아지를 두 손으로 소중히 안고 배 아래를 확인해 보니 아까 경고등처럼 들어왔던 빨간색 불빛이 꺼졌다. 강아지는 혓바닥을 날름거리고 고개를 갸웃거리면서 거실을 돌아다녔다.

'휴, 다행이다. 그래. 버리지는 말자.'

정민은 강아지를 버리는 대신 이름을 붙여 주었다.

모모.

봉숭봉숭한 하얀색 털과 동그랗게 말린 꼬리, 청초하고 동그란 눈동자와 눈을 마주쳤고 정민은 자신도 모르게 배시시 웃었다. 손바닥으로 쓰다듬는 감촉이 좋아 팔의 움직임을 반복했다. 보드라운 감촉, 그 느낌은 꽤 오래 정민을 따뜻하게 했다. 한참 등을 쓰다듬고 모모의 움직임을 촘촘하게 바라보다 어딘가 측은한 마음이 생기면서 선우에게 냈던 짜증 아래에, 그 한층 아래에 깔려있던 미안한 마음이 올라왔다.

'미안하다고 말할 걸 그랬나.'

정민은 두 손으로 모모를 안고 눈을 맞추었다.

정민도 그렇게 짜증을 내려고 했던 건 아니었다. 사실 정민도 자꾸 이혼하겠다고, 또 하지 않겠다고 말이 번복되는 상황에 피로감이 쌓여가고 있었다. 대본을 쓴 것도 최대한 선우가 드러나지 않게 썼다. 정민의 능력 내에서 최선을 다했다. 혹시 들컸다면 정민의 필력이 부족한 탓이지, 의도했던 건 아니었다. 선우가 '나 맞잖아'라고 말할 때마다 '그러고도 네가 작가야? 너 글 이렇게밖에 못 써?' 하고 자신의 실력을 탓하는 기분이 든 것도 사실이었다. 마치 완벽하다고 믿었던 거짓말을 너무 하찮게 들켜 인정하기 싫었던 자신을 작게 뉘우쳤다.

정민은 진심으로 선우가 행복하길 바랐다. 이혼하든 하지 않든 좋은 친구가 되어 주리라 생각했으니 선우의 이혼이 정민에게는 가벼웠을지도 모른다. 선우가 결혼 생활을 유지한다면 삶의 한탄을 계속 들어 주었을 것이고 이혼한다면 함께 이혼 여행이라도 떠나줄 것이었다. 오늘도 그랬다. 오늘 녹음을 세 개가 아니라 하나만 했다면, 피곤하지만 않았다면, 이렇게 선우가 막 찾아와서 몰아붙이지만 않았다면, 안고 있던 짐들이 너무 무겁지만 않았다면 정민은 분명 진심으로 사과했을 것이다.

정민은 모모의 눈을 보면서 몰려오는 감정을 정리하고 있었다. 갑자기 마치 모모의 동그란 두 눈에 빨려 들어가듯 정신이 혼미해졌다. 마치 눈동자 회오리에 빨려 들어가듯 정신이 반쯤 나간 상태에서 울음소리가 들렸다.

— 흑흑흑

정민은 깜짝 놀라 하마터면 모모를 던질 뻔했다. 모모의 동그란 눈빛으로 전해진 건 선우의 울음이었다.

정민의 라디오 방송으로 사연이 나가고 선우는 자신의 지인들에게 연락을 받았을 것이다. 이혼을 숨기고 싶었던 사람에게도 마구잡이로 연락을 받았을 것이다. 결혼은 둘이서 잘 사는 게 가장 중요하긴 하지만 축하해 준 사람에 대한 예의가 남아있다. 선우는 부모님에게도 말하지 못했다고 했는데. 부모님에게도 그런 방식으로 알려졌을 것이다. 선우의 부모님은 라디오를 만드는 정민을 기특해하시며 특별히 아꼈다. 고단한 하루에 잔잔히 웃게 해줘서 고맙다며 오후 4시가 기다려진다고, 일상의 생기가 되었다고 말씀하셨다. 정민도 소소한 일을 쓰던 때가 있었다. 하지만 소소한 일은 청취율이 잘 나오지 않았고 금방 소재가 떨어졌다. 소소한 일을 대본으로 쓰면 어디서 들어본 것 같다고, 굳이 말하지 않아도 되는 글이지 않나 묻는 PD 앞에서 정민은 자신도 모르게 자극적인 소재를 찾게 된 것도 사실이었다. 그제야 선우의 부모님이 꼬박꼬박 정민의 프로그램을 들으셨다는 게 기억났다. 동네 사람들과 함께 라디오를 들으며 우리 딸의 친구가 만드는 프로그램이라고 자랑했다고 했었다. 선우의 엄마가 트로트를 몇 번 선곡해서 들려준 적도 있었다. 정민이 책을 낼 때마다 가장 먼저 구입해 준 독자도 선우였다. 정민은 처음에는 그런 선우가 고마웠지만, 책 한 권을 샀다는 선우의 연락보다 대량 구매해 준다는 기업의 연락이 더 기뻤다. 세 번째 책부터 선우가 책을 사주었다고 하면 묘한 죄책감도 들었다. 그 한 권은 전체 판매량의 한 권일 뿐이라는 생각에, 수많은 독자들 중 한 명이라고 생각했던 것도 사실이다.

정민은 알 수 없는 괴로움이 몰려왔고, 모모의 동그란 눈을 보니 마음이 편안히 희석되는 듯 했다.

"안녕? 모모. 너의 이름은 모모야."

정민은 선우에게 남은 미안함을 담아 모모를 돌보기로 했다.

EP.2

그 시절 그즈음

아침에 눈을 뜨니 하늘이 누워있던 자리에는 하늘의 덩치 모양 이불이 뉘어있었다. 하늘은 이미 출근한 모양이다. 이불 속에서 하얀 솜털 뭉치가 움츠러들었다가 펼쳐졌다. 마치 생명체가 살아 숨 쉬듯 볼록하게 부풀었다가 바람이 빠졌다가를 반복했다. 정민은 이불을 살짝 들추었다. 그 자리에는 모모가 동그랗게 몸을 말아 숨 쉬고 있었다. 정민은 털실 같은 털이 보드랍게 펴져 있는 배를 한참을 바라보았다. 자세히 보니 눈에 누런 눈꼽이 끼어 있었다.

"으이그"

정민은 두 번째 손가락으로 조심스럽게 모모의 동그란 눈에서 눈꼽을 떼어내었다. 혹시 자신의 손톱이 모모의 눈가에 상처 내지 않도록. 조심, 또 조심해서.

눈꼽을 떼어내고 다시 모모를 바라보았다. 밤새 발톱이 자라있었다.

'깎아 줘야 하나.'

정민은 서랍장에서 손톱깎이를 꺼내고 모모의 발을 손에
올렸다. 또각또각, 조심스럽게 모모의 발톱을 깎아 나갔다. 모
모는 얌전하게 정민의 손에 발을 올리고 천천히 고개를 좌우
로 갸웃거렸다.

"넌 무슨 로봇이 발톱도 자라니?"

다정한 목소리로 정민은 모모에게 말을 걸었다. 모모는 그
말을 알아듣는지, 정민과 눈을 맞추고 아무것도 모른다는 듯
천천히 고개를 살짝 돌렸다. 발톱 깎는 소리가 방안에 울렸다.

침대에서 손, 발톱을 깎는 건 하늘에게는 절대 허용되지 않
는 일이었다. 하늘이 손톱깎이를 들고 침대에 누우면 정민은
기어코 하늘의 등을 밀어 침대 아래로 내보냈다. 하늘은 신문
지를 바닥에 깔고 손톱을 한 번 잘라내고 튀어 나간 손톱을 다
시 신문지 위에 챙겨 올리며 손톱을 깎아야 했다. 하늘은 손,
발톱과 머리카락은 스스로 자라는 생명의 증거인데, 고귀한
생명의 증거를 소중히 다루지 않는다며 불평하면서도 정민이
싫어하는 일은 하지 않는 사람이었다. 정민은 모모와 가지런
히 침대에 마주 누워서 모모의 발톱을 모두 잘라 주었다.

정민은 모모 앞에 다소곳이 엎드렸다. 가까이 얼굴을 대고

무엇을 해줄 수 있을지를 생각했다. 그 시간은 참 아늑하게 흘렀다. 그때 모모가 태어났다면, 지금의 모모처럼 내 곁에서 잠을 자고 손, 발톱이 자라고 있었을까.

정민은 자신도 모르게 스륵, 눈물이 흘렀다. 그리곤 눈물 나는 자신에게 흠칫 놀라며 흐르는 눈물을 닦아냈다. 정민은 모모의 발톱을 티슈에 싸서 말아 들고 침대를 나와 얼굴에 남아있는 물기를 쓸었다. 방문 앞에 혼자 잠시 서 있는 동안 조금 연하고 더 투명해진 눈물이 또다시 흘러내렸다.

오랜만에 날 좋은 오전에 시간이 났다. 커피를 한 잔 마시고 밥을 먹고 설거지를 한 후에 바닥을 청소기로 밀고 나서 정민은 밀린 이불 빨래를 하기로 했다. 집 안을 정리하고 부엌 테이블에 앉았다. 핸드폰을 열고 검색창에 강아지 목욕시키기, 애완견 옷, 사료를 검색했다. 한참을 내려보다가 문득 이러고 있는 자기 자신이 어색해 테이블에 핸드폰을 뒤집어 던지듯 올렸다.

방송 작가가 되기 전, 정민은 소설을 쓰는 작가였다. 꾸준히 소설을 썼고 예술적인 면모를 인정받으면서 사람들에게 알려졌다. 정민은 소설을 쓸 때 사전 인터뷰를 위해 녹음기를 지니고 다녔다. 핸드폰보다 음질이 좋았고 편리했다. 언제 어디서든 기록을 남기고 싶은 이야기라면, 인터뷰가 필요하다고 생각되면 동의를 구하고 녹음 버튼을 눌렀다. 낯선 사람을 만나고 인터뷰를 녹음하는 일은 정민 삶의 가장 거침없는 행동이었다. 녹음기에서 변형되는 목소리가, 기계적이지만 순간을 고스란히 담고 있는 높낮이가, 그렇지만 그 사람임을 알아챌 수 있는 힌트라는 게 매력적이었다. 세상에 같은 말투와 같은 목소리는 없고, 말투와 목소리를 속이는 게 얼마나 힘들고 고된 일인지를 실감하는 희열, 정민은 녹음된 목소리를 듣고 있노라면 같은 날을 다시 사는 기분이었고, 들었던 이야기를 다시 듣고 또다시 들으며 다른 생각을 하는 건 소설의 영감이 되어 주었다. 같은 이야기를 반복해서 들을수록 새로운 이야기를 만들 수 있었고 생각의 농도는 깊어졌으니까. 꾸준히 소설을 쓰던 정민의 네 번째 소설이 베스트셀러가 되었다. 그런데 딱 하루였다. 1위였던 판매량은 다음 날 20위를, 그다음 날은 50위를 벗어나더니 흔적도 보이지 않았다. 베스트셀러를 축하한다며 촬영한 인터뷰 영상이 머쓱해졌다. 2주일 후, 잡혀 있던 인터뷰와 스케줄은 이런저런 핑계를 대며 취소 통보를 받았다. 언론은 소설의 예술성과 내용은 언급 없이 가장 빨리 베스트셀러에서 내리막을 타는 책이라고 떠들었다. 어떻게 이렇게 빠르게 사람들의 관심에서 멀어질 수 있는지 출판계에서도 기이한 현상이라고 떠들었지만, 그 누구도 그럴듯한 이유를 찾지 못했다. 궁금해하지도 않았다. 그저 작가의 추락에만 관심이 있었다. 대중들도 소설의 내용보다 빨리 망한 작가, 빨리 망한 소설로 기억하고 비웃었다. 소설의 등장인물을, 내용을, 결말을 아는 사람은 찾아볼 수 없었다. 정민의 소설은 바닥에 닿은지도 모른 채 사람들에게서 잊혀졌다.

정민은 집에 틀어박혀 녹음기를 틀어 사람들의 인터뷰 내용을 다시 듣고, 또다시 들으며 그 시간을 버텼다. 똑같은 톤으로 말하고, 똑같은 내용을 말하고, 질문에 맞는 대답을 하는, 예상할 수 있는 말만 들었다. 세상을 어차피 다 아는 이야기만 들으며 살고 싶었다.

그즈음 하늘을 다시 만났다. 둘은 어느새 헤어져 한참을 연락하지 않다가 하늘은 작은 출판사의 편집장이 되어 다시 정민 앞에 나타났다. 어느 날 갑자기 다시 연락해 안부도 묻지 않고 그러니까 아무것도 묻지 않고 원고를 써달라고 했다. 그때 정민에게 원고를 청탁하는 출판사는 가장 빠르게 망하는 작가로 원고를 써달라고 요구했다. 어떻게 망했는지를 설명하고 왜 망했는지 이유를 직접 찾아 출간해 보자고. 사람들의 관심이 완전히 사그라들기 전에 얼른 써서 다시 도전하자고 했었다. 베스트셀러 별거냐고, 잘만 쓰면 이번에는 이틀, 삼일 이상은 찍을 수 있지 않겠냐고 실없이 농담하는 편집자도 있었다. 이름 모를 출판사들은 실패한 사람의 심정은 어떤지, 실패를 인정하고 다시 도약할 방법에 대한 책을 써야 다시 일어날 수 있다고 구체적이고 집요하게 정민을 괴롭혔다.

그때 정민에게 그저 쓰고 싶은 글을 써달라는 출판사는 하늘의 출판사가 유일했다. 정민은 한동안 쉬고 싶어서 거절했는데 하늘은 끝까지 기다려 주겠다고 했다. 월말이 되면 원고 청탁을 핑계로 하늘은 정민에게 연락해왔다. 둘은 주기적으로 만났다. 결혼하자는 말은 정민이 했다. 어느 날 밤거리에 아무도 없었던 그날, 밤 열한 시쯤 국밥에 소주를 먹다가 정민이 기댈 사람이 필요해서 결혼하고 싶은데 그게 너였으면 좋겠다고, 너도 그렇다면 나랑 결혼하라고 말했다. 정민은 소주잔을 기울이며 명령조의 청혼을 했고 하늘은 호탕하게 웃으며 그 명령을 받들겠다고 했다. 둘은 뜨끈한 국밥을 배부르게 먹으며 미래를 약속했다. 하늘이 오케이 하자 정민은 한 가지 조건을 더 내걸었다. 결혼하고 바로 유학을 가고 싶다고. 정민에게는 제2의 인생, 새로운 도약이 필요했고 다시 소설을 쓰고 싶다는 말을 솔직하고 직접적으로 했다. 하늘은 그 명령에도 흔쾌하게 오케이였다.

결혼 준비는 일사천리였다. 불필요하다 싶은 형식은 모두 생략했고 신혼여행도 가지 않기로 했다. 하늘은 마감해야 할 원고가 몇 개나 되어 출판사는 한참 바빴고, 정민이 유학 가 있는 동안 하늘이 방문하는 걸로 신혼여행을 대신하기로 했다.

그러던 어느 날 정민은 아랫배가 뭉치는 통증이 느껴졌다. 요며칠 감기 기운이 있는지 몸이 으슬거리고 입맛이 없어 거의 아무것도 먹지 못했는데 수액이나 맞을까 싶어서 응급실을 갔다. 응급실에서는 알 수 없는 미소를 지으며 축하할 일이 생긴 것 같다고 산부인과로 가보라고 했다. 정민은 친구들에게 청첩장을 돌리는 약속이 있었다. 신랑, 신부가 그려진 하얀 봉투에 담긴 형식적인 빳빳한 종이를 핸드백에 대충 집어넣고 정민은 집을 나서 병원으로 향했다.

방문한 산부인과에서 의사는 아주 밝은 미소를 보이며 말했다.

"임신이네요. 축하합니다."

방금 임신을 확인하고 간 산모에게도 했을 흔한 축하였다.

'지금 축하받으면 나는 어떻게 해야 하지?'

정민은 의사에게 '왜요?'하고 되묻고 싶은 심정이었다. 결혼식이 한 달이 채 남지 않았다. 결혼식을 올리고 이틀 후에 출국 예정이었다. 영국으로 떠나기 위한 비행기 티켓, 아파트와 각종 살림살이, 학교 등록까지 모두 마친 상태였다. 아파트를 계약할 때 월 10유로를 깎기 위해 집주인에게 장문의 메일을 써서 열 번도 더 보냈던 기억이 스쳤다. 친구들을 만나려 한껏 꾸미고 나왔다. 정민은 9센티 하이힐과 자신의 허리에 딱 맞는 벨트를 멀뚱하게 바라보았다. 아침에 마셨던 커피, 어제 마셨던 맥주는 마치 독처럼 머릿속에 퍼졌다.

진료실에서 일어나 걸어 나오는데 간호사가 부축하듯 정민의 팔짱을 끼며 따라 나왔다. 간호사는 이제 엄마가 될 몸이니까 조심하고 또 조심해야 한다며 다정하게 다그쳤다. 마지막으로 축하한다는 인사도 잊지 않았다.

정민은 일단 복도의 의자에 걸터앉았다. 그리고 하늘에게 전화했다. 정민은 무슨 말을 어떻게 시작해야 하는지 몰랐고, 조심해야 한다는 말의 뜻을 정확하게 몰랐다. 하늘은 임신이라는 단어도 제대로 알아듣지 못했다. 정민이 임신이래, 조심해야 한 대, 라는 말을 반복했는데 하늘은 자꾸 "뭐? 뭐?"라고 되물을 뿐이었다.

하늘의 반응에 현실을 실감한 둘은 허탈하게 웃었다.

"태명 모모하면 되겠네. 집에 가서 이야기하자. 맛있는 거 사갈게. 정민아, 고마워."

하늘은 기뻐하는 눈치였다. 정민도 그제야 입꼬리를 천천히 올리며 두 손을 모아 배에 올리고는 '모모야'하고 불러 보았다. 그렇게 딱 한 번.

정민은 친구들과의 약속을 취소했다.

"미안. 사정이 생겼어."

어른들을 만나야 한다, 결혼 준비 때문에 갑자기 일이 생겨서, 하는 핑계를 댈까 하다가 그만두었다. 친구들은 결혼 준비하느라 바쁘지, 챙길 것 많지, 머리 아프지, 라는 말로 이해해 주느라 조금 소란스러웠다.

정민은 택시를 타고 근처 백화점으로 향했다. 지하철을 타고 가지 않는 건 정민 나름의 조심이었다. 백화점 정문 앞에서자 자동문이 열렸다. 1층 명품 매장 유리 벽에는 연인을 위한 선물 이벤트 중이라는 포스터가 붙어있었고, 손을 꼭 붙잡은 연인들이 매장에 들어가기 위해 줄을 서 있었다. 그들은 서로를 바라보며 사랑스럽고도 환하게 웃으면서 서로를 만지고 서로에게 기대어 서 있었다.

'축하할 일이 있나.'

정민은 에스컬레이터를 타고 2층으로 올라갔다. 쉴 곳이 마련된 카페를 지나 걸었다. 작은 테이블에 커피를 두고 마주 앉은 두 사람이 아주 크게 웃고 있었다.

'축하할 일이 있나.'

정민은 몸을 돌려 엘리베이터로 향했다. 네모난 공간에서 혼자가 되자 비로소 편안함을 느낄 수 있었다. 8층 유아 용품

코너에서 내려 깨끗하고 반듯한 테이블에 올려진 자그마한 옷과 신발들을 관찰하며 정민은 천천히 걸었다. 투명한 테이블에 진열되어 있는 배냇저고리를 보고 정민은 걸음을 멈춰 섰다. 정민은 자신의 손바닥을 대어 보았다. 태어난 지 며칠 되지 않았을 생명체의 몸을 지켜주기 위해 꼼꼼히 바느질 돼있는 보드라운 천은 정민의 손바닥 크기와 비슷했다.

"어떤 걸 찾으세요? 아들? 딸? 자녀분 꺼?"

대답을 듣지 않은 채 질문을 던지는 점원이 친절한 미소를 띠고 다가왔다. 점원은 정민의 임신에 확신이라도 있는 듯 두 손을 모으고 정민 앞에 물끄러미 서 있다가 매장에서 가장 작아 보이는 걸 권했다.

"요즘은 아이들 용품이 워낙 잘 나와서요. 요즘 엄마들은 어찌나 똑똑한지."

점원은 친절하게 웃으며 아기용품을 설명했다. 재질은 어떤지, 몇 개월 정도 사용할 수 있는지, 요즘은 남, 여 구분 없이 사용하는 게 아이들 정서에 좋다고 말하면서 정민의 차림새를 훑어보았다. 정민의 대답을 기다리는 듯했다.

정민은 여전히 눈과 코와 입을 움직이지 않은 채 조용히 듣고 있을 뿐이었다.

"좋으시겠어요? 아직 배가 그대론데, 얼마 안 되셨나 봐요.

축하해요."

점원은 마치 입꼬리와 눈꼬리가 만날 것처럼 활짝 웃어 보
였다. 낯선 사람의 낯선 축하에 정민은 다시 낯선 공기를 마셨
다. 정민은 한숨을 크게 내쉬고는 행복함이 아닌 다른 감정이
터져 나올까 봐 입을 틀어막았다. 처음 보았던 손바닥만한 배
냇저고리를 사서 백화점을 나왔다. 집에 돌아오자마자 쇼핑
백을 침대 아래에 두고, 침대에 그대로 몸을 뉘었다. 가지런히
누워 정민은 자신으로 인해 엄마가 된 엄마를 떠올렸다. 이제
엄마를 어머니라고 불러야 하나, 결정을 내리지 못하고 죽은
듯이 잠들었다.

당혹스러움이 진짜 축복으로 변하기도 전에 아이는 정민의
몸에서 사라졌다. 어제 산 아이의 배냇저고리를 어디에 두어
야 할지 정하지도 못한 채로. 늦은 아침, 정민은 몸이 무거워
몸살인가 하며 일어나 화장실로 갔다. 세면대에 기대어 퍼석
한 피부를 확인하고 있는데, 두 다리 사이에서 시뻘건 피가 흘
렀다. 잠옷 바지에 그려진 토끼 얼굴이 피투성이가 되었다. 그
때 태연하게 걸어 나와 핸드폰을 들고 119에 전화를 걸었던 건
정민이 살아있지 않아서였을까. 늦어졌던 생리가 지금 하나,
하는 생각을 잠시 한 후로 구체적인 기억은 없다. 흐릿한 기억
도 없다. 마치 현실이 아니라는 듯, 너의 몸 안에서, 기억에서

까지 완전히 사라져주겠다는 듯이.

유산이었다. 수술을 마치고 희미하게 눈을 뜬 정민의 시야에 가장 먼저 가득 찬 사람은 하늘이었다. 하늘은 무심한 듯 방긋, 웃고는 밑도 끝도 없이 사랑한다고 말했다. 정민이 통증을 느끼는지 신음 소리를 내며 알 수 없는 표정을 짓자, 하늘은 눈물을 머금은 채 자리에서 일어나 엉덩이를 쭉 내밀고 양팔을 뻗으며 우스꽝스러운 춤을 추었다. 그때 정민이 희미하게 웃었던 것 같다. 그리고 돌아누운 정민의 표정은 아무도 알 수 없었다. 정민 자신도.

정민은 어제 집의 침대에서 잠들었는데 오늘 아침 병원 침실에서 깨어났을 뿐이었다. 귀여운 토끼가 그려졌던 하얀 솜털 바지가 잘 세탁된 추레한 병원 바지로 바뀌었을 뿐이다. 아니, 침대에서 잠들었다가 화장실이 가고 싶어서 잠시 깨었고 다시 잠들었다. 언제 다시 깨어난 건지 헷갈릴 뿐. 그뿐이었다. 그뿐이었던 일은 애매하던 감정들과 아이의 배냇저고리가 있어야 할 곳을 말끔하게 정해주었다.

정민과 하늘은 결혼식을 강행했다. 정민의 뜻이었고 의지였다. 정민은 골라두었던 드레스를 입고 티아라를 쓰고 목걸이와 귀걸이를 하고 여느 신부처럼 버진로드를 걸었다. 달라진 게 있다면 하늘과 손을 잡고 식장을 걸어 들어간 것이었다.

하늘과 손을 잡아야, 그래야, 그러면 할 수 있을 것 같았으니까. 그 누구도 마음 편하게 웃을 수 없는 결혼식이었다.

하지만 유학까지 갈 순 없었다. 정민은 꽤 오랫동안 기쁨과 슬픔이 고장 난 시간을 보냈다. 아무 실감 없이 몸속 생명을 통보받고 하루 만에 죽었다고 통보도 받았다. 정민은 몸 전체를 관통하는 통보에 놀랐다가 가슴이 찢어졌다를 반복하고는 세상의 모든 현실에서 무감각해졌다. 아무것도 하고 싶지 않은 시간이 꽤 오래 흘렀다. 병원에서 들려준 아이의 심장 소리가 내 것인지 아이의 것인지 알 수 없었다. 정민은 살면서 몸속 아이의 심장 소리를 제대로 들어본 적도 없다고 믿었다. 그래야 잃은 게 아니라 애초에 없었다고 자신을 설득할 수 있었으니까.

정민 인생의 가장 확실한 변화는 소설을 쓸 수 없다는 것이었다. 그날 이후로 만나는 사람마다 정민의 낯빛을 살폈다. '괜찮니, 얼마나 상심이 크니, 힘들지.' 같은 말들이 뭉툭한 가시가 되어 정민을 찔렀다. 정민의 유산 소식을 들은 사람들은 위로를 했고, 그 옆에서 '너 임신했었니?'라고 묻는 사람도 있었다. 하늘은 너무 기뻐 딱 한 명에게만 임신 소식을 자랑했다는데, 그 딱 한 명이 참 많이도 돌고 돌아다닌 모양이었다. 어설픈 걱정이 불편해 화를 내면 사람들은 정민이 지금 너무 예민해서, 한참 그럴 때라고, 이해해 주겠다고 말했다. 아이를 잃은 슬픔이 얼마나 클까 여기며 어떤 짜증과 화도 받아들여 줄 사람처럼 굴었다. 6개월, 8개월에 아기용품까지 다 준비해 놓고 그렇게 되는 사람도 봤으니 그것보단 낫지 않냐고 말하는 사람도 있었다. 아이를 잃은 슬픔이 얼마나 클까, 힘들지, 슬프지, 이해하며 어떤 짜증과 화도 받아들여 줄 사람처럼 마음껏 슬퍼하고 마음껏 울란다. 아이는 또 가지면 된다고.

총알 없이 총을 겨누는 건 정말 범죄가 아닐까. 죽일 의도가 없었던 사람은 정말 용서받아도 될까. 이런 궁금증에 정민은 세상과 천천히 두텁게 멀어져 갔다.

정민은 결혼식 후, 한 달을 아무것도 하지 않았다. 울었다가 웃었다가 반복 말고는 딱히 그 시간이 기억나지 않았다. 아무것도 실감 나지 않았다. 오히려 며칠 전 독감을 심하게 앓고 병원에 입원했던 조카가 더 안쓰러웠다. 조카는 2주는 넘게 입원했다는데 정민은 일주일 만에 퇴원하고 사지 멀쩡하게 걸어 나왔다. 삼 일은 울고 나머지 사 일은 심심해서 무엇을 할까 고민했다. 그 후로 삼 일을 이어서 울고 지치면 쉬고를 반복하면서 일상을 쓸려 보냈다. 시간을 모두 함께해 준 게 하늘이었다.

'죽으면서 살아가면 스스로 죽일지도 몰라.'

그래도 스스로 죽을 수는 없는 노릇이었다. 하루는, 머리를 질끈 묶고 잠옷 차림 그대로 집 밖을 나왔다. 하늘은 높았고 햇볕이 쨍하고 비추었다. 봄 아니면 가을이었을 거다. 맨발로 물끄러미 서 있는 정민에게 작은 꼬마가 다가왔다. 꼬마는 몸을 숙여 로봇이 그려진 자신의 신발 찍찍이를 뜯고는 통통하고 보드라운 몸을 한번 뒤뚱거렸다. 오른발을 꺼내 바닥에 딛고, 다시 왼발을 꺼내 바닥에 딛고 서서 작은 신발을 정민에게 내밀었다. 다행히 꼬마는 수건처럼 도톰한 양말을 신고 있었다.

꼬마는 동동한 손가락으로 정민의 발가락을 가리키며 말했다.

"이거 신어. 발, 아야."

그제야 발바닥에서 까슬까슬한 흙과 모래, 돌멩이로 인한 발의 고통이 느껴졌다. 가만히, 흙투성이가 된 발가락을 꼼지락거리며 정민은 뒤돌아 가는 꼬마의 뒷모습을 한참 동안 응시했다.

그날부터 정민은 바깥에서 양말이 발을 보호해 줄 수 있는 만큼씩 나아진 것 같다. 정민의 깨져버린 시간에 접착력이 생길 때쯤, 라디오 방송 작가로서 제의가 들어왔다. 한때 베스트셀러 작가였던 정민에게 성이 차지 않는 제안이었다. 다시 소설을 쓰게 되면, 다시 예전의 예술적인 재능을 찾으면, 다시 흐름만 타면 얼마든지 잘 팔릴 책을 쓸 자신이 있었다. 그런데 마음 한구석으로는 자신이 없었다. 분명 해내던 일이지만, 사실 아무 자신 없는 삶, 정민의 일상은 할 수 없는 시간으로 채워져 무겁게 멈추어 있었다.

PD의 라디오 방송 작가 제안에 고민하고 있던 찰나, 라디오 DJ로 확정되었다며 현성을 먼저 만나 보라고 했다. 정민은 중학교 때부터 현성의 팬이었는데 팬미팅한다는 생각으로 만났다. 묘하게 비슷한 서로의 처지가 위로되지 않을까. 현성은 그런 면에서 딱 맞았다. 현성은 싸가지 없는 배우로 유명했다. 정확히는 싸가지 없어진 배우였다. 첫 미팅도 카페는 시민들에게 방송국은 관계자의 눈에 띌 수도 있으니 화상으로 하자고 했다. 정민은 부수적인 건 얼마든지 괜찮았다. 사실 정민은 한창 잘나가던 시절을 지나 현재는 볼품없는 현성이 마음에 들었다. 세상에서 원치 않게 내려앉아 본 사람은 타인에게 아무것도 묻지 않는 습성이 있다. 정민은 그거면 충분했다.

미팅 시간은 오후 4시였다. 정민은 화상 미팅이 처음이라 늦을까 봐 30분 전에 입장해 있었다. 3시 40분쯤 되니 현성이 화면에 나타났다. 현성은 차 안에서 운전석에 앉아서 아래에서 찍힌 이상한 각도로 화면 안에 있었다. 정민이 어렸을 때 좋아하는 배우였다는 말로 미팅은 시작되었다. 분위기는 화기애애했고 정민은 마치 동네 언니와 함께 이야기하는 것처럼 편안했다. 한참 미팅을 하고 있는데 현성의 차 유리를 누군가 똑똑 두드렸다. 학생처럼 보이는 단발머리 여성분이 차를 빼 달라는 것이었다. 현성은 고개를 몇 번이나 숙이고 현재 중요한 미팅 중이라고 말하면서 양해를 구했다. 그 와중에 정민에게도 예상하지 못한 상황이라며 양해를 구했다. 평범하고 친절한 표정이었다. 그 어디에도 까칠한 연예인의 모습은 없었다. 그 사람을 보낸 현성은 웃으면서 이야기를 이어갔다. 정민은 그 모습을 보면서 이 사람과 일을 해야겠다고 다짐했다.

하늘은 특별히 취미가 없는 잔잔한 사람이었다. 특별히 잘하는 게 없지만 못하는 것도 없고, 좋아하는 것도 없지만 싫어하는 것도 없는, 함께 있으면 있는 듯 없는 듯해도, 그래도 있는 게 더 나은 사람, 자신에게 주어진 일은 성실히 해내는 무던한 사람이었다. 잘 웃는 것 같은데 곱씹어 생각해 보면 뭘 좋아하는지 뭘 싫어하는지 알 수 없었다. 하늘은 세상에 대한 호기심보다는 안락함을 바랐고 하늘이 만들어놓은 세상 안에 정민과 단둘이 많은 것들을 만들어 두었다.

영원히 단둘이서 만들어 갈 것 같았던 세상에 모모는 잘도 들어왔다. 하늘은 쉽게 모모를 받아들였다. 집으로 모모가 처음 온 날 아무 거리낌 없이 모모를 품에 안고 가만히 고개를 머리에 비비며 조용히 웃었다. 모모를 잘 돌보기 위해서 밥은 어떻게 먹이냐, 어떻게 키워야 되냐 질문하면 정민은 자신이 아는 선에서 충전하는 법, 더 이상 크지 않는 이유를 설명해 주었다. 모르는 부분은 둘이서 함께 알아가고 배워갔다.

하늘과 정민 두 사람만 사는 집에, 추억은 있었지만 새로 만들어진 온기는 없었다. 지난 향수는 있어도 새로운 향기는 없는 곳, 집 안에 새로운 사람 냄새가 나는 날은 없었다. 결혼하고 집들이도, 그 흔한 손님 초대도 한 적 없었다. 하늘의 부모님이 복날이라고 삼계탕을 한 솥 가득 끓여서 초인종을 누르고 두고 간 것이 전부였다. 모모는 두 사람의 인생 사이에 어느 날 갑자기 찾아온 유일한 새로움이었다.

하늘은 모모가 힘이 없어 보일 때마다 뼈다귀를 충전하고 정확한 시간에 입속으로 투입했다. 모모도 거실에서 종종거리며 하늘을 따라다녔다. 하늘이 누워있으면 발바닥을 핥았고 하늘이 핸드폰을 보면 마치 내용을 이해하는 듯 영상을 함께 보았다. 하늘이 문을 나설 때마다 현관까지 배웅하고 초인종 소리가 들리면 꼬리를 흔들며 하늘을 맞았다. 모모는 하늘의 '앉아, 일어서, 멈춰'를 잘 알아들었다. 하늘은 모모가 똥을 싸지 않는다고 오히려 섭섭해했다. 강아지는 뒤치다꺼리하는 맛

이 있어야 한다며 모모의 코에 자신의 코를 대고 흔들며 투덜
거렸다. 정민은 모모에게 똥 싸기 기능이 있다는 걸 알고 있었
지만 하늘에게 말하지 않았는데, 얼마 가지 않아 하늘에게 들
켰다. 하늘은 모모의 똥 싸기 기능을 켜 놓고 정민은 똥 싸기
기능을 껐다. 둘의 사소한 장난 거리가 되었다. 모모의 똥 싸
기 기능과 짖기 기능을 함께 켜 놓는 게 하늘이 정민을 약 올
리는 장난 거리가 되었다.

하늘은 정민이 다시 소설을 쓰길 바랐다. 출근과 퇴근을 해
야 하는 시간에 갇혀 정해진 타인에 맞춘 글 말고, 정민의 목
소리와 상상력으로 소설을 쓰길 바랐다. 하늘은 모모가 온 이
후로 조금씩 밝아지는 정민을 느꼈고 그래서 더 모모를 살뜰
히 챙겼다. 어쩌면 진짜 정민이 다시 소설을 쓸지도 모른다는
희망을 품은 채.

하늘은 정민이 과거를 세세하게 알지 못하는 출판사와 함
께 일하길 바랐다. 처음에는 직설적으로 다시 소설을 써보자
고 제안했지만 영 먹히지 않아서 하늘은 정민에게 자신만의
방식으로 말을 아끼게 되었다. 진지한 말보다는 장난으로 대
화를 많이 시도했다. 그렇게 하늘만의 방법으로 정민이 웃을
수 있게 도왔다. 그게 정민을 아끼는 법이라 믿었고 사랑을 표
현하는 방법이 될 수 있다고, 최선이라고 믿고 또 믿었다. 모

모는 그런 하늘에게 좋은 매개체가 되어 주었다.

정민과 하늘은 결혼 10주년을 맞이해서 집을 사기로 했다. 아니 더 구체적으로 말하면 해결하기로 했다. 정민은 사자는 주의였고 하늘은 전세로 살자고 했다. 둘다 집에 대한 고집은 잘 꺾이지 않았다. 하늘 아래 어차피 우리 집은 없다가 하늘의 마인드였다. 정민은 앞으로의 주거를 계속 고민하지 않고 살고 싶었고 하늘은 그저 귀찮으니 쭉 전세로 살자고 했다. 하지만 얼마 전에 집주인이 집을 팔려 한다고, 새로운 집주인이 세입자를 안고 가겠다고 할지는 모르겠다는 연락을 받았다. 다행히 집은 팔리지 않아서 다시 거두어들였지만 당장 내일 또 주인에게 어떤 전화가 걸려올지 몰랐다.

퇴근 후 정민이 먼저 집에 도착해 하늘을 기다리고 있었다. 오면서 사 온 갈비찜을 데우려 냄비에 쏟아 넣는데, 하늘에게서 지금 들어가겠다는 전화가 왔다.

"뭐 사갈 거 없어? 먹고 싶은 건?"

"오늘은 정말 마무리하자. 집을 살지, 어디로 살지. 갈비찜 사 왔어. 지금 데우려고."

"응. 금방 갈게."

정민이 가스레인지에 불을 올렸다.

"아. 쓰레기봉투나 사 와."

갈비찜은 금방 보글보글 끓었다. 정민은 숟가락으로 뜨거워진 감자를 으깨어 입어 넣었다. 달콤함과 후추의 매운맛이 코를 톡 쏘았다. 숟가락을 내려놓고 불을 낮춘 후 냄비 뚜껑을 닫는데 다시 하늘에게 전화가 왔다. 갑자기 친구에게 연락이 와서 밥을 먹고 들어오겠다고 거였다. 정민은 가볍게 알겠다고 말한 후 짧은 통화를 끝냈다. 정민은 밑반찬은 꺼내지 않고, 냄비 속의 감자 몇 개만 밥에 비벼 간단하게 먹은 후 일찍 잠들었다.

새벽 즈음, 정민은 눈이 떠졌다. 옆자리에 하늘이 보이지 않아 거실로 나가보았다. 거실에는 연탄불 그을음과 고기의 기름 냄새, 술 냄새가 섞인 공기가 맴돌았다. 그 속에 팬티 바람의 하늘이 대자로 뻗어 잠을 자고 있었다. 쓰레기봉투 10장을 가슴에 고스란히 안은 채로. 맛있는 음식을 잔뜩 먹었음을 보여주듯 불룩한 배를 움직이며 평화롭고도 평화롭게.

정민은 하늘을 거실에 그대로 둔 채 방으로 들어와 다시 잠들었다.

얼마나 다시 잠들었을까. 하늘이 거실을 오가는 소리에 잠이 깼고, 정민은 옆에서 잠들어 있는 모모를 포근하게 끌어안았다.

"우리 집 안 살 거지?"

언제 일어났는지 하늘이 주방에서 안방으로 걸어 들어왔다. 입안 토스트를 가득 물고 마치 게임 아이템을 안 사듯 하늘이 말했다. 하늘은 집 이야기를 할 때도 싱글벙글거리며 장난을 쳤다. 오른팔과 왼쪽 다리를 쭉쭉 뻗어 보이다가 꽝 넘어지고 정민의 눈치를 보았다. 그러면 정민은 웃을 수도, 그렇다고 화를 낼 수도 없이 아무 말 할 수가 없었다. 정민이 벙 져 황당해하고 있는 틈을 타 갑자기 하늘이 엉덩이를 뒤쪽으로 쭈욱 빼면 결국 정민은 웃고 만다.

그렇게 집에 대한 진지한 이야기는 제대로 시작도 하지 못하고 끝이 났다. 항상 그랬다. 정민의 내 집 마련의 꿈은, 둘의 편안한 보금자리에 대한 고민은 늘 처음으로 돌아가고 잊었다. 언제든 시작도 하지 않은 말처럼 끝났지만 정민은 웃었고 하늘은 먼저 출근하느라 집을 나섰다.

열한 시가 조금 넘어 아무 일도 없었다는 듯 정민은 일어났다. 기지개를 켜고 커튼을 열고 커피를 내렸다. 밖이 비쳐 보이는 하얀색 커튼 틈 사이로 창문 밖에는 초록 초록한 생명체들이 살아 숨 쉬고 하늘하늘한 움직임이 흩날리고 있었다. 분명한 단어도 의미도 전달되지 않는 사람들의 적당히 시끄러운 소리가 집 안으로 들어왔다. 그 곁은 모모가 커피 향을 즐기듯이 콧구멍을 벌름거리며 지켰다. 정민은 모모의 콧구멍을 손가락으로 톡톡 치면서 따라 하듯 눈과 코를 찡긋거리곤 부드럽게 말했다.

"너도 이 향 맡을 수 있니?"

모모는 정민을 웃게 했고 혼잣말을 하게 했다. 정민이 모모를 품에 안고 평온한 마음으로 얼굴을 비비려 하는 찰나,

"몽몽"

모모가 갑자기 세차게 짖었다. 하늘이 짖기 기능을 켜고 출근한 것이다.

"아이, 깜짝이야."

찬찬히 둘러보니 거실에는 모모의 똥이 굴러다녔다. 모모의 똥은 갈색 플라스틱이었고 아무 냄새가 나지 않는데도 이를 더럽다고 생각하며 굳이 물티슈를 두껍게 겹쳐 한 손으로 코를 잡고 최대한 멀리서 집는 자신을 정민은 황당해하면서도, 모모의 짖기 기능을 켜고 똥 싸기 기능을 켜면서 신나서 들썩들썩했을 하늘의 어깨를 떠올렸다. 정민은 하늘을 잠시 원망하며 핸드폰으로 사진을 찍어 하늘에게 전송했다.

― 오늘 저녁에 퇴근하고 와서 네가 다 치워!!

정민은 물티슈로 둘둘 말아 두 개의 덩어리를 감싸 쓰레기통에 넣으면서 피식 웃음이 났다. '하늘이는 도대체 몇 살인

거야'

그 옆을 모모가 동그란 눈으로 꼬리를 흔들면서 바라보고 있었다.

"모모 산책해야지? 늦잠 자서 미안해. 내일은 일찍 일어나서 산책시켜줄게."

정민은 서둘러 출근 준비를 했다. 샤워하러 욕실로 들어가는 정민을, 샤워한 후 안방으로 들어가는 정민을 모모는 꼬리를 흔들거리며 졸졸 따라다녔다. 젖은 머리를 감싼 수건을 벗어 머리칼을 흔들면 자신도 몸을 흔들어 털을 털어내듯 몸을 떨었다.

정민은 언제부턴가 모모를 혼자 두고 외출을 하는 게 신경 쓰이기 시작했다. 혼자 두는 게 걱정되어 가까운 곳은 모모를 안고 나갔다. 만나는 사람이 있으면 양해를 구하고 데리고 나갔고 애견 동반 가능한 곳을 찾아다녔다. 모모를 안고 나갈 수 없을 땐 어차피 로봇일 뿐이니 전원을 아예 꺼놓고 갈까 고민했지만 차마 그러진 않았다. 전원을 끄는 건 마치 모모의 몸을 묶고 자유를 빼앗은 것만 같았다. 자신과 함께 있지 않더라도 자유롭게 다니고 코를 킁킁거리길 바랐다. 모모와 함께한 시간이 길어질수록 혹시 외로움을 느끼진 않을까 걱정되기도 했다.

정민은 모모를 혼자 두고 집을 나오는 날이면 퇴근하고 바로 집으로 돌아오겠노라고 다짐했다. 집을 나서면서 모모를 한껏 진하게 안았다. 모모는 정민의 품에 맞춘 듯 쏘옥 안겼다.

"혼자 있게 해서 미안. 엄마 출근했다가 금방 다녀올게."

정민은 모모의 콧등을 두 번 콕콕 두드렸고 모모는 콧구멍을 두 번 발름거렸다. 동그란 꼬리를 천천히 흔들면서.

모모는 정민 일상의 어떤 부분을 채워주었다. 부족한지 몰랐던 시간을 채워주면서 부족했다는 걸 깨닫게 해주었다. 어쩌면 차라리 몰랐으면 더 좋았을 부족함도 있다는 걸 그때는 몰랐다. 모모는 집에 있는 동안 이례 막 걸음마를 시작한 아이처럼 엉금거리며 정민을 하루 종일 따라다녔다. 정민이 화장실에 가면 그 앞에서 발로 문을 긁어댔고 TV를 보고 있으면 폭삭 안겼다. 한참 동안 샤워를 해도 그 앞에서 얌전히 꼬리만 흔든 채 정민을 기다렸다. 정민은 깨끗이 샤워하고 나와 모모를 안아 올리는 기분을 좋아하게 되었다.

모모는 집에서 노트북으로 작업을 하고 있을 때도 멀뚱히 정민을 바라보았다. 짖기 기능을 켜면 마치 놀아달라는 듯 앙앙 짖었다. 아무것도 하기 싫은 무료한 날에도 모모를 산책하기 위해서 정민은 집을 나섰다. 모모에게는 예쁜 옷을 골라 입히고선 자신의 얼굴에는 선크림만 바르고 선글라스에 모자를 푹 눌러쓰고는 산책을 나갔다. 정민은 어쩐지 모모가 진짜 강아지가 아니라는 걸 들키고 싶지 않아 목줄도 꼭 챙긴 채 최대한 자연스럽게 움직였다. 집안에는 모모의 장난감, 옷들이 준비되어 집 안 구석구석 자리 잡고 있었다. 언뜻 보면, 아니 자세히 보아도 모모는 진짜 강아지 같았다.

하늘이 유난히 파란 오후, 정민이 모모와 산책하는데 모모와 비슷한 종의 강아지를 데리고 산책 나온 이웃이 인사했다.

"어머. 강아지 너무 귀엽네요. 몇 살이에요?"

정민은 한 번도 생각해 보지 못한 질문과 대답이었지만 당황하지 않았다. 적당히 몇 살이라고 둘러댈까 고민하는 찰나.

"두 살 정도 되죠? 우리 아이랑 친구겠어요."

"네."

모모는 이미 친구와 가까워져 서로에게 친근함을 표시하고 있었다. 그날 정민은 산책을 마치고 돌아오면서 모모는 몇 살쯤일까. 혹시 모모가 태어났다면 한 살 즈음엔 어땠을까. 두 살 즈음엔 아장거리며 걸었을까. 세 살이면 호빵 같은 볼을 움직이며 말도 했겠지. 그런 생각들을 해보았다.

굳이 일상을 서로에게 보고하지 않는 사이였던 하늘과 정민 사이에 모모가 들어오면서 모모를 통해 소통하고 모모 이야기를 하는 시간이 늘어났다.

   — 모모 짖기 기능 켜 놓지 마.

   — 똥 싸는 기능 쓰지 마.

   — 모모 충전해 줘.

   — 오늘 나 늦어. 모모랑 놀아줘.

   — 모모 털에서 냄새나더라. 목욕시켜야 해. 일찍 들어와.

   모모는 두 사람을 연락하게 만들었다. 항상 함께하고 일을 하는 모습이 어떤지 알기에 시시콜콜하게 일상을 보고하는 시기는 한참 지났다. 어쩌다 전화하면 무슨 일이냐고 받았고, 갑자기 전화하면 무슨 일 있는가 해서 깜짝 놀란다고 카톡이나 문자를 하라고, 그것도 아니면 그냥 집에 와서 말하라고 했다. 전화는 정말 무슨 일이 있을 때만 하자는 거였다. 모모와 함께하면서 핸드폰 화면의 카톡 아래까지 밀려있던 하늘과의 대화창이 수시로 가장 위로 올라왔다. 정민의 사진이었던 카톡 프로필이 모모의 사진으로 바뀌었다. 정민에게 모모는 하늘처럼 소중한 존재가 되어 갔다. 하늘에게 모모는 정민만큼 소중한 존재가 되어갔다. 하지만 단 한 번도 정민을 넘어서진 않았다.

   방송국은 한참 점심시간이었다. 구내식당 안에는 방금 요리된 신선한 음식과 채소들이 준비되어 있었다. 고추장 불고기 볶음과 상추, 방울토마토, 계란말이와 뭇국은 정갈하고 깔끔한 엄마가 해준 도시락처럼 먹음직스러운 한 상이었다. 식판을 들고 줄을 서 있는 정민에게 프로그램 PD가 다가왔다. PD는 정민에게 가까이 다가와 귀에 대고 속삭였다.

"저기 빨간색 재킷에 하얀 치마."

정민이 까치발을 하고 PD가 가리키는 손가락 쪽을 바라보며 큰 소리로 말했다.

"어디요?"

정민은 목을 주욱 빼고 여기저기를 둘러보았다. 깔끔하게 촬영용 의상을 차려입은 민주가 단아하고 우아한 웃음을 지으며 음식을 조금씩 식판에 담고 있었다. 많은 사람 속에서도 그녀만의 아우라가 빛나서 한눈에 찾을 수 있었다.

"아니. 쉿! 쉿!"

PD는 정민의 어깨를 한 손으로 누르며 까치발이 다시 바닥에 닿도록 힘을 주었다. 정민의 다시 서 있는 상태가 되자 몸을 숙이고 자신보다 한참이나 덩치가 작은 정민의 뒤에 숨는 시늉을 했다. 정민은 PD의 방패막이 되어 긴 멀대를 가리고 있는 여린 병풍이 되었다. 정민은 목구멍에서 바람 소리가 나오도록 공기 반 소리 반으로 목소리를 낮췄다.

"왜요?"

"부끄럽잖아. 쳐다볼까 봐. 연예인 같지 않아? 정말 이쁘지? 이번에 새로 들어온 기상 캐스터래."

민주가 걸어가면 밥을 먹던 사람들의 시선이 민주에게 머물렀다가 스쳐 지나갔다. 정민이 본 사람 중에 빨간색 재킷이 저렇게 잘 어울리는 사람은 처음이었다.

정민과 PD는 식판에 반찬을 담고 밥을 푸고 국그릇을 올리며 테이블에 앉았다. 식당 안은 북적북적했고 민주는 혼자 앉아 있었다. 민주 주변에 서 있는 사람은 많았지만 밥을 함께 먹는 사람은 없었다. 민주는 숟가락을 든 채로 자신에게 말을 거는 사람 모두에게 웃으면서 응대하고 있었다. 모든 사람에게 눈을 맞추고 이를 보이면서 웃으며 고개를 끄덕였다. 또 다른 질문에는 심각한 표정으로 금세 바뀌기도 했다. 민주는 마치 얼굴을 바꾼 거울처럼, 표정만 바꾼 거울처럼 사람들을 일일이 마주하고 있었다.

'저렇게 살면 안 피곤하나.'

정민은 민주의 감정선을 따라가는 게 버거워 더 이상 시선을 두지 않았다. 세상의 모든 사람이 친구가 되는 것보다 차라리 친구가 한 명도 없는 게 더 나을지도 모른다고. 정민은 숟가락으로 뭇국을 뜨며 엉뚱한 생각에 잠겼다.

"저렇게 많은 사람이랑 이야기했으면서 왜 혼자 먹을까?"

PD는 계속해서 민주에게 관심을 쏟아냈다.

"신비주의지. 정말 멋있지 않아? 저렇게 예쁜 여자가 혼자서 밥 먹고 있으면."

PD는 숟가락도 들지 않은 채 뭐가 그리 좋은지 신나게 말을 이어갔다. 정민은 자신이 알지 못할 이유를 한 번쯤 생각해보다가 PD의 말에 굳이 대답하지 않고 조용히 밥을 먹었다. PD는 입술을 한번 네모로 만들고는 숟가락을 움직이기 시작했다.

정민이 식당에서 빠져나왔을 때 본관에 설치된 브라운관에는 민주의 방송 녹화본이 방영되고 있었다. 싱그러운 웃음과 오뚝한 콧날, 빨간색 재킷이 참 잘 어울렸다. 오랫동안 일한 베테랑처럼 자연스럽고 친근하게 진행을 이어가고 있었다. 정민은 브라운관 앞에서 한동안 민주를 넋 놓고 바라보았다. 다음 날도, 그다음 날도 점심시간에 민주는 혼자서 밥을 먹었다. 혼자서 밥을 먹는 민주는 참 예뻤다. 정민은 민주의 옆에 가서 앉았다.

"안녕하세요. 여기 앉아도 되죠?"

"물론이에요."

"새로 오신 기상 캐스터죠? 방송에서 보면 원래 아는 사람 같다니까요."

"반가워요."

정민은 왼손으로 어설프게 젓가락을 들었다. 오른손에 숟가락을 들고 잠시 비스듬한 곳을 응시했다. 멍하니 민주의 머리꼭지에서 목까지 내려다보았다. 그 눈빛이 그윽해서 둘의 거리감은 좁혀졌고 식당 안에 마치 둘만 있는 공간이 되었다.

"혼자 먹고 있길래 왔어요. 저도 오늘은 혼자 와서."

정민이 더듬더듬 겨우 말을 했다.

"왼손잡이예요?"

"아니요."

정민은 황급히 왼손에 있던 젓가락과 오른손에 있던 숟가락의 위치를 바꾸었다. 그러는 동안 얼굴이 잠시 붉어졌다. 오른손과 왼손이 헷갈려서, 괜히 무안해서였을까. 자신도 모르게 허벅지 안쪽이 떨렸고 심장이 조용히 쿵, 하고 내려앉았다. 브래지어와 맞닿은 등의 피부가 간지러워 몸을 슬그머니 움직거렸다. 혹시 심장이 내려앉는 소리를 민주가 들었을까 정민은 아무 말을 했다.

"모두 민주 씨와 친해지고 싶어 하네요."

며칠 전 PD와 밥을 먹으면서 했던 말이 터져버렸다. 마치 그동안 지켜봤다는 듯이, 마치 당신에 대해 잘 알고 있다는 듯이.

"다들 화면에 나오는 사람은 신기해하니까요."

민주는 싱긋 웃으며 말했다. 많은 사람들에게 보였던 화사한 미소로. 민주는 한국에 들어온 지도, 방송국에 들어온 지도 얼마 되지 않아서 친한 사람이 없다고 했다. 미국에서 대학을 다녔고 공부하다가 남편을 만났다고. 자신이 한국 사람인지, 미국 사람인지 가끔 헷갈린다고. 생각할 때 영어와 한국어가 섞여 가끔 혼란스럽고 영어로 꿈을 꾼 날은 다음 날 일정에 조심한다고 했다.

정민은 이야기가 많은 민주가 좋았다. 민주가 하는 말의 대부분은 정민이 잘 모르는 생소한 이야기였다. 라디오 작가와 기상 캐스터는 일로 부딪힐 이야기가 없었다. 민주와 기분 좋은 대화를 하고 나면 대본이 줄줄줄 써졌다. 민주의 이야기를 듣다 보면 새로운 인물을 창조하고 사건을 만들고 전하고 싶은 메시지가 생겼다. 큰 키와 늘씬한 몸매, 길고 그윽한 속눈썹에 보랏빛 입술, 민주는 늘 웃는 얼굴이었고 누구에게나 친절했다. 물론 정민에게도.

정민은 그날 이후로 혹시 민주 영상이 나오나 싶어 브라운관이 있는 본관 쪽으로 괜히 가보았다. 구내식당에서 같이 밥을 먹은 뒤에 몇 번 우연히 복도에서 만났다. 한두 번은 가볍게 인사했고 세 번째 만나던 날 정민이 민주에게 방송 잘 보고 있다고 말했다. 민주와의 인사는 다정했고 서로의 소소한 이야기를 하게 되어 방송국 내 카페에서 커피를 한 잔 마시게 되었다.

사실 정민의 가슴 한구석에는 민주에 대한 안쓰러움이 있었다. 민주는 항상 많은 사람들 사이에 둘러싸여 있고 항상 웃고 있었다. 그 웃음이 정민에게는 어딘가 과하게 느껴졌다. 볼이 패이지 않아도 되는 웃음에도 보조개를 쏘옥 드러내는 수고스러움에 연민이 느껴졌다.

민주는 마주 앉아서 이야기해 보니 편안하고 스스럼없이 자기의 이야기를 하는 타입이었다. 잘 들어주는 민주에게 하마터면 자신이 예전에 소설을 쓰는 작가였다고 유산한 이후부터는 소설을 쓸 수 없게 되었다고 말할 뻔했다. 지나치게 많은 자신의 이야기를 할까 두려워하고 있는 정민에게 민주는 한국에 들어와서 어마어마한 외로움을 경험했고 그래서 소개팅을 많이 했고 그 소개팅으로 고생하다가, 최근에 미국에서 일하며 만났던 전 연인인 시현이 한국으로 돌아오면서 결혼을 했다고 했다.

"혹시 결혼할 때 집은 어떻게 했어요? 실례라면 미안해요. 요즘 우리는 집 때문에 골머리거든요."

민주는 여유 있게 웃었다.

"실례는요. 저희는 반반반 했어요. 저 반, 남편 반, 은행 반."

"아, 반반반."

"치킨보다 낫죠?"

민주는 혀를 내밀고 잠시 웃어 보였다. 민주의 입술을 살짝 빠져나오는 분홍 헛바닥에 정민은 잠시 숨이 멈추었다.

"결혼하면서 집을 산 거네요."

"어차피 완벽하게 내 것도 아닌데요. 남편이랑도 잘 지내야 하고 은행이랑도 잘 지내야 해요."

공동 재산과 그를 이어줄 무언가가 있다고 생각하니 정민은 이상하게 현명하고 공평한 것 같아서 부러움이 일렁였다.

"혹시 힘들진 않아요?"

"어떤?"

"그러니까. 방송국 생활."

정민도 꼭 집어 너의 표정이 과하다, 너의 친절함, 그런 미소와 친절함의 연속이 선을 넘는다는 말을 바로 하진 못했다.

"없어요. 힘든 거. 재미있어요. 방송도 그렇고."

정민이 쭈뼛거리며 말을 이어갔다.

"저는 힘들더라고요. 하나하나 다 반응해 주고 다 웃어주고 다 들어주는 거."

민주는 당연하다는 듯이 웃었다.

"아, 친절함. 그건 힘들어요."

민주는 힘들다는 말을 호탕하게 하는 법을 알고 있는 듯했다. 호탕한 웃음이 여성스러울 수도, 매력적일 수도 있다는 걸 정민의 바로 앞에서 보여줬다.

"힘든데 왜 그래요?"

"찰나는 힘든데요. 어쨌든 거절은 해야 하니까요."

"거절이요? 친절하게 다 받아주시던데요."

정민은 마치 그동안 민주를 지켜봤다는 걸 들킨 것 같아서 혼자 얼굴이 붉어졌다. 민주는 정민의 붉은 볼에 하얀 눈송이를 선물하듯 발그레한 미소를 보이며 말했다.

"밥은 꼭 혼자 먹고 싶어서 거절하던 중이에요. 그래야 쉬는 것 같더라고요. 점심을 함께 먹자는 분들의 기분을 망칠 권리는 없으니까요."

"그랬구나."

"저 외로움 정말 많이 타는 타입인데 밥은 또 혼자 먹고 싶더라고요."

"그랬구나."

정민은 그랬구나를 두어 번 읊으며 한참 같은 잠깐의 시간을 보냈다.

"그래야 나중에는 덜 힘들거든요. 저는 알아요. 주변에 아무도 없는 게 어떤 건지."

민주는 눈동자를 입꼬리와 가까이 두고 천천히 고개를 끄덕였다. 정민은 민주에게 자꾸 여러 모양의 마음이 쏠렸다. 외로움을 많이 탄다는 말과 외로움을 안다는 말에, 그래서 모든 사람에게 친절하다는 말에, 하지만 밥은 꼭 혼자 먹고 싶다는 말이 모두 다 다르고 아프게 느껴졌다.

커피의 카페인이 정민의 심장을 타고 들어갔다. 민주의 남편 시현은 한국에서 만든 산업용 제품을 수출하고, 수입해 온 제품들을 온라인으로 되판다고 했다. 민주는 마치 전문가처럼 화학 기호들을 커피, 의자같은 일상언어처럼 말했다. 대화 중 민주의 입에서 수출과 수입에 대한 전문 용어가 쏟아져 나왔다. 정민은 그 이야기 중 반은 이해하지 못했지만 그걸 말하는 민주의 입모양을 보는 게 좋았다. 묘하게 자꾸 듣고 싶었다. 민주의 이야기를 듣고 있다 보면 민주의 남편 시현이 궁금해졌다.

어떻게 생겼을까, 목소리는 어떨까, 집에 들어오면서 어떻게 인사할까.

순간 정민은 모모를 떠올렸다. 더 구체적으로 모모의 녹음 기능이 떠올랐다. 정민은 약간 괴로워서 민주가 눈치채지 못할 만큼 머리를 흔들었다.

"가끔 나랑 놀아 줄래요? 나 외국에서 한국 들어온 지 얼마 안 돼서 친구가 별로 없어요. 남편은 해외 출장이 잦고요. 카페도 가고 싶고 산책도 하고 싶은데."

"좋죠. 우리 커피 마셔요."

"혼자 있는 시간이 싫어서 이것저것 배우러 다녀요. 다들 나 열심히 사는 줄 아는데, 사실은 외로워서."

민주는 오른쪽 눈을 찡긋거렸다. 민주는 운동으로 골프를 치고 꽃꽂이를 배우러 다닌다고 했다. 최근에는 요리가 재밌어져 요리책을 보다가 인문학 독서 모임도 한다고. 안 쓰면 자꾸 잊는다며 영어를 놓을 수가 없는데 시간이 도저히 나지 않아서 새벽 5시 타임을 신청할까 고민 중이라고 했다. 정민은 어딘가 과한 민주의 삶을 그저 담담히 들었다. 처음에는 자꾸 연민의 감정이 몰려왔지만 조금 친해졌다고 생각하니 민주의 몸이 열 개 정도 되었으면 좋겠다고 생각했다. 그래야 자신과 커피를 마실 시간이 있지 않을까 하고.

"결혼했는데도 그렇게 바쁘게 지내요?"

"결혼이랑 바쁜 일이 상관있나요? 외로운 것보다 바쁜 게 나아서."

"그... 렇죠?"

민주는 말끝을 흐렸다. 그리 잘 알지 못하는 사람에게 외로움을 말하는 건 어떤 해소와 같았다.

정민은 외로움이란 단어의 뜻을 곱씹어 보았다. 외로움이
혼자 있는 감정이라면 정민은 단 한 번도 느껴본 적이 없었다.
늘 하늘과 함께한다고 생각했고 하늘은 어떤 방식으로든지 정
민의 곁에 있었다. 정민도 삶이 힘들다는 생각을 많이 했다.
그런데 그 이유 중에 외로움은 없었다. 정민은 외롭다는 민주
에게 연민이 밀려왔다. 둘은 한층 가까워지기로 약속하고서는
서로의 건물로 향했다.

오랜 시간 동안 알고 지낸 하늘과의 결혼, 많은 일이 생겨
나고 사라지던 삶엔 외로울 틈은 없었다. 삶에 틈이 있다고 느
껴질 새 없이 하늘이 그 틈을 비집고 들어왔고 채웠다. 믿을
구석, 정민의 삶에 쿡하고 박혀 있는 돌덩이, 하늘은 정민에게
바위와도 같았다. 학생에서 어른으로, 친구에서 연인으로 자
연스럽게 발전한 둘은 사랑한다는 말이 필요 없었다. 집에서
도 쉽게 야, 너라고 서로를 불렀고 그게 불쾌하거나 기분 나쁘
지 않았다. TV에서 가끔 사랑한다는 달콤한 고백을 하며 키
스하는 주인공을 보면서 정민의 심장이 두근거릴 때, 그 옆에
는 어김없이 과자를 흘리면서 먹고 발가락 끝을 꼼지락거리며
'저거 찍을 때 침 흘렸을 것 같지 않냐?'고 말하는 하늘이 있었

다. 하늘과 정민은 핸드폰 속 저장되어 있는 전화번호도 겹쳤다. 예전에 번호가 바뀌어서 연락이 안 되는 친구가 있었는데 하늘의 핸드폰에서 전화번호를 찾아 전화하기도 했다. 정민과 하늘은 어떤 말을 해도 다 예전에 했던 말이었다. 정민에게 좋은 친구와 하늘은 있어도 외로움과 설렘은 없었다. 모모는 정민과 하늘의, 일상의 틈에 들어왔다. 서로가 아니면 안 되는 서로. 그 무엇도 대신해 줄 수 없는 서로. 모모가 그 틈으로 들어와서 둘 사이에 없던 틈이 생겼다. 친구들에게 정민과 하늘은 서로의 대체재였다. 동창 모임이 있을 때, 둘 다 오지 못하면 한 명은 꼭 오라고 했다. 친구들은 하늘을 보면 정민을 본 것 같다고, 또 정민을 보면 하늘을 본 것 같다며 추억을 말했다. 중요한 이야기가 있는 모임에도 둘 중에 한 명만 와서 듣고 가고 전해 주라는 거였다. 가끔 정민에게는 하늘에게 전화한다는 걸 잊었다고, 하늘에겐 정민에게 전화하는 걸 너에게 했다는 전화가 걸려왔고 둘은 아무렇지도 않게 받았다.

친구들에게 정민은 어쩌면 정민 한 사람이 아닌, 적당히 하늘이 섞인 한 사람 반을 의미하는지도 모르겠다.

정민과 민주는 한층 이질적인 친밀함을 쌓고, 뒤돌아 서로가 일하는 건물로 향했다.

정민과 민주는 방송국에서 우연히 자주 마주쳤다. 정민이 민주가 자주 다니는 본관에 일부러 자주 다녔으니 우연이 아니라면 또 아닌 우연이었다. 민주는 정민을 보면 반가워했고 간단히 안부를 전했다. 날씨가 너무 좋다, 혹은 나쁘다, 아침은 먹었냐, 일은 힘들지 않냐 하는 그런 시시콜콜한 대화가 주였다. 시현이 해외로 출장을 갔다는 말에, 정민은 브런치를 먹자고 제안했다. 정민은 모모를 데리고 민주네 집 앞 브런치 가게에 나타났다.

정민은 누가 봐도 귀여운 반려견과 산책하고 바로 온 모습이었다. 모모는 청초한 눈빛으로 민주를 바라보았다.

"이렇게 귀여운 강아지를 키우고 있던 거야?"

민주는 호기심 어린 눈빛으로 모모를 바라보았다. 모모도 그런 민주의 마음을 읽듯 민주를 빤히 바라보고는 익숙한 정민의 품에 안겼다.

"안아봐도 돼?"

"그럼."

모모는 정민의 품에서 살짝 뻗은 포근한 민주의 팔로 얌전히 옮겨갔다. 민주의 하얗고 가느다란 두 팔 사이로 모모의 하얀 털빛이 유난히 더 빛났다.

"이름은 모모야. 애완 강아지 같은 건데 남편 출장 간 동안 심심하면 데리고 있을래?"

"강아지라고? 강아지 같은 건 뭐야?"

민주는 그윽하게 속눈썹을 내리깔고 모모의 목 부분을 부
드럽게 쓰다듬고 있었다. 모모는 약간은 겁을 먹은 표정으로
얌전히 안겨 고개를 천천히 흔들거리며 헛바닥을 헥헥거렸다.
민주는 따스한 시선으로 눈을 내리깔고 모모를 응시했다. 정
민은 그런 둘을 번갈아 보면서 잠깐의 안락함을 느꼈다. 정민
은 팔을 뻗어 민주에게서 모모를 넘겨받았다. 모모를 테이블
에 올리고 약간은 강하게 뒤집어 배 부분을 들추어 보였다. 모
모의 발바닥이 천장을 향했고 머리가 테이블에 콩 하고 박혔
다. 깜짝 놀란 민주가 정민을 쏘아보면서 말했다.

"왜 그래? 강아지 아플 것 같아. 하지 마."

민주는 깜짝 놀라 정민의 손목을 세게 붙잡았다. 정민은 여
유 있게 웃으며 천천히 모모의 배 쪽에 있는 버튼들을 두 번째
손가락으로 가리켰다. 민주는 그래도 모르겠다는 듯이 눈을
동그랗게 떠 보이면서 힘주어 붙잡고 있던 정민의 손목을 힘
을 천천히 풀었다.

"뒤집었는데 짖지 않지? 너무 가만히 있는 거 같지 않아? 그
리고 이 버튼들."

정민인 모모의 배 아랫부분에 있는 짖기 기능 버튼과 똥 싸

기 기능 버튼을 설명해 주었다. 민주는 천천히 고개를 끄덕였다. 잠시 정적이 흘렀다.

"진짜는 아니야."

"진짜 같아. 헷갈려."

"헷갈릴 것 없어. 보시다시피."

"그래도 정말 강아지처럼… 똑같잖아."

"편하게 생각하면 돼. 그냥 진짜 강아지라고 생각해."

정민은 테이블 위에 모모를 세웠다. 모모는 네 다리에 힘을 주고서는 뻣뻣하게 서 있었다. 여전히 아무것도 모른다는 듯이 마치 진짜라도 되는 양, 렌즈 같은 눈망울로 민주를 바라보았다.

"기분 좋으면 꼬리도 흔들어."

모모의 동그란 꼬리가 아무렇게나 엉클어진 새하얀 솜덩어리처럼 돌돌 말려 있었다.

"진짜가 아니라면서 기분도 있어?"

정민은 잠시 고개를 갸웃했다. 모모에게 기분이 있을지까지는 한 번도 생각해 보지 못했다. 하지만 그 생각은 그리 오래가지 않았다. 굳이 모모의 기분까지는 궁금하지 않았을지도 모른다. 모모의 기분이 있는지에 대한 대답을 생각해 내지 못한 채 정민은, 모모를 사랑스럽게 바라보고 있는 민주에게로 시선을 돌렸다. 두 발로 우뚝 서서 실룩거리는 꼬리를 흔드는 로봇 강아지를 보았다. 귀여웠다. 민주는 모모를 안아보았다.

"따뜻해."

"어차피 하는 행동은 진짜 강아지랑 똑같아. 로봇이라고 말 안 하면 아무도 모를걸?"

정민은 자랑하듯이 말했다. 정민은 두 번째 손가락을 입술 중앙에 세우며 둘의 비밀을 만들었다. 세상에 내가 말을 하지 않으면 아무도 모를 일을 비밀이라 부른다. 영원한 비밀은 없다고 하지만, 어쩌면 그런 비밀에 숨을 수 있는, 아무도 없는 세상의 구석이 있지 않을까 하는 희망처럼 느껴졌다. 민주는 눈을 동그랗게 뜨고 입술을 동그랗게 오므리고 아이의 엉덩이를 쓰다듬듯이 모모를 쓰다듬으며 바라보았고 정민은 그런 민주를 애틋하게 바라보았다. 민주의 모습은 참 다정하고 예뻤다. 정민이 남자였다면 아마 민주의 이 모습에 반했을 것이다. 민주의 손등에 자신의 손을 포개어 함께 모모를 쓰다듬었을 것이다. 그렇게 정민의 머릿속은 손과 손을 포개어 쓰다듬는 상상이 가득했다.

정민은 고개를 부르르 흔들고 정신을 차린 후, 민주에게 설명하듯이 말했다.

"뼈다귀를 목구멍 안에 꽂아 줘야 모모가 움직일 수 있어.

뼈다귀도 충전해야 해. 여기."

"이걸 이 강아지, 모모의 목구멍에 넣어야 한다고? 못 해. 난."

"진짜가 아니잖아. 할 수 있을 거야."

"이렇게 이빨도 있는데? 목구멍에 손을 어떻게 넣어?"

민주는 하얗게 질려 눈 아래의 실핏줄이 보였다. 민주가 소스라치게 놀라는 모습에 모모는 동그란 눈을 한 번 꿈뻑거렸다.

"장난감이라고 생각해. 절대 물지 않아."

정민은 마치 귀신 인형을 무서워하는 아이를 보듯 민주를 귀엽게 바라보다가 타포린백 속에 준비해온 뼈다귀와 뼈다귀 충전기를 내밀었다. 민주는 몇 번을 머뭇거리다가 눈을 질끈 감고 주먹을 불끈 쥐고서는 뼈다귀를 모모의 목구멍에 넣었다.

― 딸깍

"이 소리가 나면 충전되는 거야. 별거 아니지?"

민주는 어리둥절했지만 약간은 해냈다는 미소를 머금었다.

"처음이 힘들지 두 번째부터는 괜찮을 거야. 혼자서도 할 수 있겠지?"

다행히 민주는 고개를 끄덕였다.

둘은 모모를 바닥에 내려두고 그제야 마주 앉았다. 모모는 테이블 나무의 냄새를 맡고 장식장을 구경하고, 가게 소품들을 두리번거리며 돌아다녔다. 둘은 그제야 나온 지 한참이 지난 브런치를 바라보았다.

"모모랑 같이 오니까 밥 먹기 힘드네."

"진땀 났어."

"무엇이든 생명을 키운다는 건 정말 대단한 일이야."

민주는 만족한 표정을 지으며 씩씩하게 포케를 앙, 베어 물었다. 정민은 오른손으로 포크를 들어 오믈렛을 조금 떠서 입안에 넣고 오물오물거렸다. 민주는 오래 씹고 물을 한잔 마신 후 머리카락을 귀로 한번 넘겼다. 둘은 브런치를 먹으면서 한참 동안이나 모모에 대한 이야기를 했다. 민주는 어떤 말이든, 말의 마지막엔 호호하고 웃었다. 민주가 말을 끝맺을 때마다 정민도 입술을 오므리고 티 나지 않게 호호하고 따라 웃었다.

정민은 겁이 많고 외로움을 많이 탄다는 민주의 눈을 보면서 동정심을 닮은 연민을 느꼈다. 불쌍하다고도 생각했다. 민주가 느끼는 혼자라는 시간에 따스한 온기를 주고 싶었다. 정민은 그런 민주를 보며 마음 한편이 보드랍게 아렸다. 노을이 어스름하게 내릴 때 즈음, 민주는 모모가 들어있던 타포린백에 뼈다귀와 충전기를 챙겨 넣고 소중히 들고 나갔다. 강아지를 들고, 아니 모모를 데리고 집으로 돌아갔다. 정민은 민주와 함께 했던 시간 동안 바라보았던 민주의 입 모양을, 낮은 어깨의 움직임을, 그리고 손가락의 위치를 선명하게 기억했다.

민주와 헤어진 후 집으로 돌아온 정민은, 현관문 앞에 서서 누른 여섯 번의 버튼 음이 유난히도 귀에 꽂혔다. 불 꺼진 집 안의 조용한 어둠은 어딘가 낯설게 다가왔다. 정말 오랜만에 느껴보는 아무도, 아무 소리도 없는 어둠이었다.

　　모모가 온 후 정민의 삶은 많이도 바뀌었다. 어쩌면 모든 것이 바뀌어 있었다. 여전히 모모를 머금고 있는 집안의 곳곳에는 모모의 옷과 뼈다귀, 목줄, 신발이 자리 잡고 있다. 무엇보다 모모가 걸어 다니고 뛰어다니고 가끔 짖기도 했던 기억이 있었다. 정민은 외출할 때마다 모모에게 인사하고 나갔고 돌아와서도 잘 다녀왔다고 말하며 모모를 가장 먼저 찾았다. 잘 있었냐고 물으면서 모모가 어떤 대답을 할지 상상하곤 표정을 살폈다. 정민의 삶에 사사로운 일부 같았던 전부는 변하고 있었다. 정민이 집에 돌아왔을 때 모모의 움직임으로 현관의 센서 등이 켜져 신발장이 훤해지면, 정민의 시야도 마음도 밝아졌다. 정말 오랜만에 느껴보는 허탈하지 않은 허전함, 오롯이 혼자 있는 기분이었다.

　　정민은 모모가 평소에 가지고 놀았던 장난감을 응시하며 민주와 잘 놀고 있을 거라 믿고, 욕실로 들어가 오늘을 씻어 낼 샤워를 한 후, 하늘의 곁에서 편안하게 잠들었다.

"출장 갔다가 남편이 돌아왔어. 모모 보내 줄게."

일주일쯤 지나고 민주는 모모를 데리고 정민의 집 앞으로 왔다. 정민은 집에서 나가기 전 전신 거울 앞에 자신을 비추어 보고 낯빛을 확인 후 서둘러 나갔다. 민주가 말한 시간보다 조금 일찍 집 앞에 나가 기다렸다. 모모를 다시 만날 날이 다가오자 정민은 어쩐지 설레기 시작했다. 어렸을 적 어린이날 선물을 받는 기분처럼.

민주의 차가 멀리서 보이자 정민은 양손을 뻗어 흔들며 자신이 여기에 있음을 알렸다. 차가 가까이 다가올수록 운전석 민주의 얼굴이, 환한 표정이, 올라간 입꼬리가 정민의 시야에 들어왔다. 민주는 천천히 정민의 앞에 차를 멈추었다. 보조석에 아기용 시트가 있었고 모모는 벨트가 채워진 채 꼼짝하지 않고 앉아있었다. 그 모습이 황당하고 우스웠지만 아주 안전해 보이긴 했다.

"뭐야. 아기 시트?"

"아. 차에 태워 다니는데 위험할까 봐 하나 장만했어. 너무 귀엽지?"

모모는 정민을 보고 귀를 한번 쫑긋거렸다. 손을 뻗어 알은 채를 하는 듯이.

"시현 씨도 모모 보고 싶다고 해서 하루 더 데리고 있었어."

민주는 덕분에 혼자 있는 동안 심심하지 않았다고, 외로움을 느낄 틈이 없었다고, 정말 강아지를 키우는 것 같아서 정이 들었다고 말하며 차에서 내렸다. 민주는 보조석 차 문을 열고 안전벨트를 풀고는 조심스럽게 모모를 안아 올렸다. 모모의 털은 유난히도 더 하얗게 반짝였고 그동안 살이 통통하게 오른 것 같았다.

모모를 안고 정말 귀엽다며, 말을 잘 알아듣는다고 칭찬하는 민주를 본 정민은 알 수 없는 감정이 일렁거렸다. 눈썹이 쭈뼛 서고 심장이 이상하게 요동쳤다. 그렇게 힘들다고 말했던 외로움을 이깟 로봇이 해결해 줄 수 있었느냐고, 그럼 그건 진짜 외로운 게 아니라 단순한 투정일 뿐이라고. 슬쩍 지나갔을지도 모를 심심하고 혼자 있는 느낌을 외로움이라고 말한 거냐고. 민주를 만난 이후로 그 외로움에 마음이 쓰였던 시간이 후회되었다. 곁에서 조금씩 채워주고 싶다는, 함께 시간을 보내고 추억을 쌓아야겠다던 정민의 마음이 설 곳을 잃어버린 기분이었다.

정민은 민주의 품에서 편안해 보이는 모모를 보자 얼른 민주의 품에서 모모를 떼어내고 싶은 강한 충동이 일어났다. 모모를 안고 환하게 웃는 민주를 보니, 모모에게 왠지 모를 시기심이, 민주에겐 섭섭함이 느껴졌다. 조금 더 안고 있고 싶다며 보내기 아쉽다는 민주의 말을 기다려주지 못하고 정민은 서둘러 모모를 빼앗다시피 품에 넣은 후, 손을 흔들어 민주를 보냈다.

정민은 모모의 각종 기능을 끄고 입을 벌려 뼈다귀를 빼서 전원을 꺼버린 채, 타포린백 속에 쑤셔 넣었다. 전원이 꺼진 고철 덩어리가 좁은 가방 속에 나뒹굴었다. 정민은 이상하게 치미는 화를 다스리려 어차피 고철 덩어리니까, 그래 고철 덩어리일 뿐이라고 혼잣말을 하며 타포린백을 질질 끌고 집으로 향했다.

정민은 집에 도착하자마자 타포린백에서 모모를 꺼냈다. 타포린백의 바닥 부분이 먼지투성이에 헤져 안을 드러내고 있었다. 정민은 손에 힘을 주어, 마치 고장 난 기계를 수리하듯 모모의 입을 한순간에 쩍 벌렸다. 전원이 나간 모모의 눈빛은 생명을 상실한 채 그대로 정민을 향하고 있었다. 정갈하게 다듬어진 하얀 털에서는 은은한 비누 향이 났다. 정민은 목구멍에 손가락을 넣어 힘을 주어 뼈다귀를 꽂았다. 뼈다귀는 끝까지 충전되어 있었다.

정민은 두 손으로 모모의 몸을 세게 붙잡고 모모의 눈을 똑바로 바라봤다. 민주가 모모에게 했던 말들이 녹음되어 있던 목소리가 들렸다.

"안녕? 반가워. 난 민주라고 해."

"오늘 좀 힘들었어. 남편이 너무 보고 싶네."

"넌 저녁을 뭘 먹어야 하니?"

"오늘 나 외롭지 않게 해줘서 고마워. 잘 자렴. 내가 꼭 안 아줄게."

"어? 잠시만."

녹음되어 있는 민주의 목소리는 따뜻하고 다정했다. 정민 은 민주의 목소리를 들으면 마치 따뜻한 봄날 방송을 듣는 것 같아 은근한 미소가 퍼졌다. 민주는 방송국에서 보는 이미지 와 집에서도 똑같았다. 아니, 더 다정했고 따뜻해서 정민은 애 틋하게 느껴졌다. 정민은 민주의 목소리를 들으며 민주의 표 정이 궁금해졌다.

정민은 민주의 방송용 진한 메이크업을 한 모습만 보다가 화장을 지우고 모자를 쓴 모습을 보고 얼굴이 붉어진 적이 있 다. 아무런 꾸밈없이 사람이 이렇게 청초하고 아름다울 수 있 나. 방송이 아닌 일상에서의 민주는 다섯 살은 어려 보였다. 오늘 늦잠을 잤다며 혀를 내밀곤 정민의 팔짱을 끼는 민주에 게 살짝 설렜다. 누구나 그랬을 것이다. 정말 어느 누구나.

일요일 오전, 민주가 먼저 샤워를 하고 나왔다. 시현과의 데이트지만 꼼꼼하게 화장하고 옷도 여러 번 갈아입었다. 민주가 샤워하는 동안 시현은 집 안을 정리 정돈하면서 간단히 아침을 준비했다. 아보카도를 썰고 바게트를 오븐에 넣었다. 둘은 분 단위로 나뉘어 있는 약속처럼 집 안에서 자신이 할 일과 집안일을 척척 해냈다. 민주는 시현이 만들어 둔 아보카도 바게트를 입에 오물거리면서 먼저 현관을 나섰다.

"얼마 전에 독립 책방에 주문해 둔 책이 왔다고 해서 거기가 있을게요."

"난 세탁소 들러야 해요."

"갔다가 서점으로 와요."

"청소 마무리하고 나가려고요. 데리러 갈게요. 한 시간 정도? 더 걸릴지도 모르겠네. 모모도 내가 데리고 갈게요."

민주와 시현은 비즈니스 파트너답게 집에서도 체계적으로 움직였다. 둘은 오랫동안 회사에서 쓰던 말버릇이 남아 결혼 후에도 여전히 존댓말을 썼다. 시현이 수출입 통관 관련 사업을 막 시작할 때 미국 바이어를 상대할 통역 프리랜서가 필요하다는 공고를 올렸고 민주가 지원했다. 둘은 함께 일을 하면서 두 번째 미팅 때부터 연애했다. 민주는 기상 캐스터를 준비하고 있을 때라 학원을 가는 일 외에는 시간이 많았는데, 처음에는 통역 일만 하다가 자연스럽게 다른 일도 돕게 되었고 페이 정산이 애매해져서 민주와 시현은 서로 대화하면서 협의해야 할 일이 많아졌다. 평일은 함께 일하고 주말엔 일을 배분하고 정산하는 식으로 둘은 계속 만났다. 처음에는 시현도, 명확하게 정산을 하자는 주의였지만 사업이 확장되면서 계속 새로운 일이 생기고, 엎어지는 일이 생겼고, 새로운 업무와 없어지는 업무가 생겼다. 그때마다 민주는 투입되어 척척 잘 해냈고 엎어지는 일은 잘 수습했다. 민주는 회계에 대한 업무를 힘들어했는데, 시현은 학원을 보내 주었고 민주는 시현의 사업에 중요한 구성원이 되어 갔다. 민주의 재능을 알아보고 시현은 대학원을 권했다. 그렇게 쌓인 신뢰로 둘은 자연스럽게 서로에게 필요한 사람이 되어갔고 매일 만나는 사람이 되었고 민주가 한국으로 들어오면서 헤어졌는데, 시현은 민주를 붙잡기 위해 한국으로 들어왔다. 결혼한 후 둘은 일이 더 잘 풀렸다. 시현이 한국으로 들어온 건 순전히 민주 때문이었다. 결혼하기 전에는 시현의 해외 출장을 민주가 모두 동행했는데 결혼 후부터 민주는 방송이 많아지면서 그럴 수 없게 되었다. 민주는 시현이 해외에서 하는 활동을 꿰뚫고 있었고 여전히 자신의 사업처럼 도왔다.

시현은 민주가 나가자 본격적으로 청소기를 돌리고 집 안을 정리했다. 시현의 청소하는 손길이 꼼꼼했다. 시현은 민주가 나간 지 한 시간 정도 후에 집을 나섰다. 세탁소에 들러서 세탁을 마친 정장을 픽업하고 민주가 자주 가는 서점으로 갔다. 민주는 독립 서점에서 책을 읽고 있었다. 시현이 약속했던 시간보다 늦었지만 전혀 싫은 내색이 없었다. 둘은 함께 손을 잡고 서점을 나왔다. 시현은 출장에서 입을 정장을 사야 했다. 민주는 쇼핑에는 전혀 관심이 없는 반면, 시현은 옷과 가방에 대한 자신의 취향이 제법 꼼꼼했다. 시현은 민주를 근처 카페에 내려주고 자신은 백화점을 향했다. 쇼핑이 끝나고 민주를 다시 데리러 갔다.

둘은 최근에 유행하는 베이글을 사서 강변으로 갔다. 블루베리 치즈가 듬뿍 들어간 쫄깃한 베이글을 민주는 좋아했다. 따스한 햇볕과 초록의 잔디 위에 돗자리를 펴고 둘은 편하게 앉았다. 시현은 음악을 들으며 경제 뉴스를 검색해 보았고, 민주는 곁에서 책을 보았다. 서로에게 어떤 방해도 되지 않는 시간을 보냈다. 둘의 평온한 데이트는 그렇게 흘러갔다.

"저녁은 뭘 먹을까요?"

"내일 스케줄이 어떻게 돼요?"

"10년 후엔 당신이랑 집을 지어서 살고 싶어요. 당신과 함께."

"그럼 그땐 기상 캐스터 은퇴해야겠네요."

"하고 싶은 일 있어요?"

"찾아봐야죠. 그림을 좀 배워볼까요?"

"잘 어울릴 것 같네요. 날씨를 말하던 사람이 자신의 그림을 설명해 주면 정말 근사할 것 같은데요?"

민주의 목소리는 한껏 기대에 부풀어 있었다. 시현의 중저음의 다정다감한 목소리가 정민의 귓가에 꽂혀 온몸을 자극했다. 황홀한 둘의 대화는 언젠가 영화에서 봤던 장면처럼 흘러갔다.

정민은 살면서 처음 느껴보는 감정의 자극에 온몸이 부르르 떨렸다. 몸의 신경 세포가 있는 곳은 모두 반응하여 정민을 괴롭히고 있었다. 민주와 시현의 대화는 뻔하지만 생소했다. 책이나 드라마에서 많이 들은 것 같지만 정민은 하지 않고 정민은 듣지 않고 사는 말과 말투였다. 두 사람이 나란히 손을 잡고 미래에서 온 듯 느껴졌다. 미래에서 온 둘은 오늘 하루 잘 보냈는지, 과거에 어떤 추억이 있었는지 따위를 말하지 않았다. 생활계획표 같은 대화, 그런데 그 속에 묻어 있는 다정함이 생경하여 잠시 멍하게 허공을 바라보았다. 그러함에도 민주의 말에는, 그러니까 민주의 삶에는 남편보다 미래가 많았다. 둘은 서로를 동등하게 존중하고 존경하고 있었다. 동등한 위치에서 도움을 주고받는 것, 그래서 누가 누구에게 꼭 필요한 삶이 아니라 주고 싶은 도움을 주는 삶, 민주는 시현에게 그런 동등한 도움을 주고, 받고 있었다.

정민은 미래를 말하는 두 사람이, 두 사람의 사이가 자꾸 궁금해졌다. 정민은 이날 민주가 모모를 끌어안고 잤나 궁금해지면서 민주를 향하는지, 시현을 향하는지, 그렇다고 모모를 향하는지 알 수 없는 질투인지, 미움인지, 호기심인지 모를 뭔가가 정민의 심장에 생채기를 내고 있었다.

오랜만에 정민은 앞치마를 했다. 허리 뒤로 유연하게 양손을 뻗쳐 앞치마 끈을 단단하게 묶었다. 팔목에 하고 있던 헤어밴드로 머리를 묶었다. 김치냉장고에서 김치통을 꺼내고 칼로 슥슥 썰었다. 냄비에 돼지고기 비계를 살짝 굽고 파와 마늘을 돼지기름에 볶았다. 냄비에 김치를 넣자 돼지기름이 치익~ 소리를 내며 김치와 섞였다. 양파와 양배추를 조금 물을 넣고 냄비 뚜껑을 덮었다. 마지막에 식초 두 스푼, 마늘 두 스푼을 추가했다. 딱 이렇게 끓인 김치찌개를 하늘이 좋아해서 정민도 좋아하게 되었다.

퇴근하고 온 하늘은 옷도 벗지 않고 손도 씻지 않은 채 싱글벙글한 표정을 지었다.

"오~ 정민 김치찌개 냄새."

하늘은 신나는 듯 몸을 흔들거리면서 말도 안 되는 박자와 리듬의 춤을 추었다. 정민은 하늘 쪽으로 눈길 한 번 주지 않고 하던 요리를 계속했다. 눈길을 주지 않아도 하늘이 어떤 표정으로 어떤 춤을 추는지 어차피 뻔히 다 아니까.

"먼지 나. 앉기나 해."

"우리 이렇게 같이 밥 먹는 거 정말 오랜만이네. 솜씨 발휘한 것도 그렇고."

"손 씻어."

"예썰!"

하늘은 김치찌개를 한 숟가락 떠서 입술을 벌리고 먹었다.

"10년을 먹어도 이게 질리지 않아. 매운데 안 매운 이 맛, 짭짜름한데 하나도 안 짜게 느껴지는 이 맛."

하늘은 엄지를 치켜세웠다. 김치와 고기만 골라 먹는 하늘을 보면 정민은 잔소리했다. 그 잔소리는 비슷한 목소리 톤으로 목소리만 세월만큼 늙어가며 이어지고 있다.

"채소도 같이 떠먹어. 여기 호박도 먹어."

정민은 김치찌개에 작게 썰어진 호박을 하늘의 숟가락으로 옮겼다. 하늘은 정민의 얼굴을 향해 앙, 하고 입을 크게 벌리고선 씹는 척을 했다.

"호박도 먹으라며."

하늘은 정민에게 장난을 칠 때면 아이처럼 웃었다. 마치 그 시간을 전부 가진 사람처럼 행복해했다. 그런 하늘을 보는 게 정민은 좋았다.

정민은 하늘을 보며 심장이 두근거린 적이 없었다. 혹시 있을지도 모르지만 기억에 남지 않았다. 첫 키스의 순간도 처음 잠을 자던 날도 그랬다. 스무 살의 키스는 하늘이라서가 아니라 그 키스가 어떤 감촉인지 궁금해서 눈을 질끈 감았다. 다른 남자였더라도 똑같은 자세로 허벅지를 부여잡고 눈을 질끈 감았을 거다. 정민은 하늘과 함께하는 동안 참 좋은 친구를 만났다고 생각했다. 친구 같은 애인, 애인 같은 친구 중 하늘은 친구 같은 애인이었다. 그리고 이제 친구 같은 남편으로, 정말 세상에 하나뿐인 찐친으로 정민의 곁에서 꼭 필요한 사람으로 남아 있었다.

저녁을 먹고 둘은 가위바위보를 했다. 정민이 이겼고 하늘이 졌다. 하늘은 팬티만 입은 몸에 앞치마를 두르고 고무장갑을 꼈다. 결혼 후 10kg이 불은 하늘은 배가 볼록하고 엉덩이는 복스러웠다. 그런 하늘의 뒷모습은 정민의 웃음 버튼이었다. 하늘은 엉덩이를 씰룩거리고 콧노래를 부르면서 설거지를 했다. 무엇이든 잘 먹고 저렇게 신나게 설거지하는 모습이 정민은 좋았다.

그날 밤, 하늘은 정민을 안으려 했다. 석 달 만이었다. 정민은 하늘의 반바지를 입고 늘어진 티셔츠 차림으로 이불 속에 들어가 있었다. 그게 너무나도 편했고 편안한 일상이었다. 둘이 침대에 누워 불을 끄고 이불을 덮었는데 하늘이 씨익 웃으면서 정민의 가슴을 만졌다. 정민은 살짝 불쾌하다가 참기로 하고 가만히 있었다. 하늘의 얼굴이 정민에게 가까이 왔을 때 저녁에 먹은 김치찌개 냄새가 정민의 코를 찔렀다.

"너 양치질 안 했어?"

"했어."

"했는데 지금 이 냄새가 난다고?"

하늘은 정민의 가슴을 만지던 손을 멈추었다.

"아니. 안 했어."

"그러게 금방 들킬 거짓말을 왜 해? 얼른 양치질하고 와."

정민은 하늘의 씰룩거리던 엉덩이를 찰싹 때렸다. 하늘은 에잇, 하고 침대 밖으로 나왔다. 하늘이 욕실로 가면서 방 안에 불을 켰다. 정민은 욕실로 들어간 하늘을 확인하고서는 눈을 질끈 감았다. 정민은 하늘의 양치질 소리를 들으면서 돌아누었다. 양치질을 끝낸 하늘이 침대에 다시 들어와 정민의 가슴을 쿡쿡 찔렀지만 정민은 자는 척했다. 정민을 두어 번 더 찔러보던 하늘은 1분이 채 되지 않아 코를 골았다. 하늘의 코고는 소리를 듣고 정민은 안도하며 천천히 잠들었다. 침대 아래 모모는 언제 잠들었는지 모를 시간을 꿈꾸며 얌전히 잠들어 있었다.

정민과 하늘은 섹스를 자주 하지도, 자주 싸우지도 않았다. 섹스 때문에 싸우지도 않았다. 사랑한다고 말하지 않았지만 서로를 친애했고 소중히 대했다. 아침에 함께 눈을 뜨고 밤에 같은 공간에서 잠이 들었다. 신혼 때는 가끔 사소한 싸움을 했지만 모두 이틀이 지나면 이유가 생각나지 않는 정말 사소한 싸움이었다. 여전히 자신이 덜 사랑하고 상대가 더 사랑한다고, 가끔 부부 싸움을 할 때면 스무 살로 돌아가는 기분이라 마지막엔 결국 웃고 마는데, 그런 멈춤은 이 둘을 이어주는 중요한 연결고리가 되어 주었다.

유산 이후로 하늘은 서로 힘든 건 하지 말고 이렇게 아이 대신 추억을 먹고 살자고 했다. 그때 정민에게 추억은 꽤 위로가 되어 주었다. 가끔 결혼에 대한 회의감이 밀려올 때 이 말이 둘을 버티게 해주었다. 그렇게 마음을 다잡은 날 둘은 하루 종일, 평생 쏟을 만큼의 눈물을 함께 흘렸다. 눈물만큼 깊어진 사이는 그게 우정이든 사랑이든 상관없는 둘만의 새로운 약속이 생겼다. 그날 이후로 부부 사이는 둘만 알지, 부부는 까봐야 알 수 있다는 말을 정민은 이해할 수 있었다. 정민과 하늘이 함께하는 공간에는 여전히 스무 살의 추억이 있었고 하늘은 과거의 정민으로 살려내는 버튼과 같았다. 정민은 장난기 가득한 하늘의 표정이, 그리고 지난 시절을 불러올 수 있는 함께했던 시간을 말할 수 있음이 행복이라고 믿었다.

EP.3

좋은 친구

정민은 어쩐지 무거운 몸을 느끼며 새벽 일찍 눈을 떴다. 오늘은 오후 생방이 있는 날이라 굳이 이른 시간에 일어날 필요 없는 아침이었다. 하늘은 옆에서 엉덩이를 쭉 빼고는 들이마시는 숨에는 코를 골고 내쉬는 숨에는 푸우, 하며 살아있음을 증명하고 있었다. 살짝 뒤로 빠진 하늘의 엉덩이를 보며 정민은 어쩐지 통통한 하트가 생각났다. 입꼬리를 약간 내리고 퉁퉁 부어 눈을 감고 있는 모습은 하루 중 하늘의 가장 못난 모습이었다. 정민은 하늘의 동그란 머리통에 촘촘히 붙어있는 머리카락과 그 속에 섞여 있는 새치를 힐끔 보고는 안도의 한숨을 얕게 쉬었다. 몸을 가볍게 뒤척인 후 하늘에게 등을 보이며 돌아누웠다. 다시 눈을 감아도 잠이 오지 않았다.

그런 아침 시간을 정민은 좋아했었다. 포근하고 하얀 이불 속에의 움직임 없는 웅크림과 자다가 가끔 살결을 부비는 하늘의 습관까지.

정민은 반은 자고 반은 깨어있는 혼미함 속에서 민주의 표정이 아른거렸다. 민주의 몸짓이 생각나고 그 손길이 아련해 온몸에 힘이 풀리고 비틀거리는 것만 같았다. 그러지 않으려 해도 자꾸 민주와 했던 이야기가 떠오르고 떠올랐다. 이어지고 이어졌다.

정민은 한쪽 팔로 머리를 괴고, 다른 손을 입술에 갖다 대었다. 건조함에 갈라진 입술 피부 껍데기가 일어나 있었다. 정민은 아직 입술과 이어져 있는, 떨어져야 할 죽은 피부를 만지작거리다 떼어내고, 만지작거리다 떼어냈다.

'좋은 친구가 생긴 것 같아.'

'자주 보자. 우리.'

좋은 친구.

정민에게 가장 좋은 친구는 하늘이었다. 엉덩이를 쑤욱 빼고 옆에서 옅게 코를 골며 잠들어 있는 저 남자이다. 평생 함께해 주겠다는 약속을 성실하게 이행하는 사람. 정민은 초등학교를 졸업한 이후, 좋은 친구라는 표현을 처음 들어보았다.

정민은 세상 사람들을 하늘과 하늘이 아닌 사람들, 이렇게 두 부류로 나누었다. 하늘이 아닌 사람은 모두 같은 사람처럼 느껴졌고 그저 비슷한 자극을 주는 사람일 뿐이었다. 마치 시끄러운 소리처럼_그 소리는 어쨌든 시끄러운 것처럼, 조용한 소음처럼_그 소음은 어쨌든 소음이며, 눈부시지 않은 빛처럼_그 빛 앞에서 눈을 똑바로 뜨고 바라보지 못할 사람이 느껴졌고 그 사이를 이어주는 게 글이었고 책이었다.

'어쩌면 민주에게 필요한 건 화려한 현실이 아니라 친구가 아닐까. 남편보다 친구가 필요한 건 아닐까.'

민주에게 하늘처럼 좋은 친구가 되어 준다면 민주는 외로움 따윈 느끼지 않을 것이다. 정민은 마치 태어나 처음 단짝 친구가 생기는 행복한 꿈을 꾸는 듯한 소녀가 되어 두 손을 귀에 대고 누워 입꼬리를 올렸다.

민주와 무엇을 하면 좋을까, 어디를 놀러 갈까 고민하다 스스르 눈을 떴는데 하늘이 돌아누워 눈을 맞추었다.

"아이, 깜짝이야."

"우리도 사업해 보자."

"뭘 해?"

"쫀드기 사업! 어때?"

정민의 머릿속은 침대 옆 갑자기 켜진 조명처럼 깨졌다.

"도대체 무슨 말이야. 이 아침에 무슨 쫀드기. 그리고 사업?"

"쫀돌~ 쫀돌~"

하늘은 갑자기 침대에서 빠져나와 뭘 잘못했을 때마다 정민에게 췄던 춤을 추며 애교를 부렸다. 이 춤은 십 년이 넘는 세월 동안 한 번도 통하지 않은 적이 없이 정민을 웃게 만들었다. 스무 살의 썸 타던 하늘이 정민 몰래 소개팅을 하다가 걸려도, 남편이 된 하늘이 술을 거하게 마시고 새벽에 네발로 기어들어 와도 이 춤을 추면 정민은 웃고 말았다. 둘에게는 시간보다는 세월이, 지금보다 추억이 더 잘 통했다.

정민은 민주 생각도, 잠도 확 달아났다.

"우리나 맛있지. 다른 사람들은 안 좋아해."

"잠시만."

하늘이 뭔가 불편한 듯 정민의 앞에서 자세를 정비하며 섰다. 고개를 꺄우뚱거리더니 아래를 한번 내려다본 후, 다리를 다이아몬드 모양으로 만들었다. 그러다 다시 한번 고개를 꺄우뚱거리며 오른쪽 한 번, 왼쪽 다리를 한 번 올렸다 내렸다 반복했다. 하늘이 갑자기 정민의 눈앞에서 팬티를 내렸다.

"너 지금 뭐 하는 짓이야."

정민이 두 손으로 눈을 가렸다.

"거꾸로 입은 것 같아서. 어쩐지 불편하더라."

하늘은 엉덩이를 뒤로 쭉 빼고 팬티를 발목까지 내렸다가 발을 번갈아 들어가며 방향을 돌렸다. 팬티를 벗어 뒤집은 후 다시 입는 동안 하늘은 정말 아무렇지도 않는 눈치였다. 정민은 당장 침대에서 나가 등짝을 쫙, 하는 소리가 나도록 한번 때릴까 하다가, 지금 이 순간이 하도 기가 막혀서, 앞에 하늘이 했던 말은 다 잊은 채 반은 웃고 말았다.

"우리가 맛있으면 또 맛있는 사람도 있을 거야."

하늘은 미처 정리하지 못한 팬티 밴드를 한 번 튕기며 자신감 솟은 목소리로 말했다. 정민은 볼록하게 나온 뱃살이 귀엽게 느껴졌다.

"몰라. 너 알아서 해."

하늘은 '예쓰'라고 바람세는 말을 내뱉고 팔꿈치를 붙이곤 엉덩이를 실룩거리며 흔들었다. 무릎을 한 번 굽혔다가 스프링처럼 일어나며 춤을 추었다. 정민은 기분 좋아 신나 있는 하늘을 보며 알 수 없는 안도감에 휩싸였다. 하늘은 제대로 입은 팬티를 자랑하듯 엉덩이를 씰룩거리며 거실로 나갔다.

"나 출근하러 간다. 아월비백."

오른쪽 팔을 들고. 빨간 팬티 앞, 뒤를 제대로 입고. 하트의 뾰족한 부분은 사라진 채로.

방송국 스튜디오는 유난히 조용했다. 정민과 PD, 팀원들은 각각 믹스커피 한 잔씩을 두고 원탁 테이블에 마주 앉았다. 매주 수요일 오후 2시, 아이디어 회의가 있는 날이었다.

"특별한 아이템 없나? 편안하게 이야기해 봐."

회의의 시작은 항상 같았다. PD는 늘 특별한 아이템을 편하게 말해보라고 했다. 이렇게 같은 시작에 다른 결론이 나온다는 게 신기할 따름이었다.

"MBTI 어때요?"

"오, 좋아요. 요즘 대세잖아요. 특히 젊은 친구들은 MBTI 빼면 대화가 안 돼요. 젊은 청취자를 유입할 수 있겠죠."

정민의 아이디어에 보조 작가가 맞장구쳤다.

"여기저기 다 MBTI인데 이제 너무 식상하지 않아?"

보조 작가의 맞장구를 PD는 잘랐다.

"여행 이야기는요?"

"여행이야 모든 사람들의 꿈이니까. 다들 좋아하실 거예요. 아마 모두 편안하게 들을 수 있을 듯, 요즘은 힐링, 취향에 맞는 이야기가 대세니까."

보조 작가의 아이디어를 정민이 맞장구쳤다.

"여행도 유튜브만 열만 바로 다 볼 수 있는 거. 듣는 것만으로 영상보다 나을 수 있겠어?"

"...."

정민의 맞장구를 PD가 잘랐다. 다들 침묵했다.

"그래. 아이디어 다 참 좋아. 그런데 지금까지 말한 거 말고 이야기해 봐."

"다 말했는데요? 지금까지 이야기한 거 말고 다른 거요?"

PD는 사람 환장하게 만드는 회의 진행 능력을 가지고 있었다. 최상이라고 생각했던 생각들을 내어놓고 나면 다정히 다른 더 좋은 생각들을 말해보라고 했으니까. 정민은 탁자에 팔을 괴고 진하고도 미지근해진 믹스커피를 한 모금 마셨다.

— 똑똑

정민이 테이블에 괸 팔꿈치 사이로 노크가 들어왔다. 해사한 얼굴의 민주가 문을 열고 얼굴을 빼꼼 내밀었다.

"아, 죄송해요. 회의 중이셨군요."

"저희도 마치려던 중이었어요. 다음 시간에 이야기합시다. 아이템 생각해 봐요."

"네, 네."

팀원들은 느릿하게 허리를 숙이며 대답을 하고는 메모하던 다이어리와 펜을 들고 일어났다. 정민은 반가운 마음으로 민주를 맞이했다. 민주는 분홍색 니트에 하얀색 바지, 편안한 스니커즈를 신고 있었다. 연하디 연한 분홍이 민주의 하얀 피부와 잘 어울렸는데 니트의 브이넥 사이로 목걸이가 반짝 빛났다. 얇은 금줄에 작은 다이아 모양, 정민이 예전에 갖고 싶었던 목걸이였다. 삼 개월 월급을 모두 쏟아 넣어야 살 수 있는 가격이었고, 한정판이라 정민은 결국 구하지 못해 마음을 접었는데, 정민은 돈이 없어서가 아니라 한정판이라 못 사는 거라 자위했었다. 창으로 들어오는 햇살에 작은 다이아가 반짝, 윤이 났다.

"미안, 나 때문에 끝낸 거 아냐?"

"우리 구해준 거야. 땡큐."

"나 모모 데리고 있고 싶어. 우리 남편 또 출장 가."

둘은 마치 죄를 지은 사람처럼 목소리를 낮춰서 말했다. 그리고 키득거리며 서로의 표정을 읽었고 웃었다. 정민은 듣던 중 반가운 이야기였다. 이 상황에 민주가 모모를 빌려 달라고 하다니,

"모모 집에 있어. 데리고 와야 해."

민주는 마침 내일 방송이 없다고 했다. 정민도 오늘 내놓은 아이디어보다 더 좋은 아이디어를 내놓으려면 쉬어야겠다고 생각하던 참이었다. 써야 할 대본이 있지만 낼 수 있는 시간이 있었다. 둘은 내일 만나기로 약속하고 헤어졌다. 정민은 다시 자신의 자리에 앉아 언제 민주와 소곤거리며 키득거렸냐는 듯이 자리를 고쳐 앉았다. 노트북을 열어 몇 가지 생각난 아이템을 적어보려 손가락을 키보드에 올렸다.

"뭐야. 정민 씨, 민주 씨랑 친한 거야?"

"네. 왜요?"

눈길을 약간 깔고 정민은 조금 거만하게 말했다.

"신기해서, 민주 씨 어때? 실제로도 도도해? 그렇게 막 우아해?"

PD는 당장이라도 정민의 어깨에 코를 붙일 듯이 가까이서 말했고 정민은 온몸을 의자에 고정시킨 채 아무런 내용도 담지 않은 글을 쓰며 손가락만 움직였다.

"좀 떨어지시죠? 지금 저 불쾌하고 불편하거든요?"

"아. 그랬어? 다음에 소주 한잔하고 싶어 한다고 전해줘. 사인을 받아야 하나."

PD는 싱글벙글거리며 자신의 자리로 돌아갔다.

정민은 아침에 일어나자마자 날씨를 검색했다. 사실 비가 와도, 하늘이 흐리다고 약속을 취소할 건 아니지만 날씨는 맑길 바랐다. 핸드폰을 손에 들고 날씨를 검색하는 그 몇 초에 심장이 열 번도 넘게 요동쳤다. 커튼을 젖히고 하늘을 바라보았다. 바깥은 파랗고 햇볕이 따스했다. 손가락을 낑낑대며 창문을 밀어 보았다. 오랫동안 밀어 열지 않았던 창문과, 계절이 변해도 그 자리를 지키고 있던 커튼이 천천히 흔들렸다. 계절이 바뀔 꿰어도 대청소를 한 지 오래였다. 그저 더우면 짧은 옷을 찾고 추우면 두터운 외투를 입으며 정민은 오는 그대로의 계절을 감각할 뿐이었다.

─ 오늘의 날씨는 맑음입니다. 산책하기 좋은 날씨가 예상되는데요. 뮤지컬을 보고 거리를 걷고, 맛있는 음식을 먹을 예정이니 편안한 차림으로 나오시길 바랍니다.

민주에게서 기상 캐스터다운 메시지가 와있었다. 미지근한 바람이 방안으로 포근하게 들어왔다. 정민은 아침, 그 좋아하는 모닝커피를 마시지 않았다. 세상에서 가장 맛있는 커피는 그날 처음 마시는 커피란 걸 잘 알고 있었으니까.

정민은 샤워를 하고 기초 스킨과 로션을 꼼꼼히 바르고 화장을 시작했다. 볼을 발그랗게 붓 터치하고 긴 머리를 고데기로 웨이브 주고선 마스카라 진한 눈을 깜빡였다. 거울 속에는 여성스러운 정민이 수줍게 볼을 붉히고 있었다. 정민이 이렇게 여성스럽게 꾸미고 나온 건 정말 오랜만이었다. 스무 살이 되고 하늘을 만나면서 친구가 친구 같은 연인이 되었고 친구 같은 부부가 되었다. 하늘 이후에 정민에게 데이트는 없었다. 사랑하는 사람이 생긴다는 것, 사랑하고 있다는 걸, 사랑을 시작한다는 게 무언지 제대로 몰라서 사랑하는 사람이 생기면, 사랑하게 되면, 사랑을 시작하면 자신이 어떻게 변하는지도 몰랐다.

정민은 신발장에 가지런히 준비해 두었던 하얀색 하이힐에 발끝을 집어넣고서야 모모를 챙겨야 한다는 생각이 났다. 정민은 오늘 아침 모모를 한 번도 신경 쓰지 않은 자신을 깨달았다. 모모는 정민이 침대에서 나올 때부터 힘없이 따라다니고 있었다. 충전 경고등에 불이 들어온 상태로. 짖기 기능과 똥 싸기 기능이 꺼진 채로.

정민은 서둘러 모모를 타포린백에 쑤셔 넣었다. 타포린백 속에서 모모가 힘없이 천천히 움츠러들었다. 충전기, 뼈다귀 몇 개. 목줄과 계절에 맞지 않는 옷 몇 개. 생각나는 대로 손길 닿는 대로 타포린백 안에 넣고는 현관 앞에 두었다. 정민은 전신 거울 앞에서 다시 옷매무새를 확인했다. 하이힐에 발뒤꿈치까지 밀어 넣고 현관문을 나왔다. 현관문이 스스르 닫혔다.

'아, 모모.'

정민은 현관 비밀번호를 누른 후 다시 집 안으로 들어가 타포린백을 챙겼다. 뒤꿈치가 들린 발목으로 들고 다니기에 무겁게만 느껴졌다. 정민은 발목이 아려 조심히 또 조심히 걸었다. 엘리베이터에 잠시 서 있는데도 발목이 아팠다. 정민은 다리를 꼿꼿이 세워 허리를 펴면서 타포린백을 바닥에 무심하게 내려놓았다.

새로운 사람 앞에서 늘 머뭇거리던 정민이었다. 축복이 상처가 되는 숨 막히는 그 하루 이후부터는 뒤에서 수군거리는 소리가 너무나도 잘 들렸으니까. 들리라고 한 말은 아니지만 분명하게 들리는, 대답을 요구하지는 않는, 귓가로 슬금거리고 들어와 결국은 가슴에 박히는 사람들의 말. 대답을 요구한다면 해명이라도 할 텐데. 어쩔 수 없는 말들은 방법이 없었다. 피하는 게 최선이었다. 말하는 사람을 죽일 수 없으니 나를 죽여야 했고, 그 사람들의 입을 모두 틀어막을 수 없으니 귀를 틀어막아야 했다. 틀어막을 수 없는 것들에게 자유로울 방법은 안 보고 안 듣는 것뿐이다. 반은 죽어야 가능한 일이었다. 단절은 삶을 빼앗아 가고 쉽게 중독되는 싸구려 달콤함만 남겨 두었던 걸까.

'편안함과 행복함은 똑같은 거야.'

정민은 그렇게 자신을 세뇌했다. 편안하다고 느낄 때마다 행복하다고 주입했다. 편안하다는 주입은 몸을 노곤하게 이완시켰고 그 곁에는 어김없이 하늘이 있었다. 아무것도 깨트리지 않으며 살 수 있었다. 하늘은 정민의 곁을 지켰고, 정민의 삶 속에서 바깥에 있는 사람이었다. 그래서 하늘이 무어라 말하든 정민은 들었다. 적어도 하늘의 말은, 말소리는 정민의 평화를 깨지는 않았으니까.

민주와의 약속 시간 10분 전이었다. 민주가 정민을 픽업 오기로 했다. 정해진 시간에 맞춰 깨끗하게 세차 된 하얀색 차를 타고 민주가 왔다. 운전석 창문을 내리는 민주의 머리카락이 햇살이 더욱 윤기나게 빛났다. 정민은 뒷자리 문을 열어 모모가 든 타포린백을 팽개치듯 던졌다. 그리고 환하게 웃는 민주의 옆자리, 조수석에 앉았다. 정민은 안전벨트의 버클 찰칵, 소리와 함께 심장이 세 번 두근거렸다. 정민은 다리를 오므리고 약간은 어색한 상태로 오른쪽 팔을 차 문에 걸치고 앉았다. 둘 사이에는 잔잔한 재즈 음악이 흘렀다. 가사가 없었다. 민주를 닮은 민주 취향이었다.

둘은 공연장 지하 주차장에 주차하고 차에서 내렸다. 민주는 자연스럽게 정민의 팔짱을 꼈다. 둘의 살결이 보드랍게 부딪혔다. 비슷한 모양의 높이만 다른 하얀색 힐이 나란히 걸어갔다. 민주가 보고 싶다는 뮤지컬로 정민이 미리 예매해 두었다. 자신을 데리러 온다는 민주를 향한 성의 표시였다. 민주는 친구랑 보는 뮤지컬이 너무 오랜만이라 말했고, 정민은 하늘이 아닌 사람과 보는 뮤지컬이 정말 오랜만이라고 했다. 뮤지컬을 보는 동안 몇 번, 정민의 팔꿈치가 민주의 겨드랑이 안쪽에 부딪혔다.

공연이 끝난 후 둘은 공연장을 빠져나오는 많은 사람들 틈에서 다시 팔짱을 꼈다.

"나 화장실"

민주가 팔짱을 낀 채로 정민의 귀에 작게 속삭였다. 둘은 타인들의 무리 속에서 화장실로 향했다. 둘은 나란히 줄을 서서 차례를 기다렸다. 앞에 서 있던 민주가 먼저 안으로 들어갔다가 정민이 뒤따라 민주 칸으로 들어갔다. 좁은 공간에서 둘은 코가 부딪힐 듯 서로를 마주 보았다.

"아차, 미안."

정민은 정신을 차리고 빠르게 밖으로 나와 문을 닫았다. 정민이 화장실 문 앞에 기대서서 말했다.

"어렸을 때 생각이 나서 나도 모르게 그만. 미안해."

정민은 문 앞에 서서 마치 지켜주듯 민주를 기다렸다. 민주가 나오고 나서 정민이 들어갔다. 민주도 앞에서 정민을 기다려주고는 나란히 세면대에서 손을 씻었다.

흘러가는 물줄기에 두 손을 부비는 민주를 보며 정민은 민주의 곁에 있고 싶다는, 친구든 뭐든 그저 당연히 곁에 있어야 하는 사람이 되어 주고 싶다는 욕망이 강렬하게 일었다.

정민이 거울 아래에 있는 티슈를 한 장 당겨 흥건한 손을 닦으면서 말했다.

"초등학교 때 생각나지 않아? 왜 그때는 친한 친구랑 화장실 같이 가잖아. 난 그때 단짝 친구랑 같이 들어갔었다니까?"

"나도 그랬어."

둘은 초등학생이 되어 마주 보고 웃었다. 다음 목적지를 향해 분주히 움직이는 사람들 속에서 웃으면서 대화하는 사람은 둘뿐이었다.

"정말 창피할 일인데 그땐 왜 그랬을까?"

"떨어지기 싫어서. 계속 같이 있고 싶었어. 그 마음뿐이라 부끄럽다는 생각도 못 했지."

"사실 친구 없이 살 수 있는데......."

민주가 말끝을 흐렸다. 친구 없이 살 수는 있지만 친구가 없으면 삶이 버거워지는 것도 사실이다. 어떤 조력자를 선택하는지는 오롯이 자신의 몫이면서.

"넌 제일 친한 친구가 누구야?"

"당연히 하늘이지."

정민은 어제도 소파에 누워서 프링글스를 한 통 다 비우던 하늘을 생각하곤 갑자기 곰인지 사람인지 헷갈려 풉, 하고 웃었다. 그런 정민을 보며 민주는 부러운 듯, 그럴 리 없다는 듯 세면대 앞 거울에 얼굴을 바라보았다.

"결혼하면 그렇잖아. 남편이 세상에서 가장 친한 친구이자 웬수이자, 아들이자 그런?"

"난 그렇진 않더라고."

"남편이 아직 남자로 보여?"

"어? 응."

민주가 말끝을 흐리며 부끄러운 듯 고개를 약간 숙였다.

"어쨌든 시현 씨는, 편한 친구는 아니야. 어? 그럼 난 제일 편한 친구는 없는 건가."

정민은 거울 속에 미친 민주의 얼굴 옆으로 자신의 얼굴을 밀어 넣었다. 립스틱을 꺼내 입술에 톡톡 찍는 민주를 보며 정민은, 민주에게 친구 말고 다른 게 되어 주고 싶었다. 정민과 민주는 사람이 많은 공연장 안에서 서로를 놓치지 않기 위해, 다시 팔짱을 끼고 건물을 빠져나와 걸었다. 정민의 팔뚝이 민주의 가슴 곁과 몇 번 부딪혔다. 두 사람은 모모 이야기를 하면 금방 화기애애해질 수 있었고 대화가 끊이지 않았다.

조금 걸었을 뿐인데 시간은 빠르게 흘렀다. 하늘은 짙은 검정으로 변했고 길을 걷는 사람들은 무표정으로 바쁘게 각자의 목적지로 돌아가고 있었다. 정민은 실루엣이 드러나는 민주의 옷이 자꾸 신경 쓰여 자신의 카디건을 벗어주었다. 민주는 별말 없이 어깨에 정민의 카디건을 걸쳤다. 정민은 오랜만에 입은 몸에 딱 맞는 원피스와 하이힐이 불편했다. 그런데 그걸 다 참아낼 만큼 행복했다. 민주를 이렇게 가까이서 볼 수 있음이, 이렇게 피부를 맞댈 수 있음이.

정민은 모모의 눈으로 민주의 목소리를 들을 때는 이루 말할 수 없는 안타까움과 불편함을 느꼈었다. 이유 모르게 화가 나기도 했고 말 한마디, 한마디에 모두 신경이 쓰였다. 하지만 이렇게 함께 있는 동안은 그렇지 않았다. 함께 한다는 것만으로도 세상 전부를 안고 있는 기분이었다. 정민과 민주가 저녁을 먹고 길을 걷고 있는데, 전화벨이 울렸다. PD였다.

"잠깐만."

정민과 민주는 팔짱을 낀 채로 거리 한가운데 멈춰 섰다. 정민은 받지 않을까 하다가 혹시 급한 일인가 싶어 전화를 받았는데, PD는 하릴없이 어제 했던 아이디어 회의를 들먹였다. 10분도 넘게 장황하고 지루하게 일 얘기, 회의 얘기를 이어가다가 결론은 정민이 말했던 아이템 중에서 고르자는 말이었다.

"생각해 보니까 정민 작가가 제일 처음에 냈던 아이디어가 제일 괜찮았던 것 같아."

매번 새로운 아이디어를 내라고 해서 미안하다, 그게 자신의 일이며 괴롭힐 생각은 없었다는 진심이 담긴 술주정이었다. 정민은 입술을 깨문 채 말이 끝나길 기다렸다. PD는 마지막 할 말이라며 마치 진짜 하고 싶은 말은 이거였다는 듯 뭐 하냐고 물었다. 정민은 민주와 함께 걷고 있다고 말하고 전화를 끊으려 했는데, 마침 자신도 근처에 있다며 기어코 술 한잔

하자 했다.

전화를 끊고 삼십 분쯤 지나자 달큰하게 취한 PD가 멀리서 나타났다. 정민과 민주를 발견한 PD는 뒤꿈치를 들고 재빠르게 뛰어왔다.

"제가 늦은 거 아니죠?"

"늦은 거 맞는데요."

정민은 인사처럼 한 말을 진지하게 받았다.

"제가 맛집으로 모시죠. 따라오세요."

PD는 자신 있는 듯 몸을 돌려 걷기 시작했다. 정민과 민주는 팔짱을 끼고 PD를 따랐다. 셋은 시끌벅적한 중심가를 지나고 큰 건물 몇 개를 지나갔다. 횡단보도를 건너고 상점을 지나 다시 좁은 골목길로 들어갔다. 두 번의 오르막길 후, 내리막길이 시작될 무렵 낡은 간판에 미닫이문이 보였다. PD는 고개를 숙여 그곳으로 들어갔다. 돼지불고기를 연탄으로 구워주는 곳이었다. 깔끔함과 아기자기함이라고는 없는 작고 낡은 가게였다. 찌그덩, 소리를 내며 문을 밀고 들어갔을 땐, 화사한 젊은 여성들을 보고 고기를 먹던 손님들이 순간 멈춘 듯 바라보았다. 가게에 여자 손님은 정민과 민주가 유일했다.

셋은 구석 동그란 테이블에 자리 잡았다. PD는 엉덩이 하나를 겨우 걸칠 수 있는 동그란 의자에 앉아 어깨가 한껏 올라가 있었다.

"여기 제가 숨겨놓은 맛집이에요. 연탄 맛이 기가 막히거든요. 아무한테나 안 알려주는데. 민주 씨니까 특별히."

PD는 정민을 바라보면서 이야기했다. 민주에게 하고 싶은 말을 하며 시선은 정민에게 두면서. 민주는 조용히 휴지를 깔고 숟가락과 젓가락을 놓았다.

"민주 씨랑 술 한잔하고 싶어서 제가 졸랐어요. 불편한 건 아니죠?"

하고 정민을 보며 말했다. 정민은 그런 PD를 보며 어이없는 표정으로 민주의 코끝을 바라보았다.

"네. 괜찮아요."

민주는 싱그럽게 웃었다. 테이블 위에 각종 채소와 콩나물, 파절임과 고추, 마늘과 쌈장이 올라왔다.

"좀 드세요."

PD는 마치 대접이라도 하듯이 반찬들을 민주 앞으로 밀면서 말했다.

"아니, 도대체 뭘 먹으라는 거에요."

정민이 파절임을 각자의 앞으로 갖다주면서 말했다. PD는 자기 앞으로 오는 파절임 그릇에는 아무 관심이 없었지만. PD는 주머니에 있던 지갑과 담배를 테이블에 올리면서 여전히 정민을 바라보고 물었다.

"그런데 왜 기상 캐스터 되셨어요? 여기 연탄구이 세 개요."

큰 소리로 주문을 외치고 PD는 민주를 한번 힐끗 보았다. 정민은 PD가 민주에게 주문하는 것처럼 보여서 어이없는 웃음이 나왔다. 민주는 인자하고도 다정한 표정으로 되묻고 있었다.

"왜라뇨. 무슨...."

"아. 소주 하나 맥주 하나도 주세요."

직원은 테이블에 소주 한 병과 맥주 한 병을, 소주잔 세 개, 맥주잔 세 개를 갖다주었다. 민주는 소주병 뚜껑을 돌려 쫙, 소리를 낸 후 소주잔을 PD앞에 두고는 두 손으로 천천히 따랐다. PD는 몸을 조아려 두 손으로 받는 시늉을 했다. 소주를 따르는 민주가 고개를 갸우뚱하며 천천히 눈빛으로 되물었다.

"저는 맥주보다 소주팝니다. 민주 씨를 보고 있으면 딱 아나운서상이거든요. 제가 PD라 사람 보는 눈이 있어요. 기상 캐스터로 남기 아깝지."

민주는 정민에게 맥주잔을 흔들어 보였고 정민은 고개를 저었다. 민주는 자신의 자리 앞에 맥주잔을 두고 맥주를 따르며 조용하게 미소를 머금고 말을 이어갔다.

"어렸을 때 엄마가 소중한 사람과 날씨가 좋은 날 산책을 하고, 날씨가 안 좋으면 안부 인사를 하라고 가르치셨거든요. 그래서 날씨 전해주는 사람이 되고 싶었어요. 어렸을 때부터 꿈이 기상 캐스터였구요."

민주가 진지한 대답을 하는데 연탄불이 들어왔다.

"뜨겁습니다."

정민은 화기가 느껴져 몸을 뒤로 젖혔다. 직원은 테이블 위에 나머지 밑반찬을 올렸다. 민주는 직원을 배려하며 PD의 질문에 또박또박 대답했다. 연탄불이 들어오고 고기가 구워지고 있어도 불편한 기색 없이 민주는 말의 목적이나 명확함을 잃지 않았다. 모든 단어와 숨표에 친절함을 담아 말했고 자신의 앞에 있는 계란말이를 PD 앞으로 밀며 몸에 좋은 걸 드시라는 말도 잊지 않았다. 민주와 함께 술 한잔하고 싶다고 우기던 PD보다 오히려 민주가 더 자연스럽게 대화를 이끌었다. 민주는 자기 주변에도 PD가 있는데, 정말 고생하더라. PD는 머리가 백 개쯤 있어야 할 수 있는 직업 아닌가, 카메라 앞에서 말만 하면 되는 자기 같은 사람은 세상의 모든 PD들을 존경한다고 말했고 그 앞에서 PD는 속없이 싱글거리고 있었다. PD는 칭찬이 어색한 듯 한 번 웃고는 도토리를 먹는 다람쥐처럼 계란말이를 한입 물었다. 귀에 케첩을 바른 듯 빨갛게 화끈거리면서.

정민은 민주의 따뜻한 대화에 반하고 있었다. 민주는 PD가 불편하지 않도록 이야기를 이어 나가며 잘 들어주고 있었고 불편함이라던가 도도함 같은 건 없었다. 마치 성숙한 동생처럼, 옆집에 사는 편안한 이웃처럼 대화하고는 편안하게 볼 수 있도록 웃고 또 웃었다. 그런 민주 앞에서 PD는 첫사랑 이야기, 마지막 사랑 이야기에 결혼관까지 모두 말하고 있었다. 오랫동안 함께 일하면서 정민도 한 번도 들은 적 없는 이야기였다. 정민은 이런 이상하고도 흥미로운 대화를 잠잠히 듣고 또 들었다. 정민은 예전에 첫사랑을 찾아보는 프로그램을 추진한 적이 있었는데 PD가 무조건 반대한 적이 떠올랐다. 때가 어느 때인데 첫사랑이냐, 사람들은 다 먹고 살기 힘들지 첫사랑 따위는 쉽게 잊어버린다고 버럭 화를 내며 반대해서 무산되었다. 알고 보니 자신의 첫사랑과 결혼까지 약속했는데 바람이 났다고, 일주일 동안 울어 봤냐며 자기는 울어 봤다고 허세를 부렸다. PD는 자신의 과거를 고백하며 민주 앞에서 아이스크림을 뺏긴 아이처럼 펑펑 울고 있었다.

눈물범벅이 된 PD가 얼굴을 테이블에 처박고서야 술자리는 끝이 났다. PD는 술집 사장님의 부축을 받고 택시에 겨우 실렸다. 민주는 대리운전을 불렀고 둘은 차에 앉아 기다리기로 했다. 민주와 정민은 뒷자리에 나란히 앉았다. 차 안도 바갈도 까맣고 까맸고 고요하고 고요했다. 아까까지 잠이 쏟아지던 정민은 자리에 앉자마자 정신이 반짝 들면서 또 혼미해졌다. 정신을 놓은 정민이 우물쭈물거리다 안전벨트를 하려고 하자 그 손을 민주가 조용히 잡았다. 술김에 살짝 눈물이 고인 눈으로 바라본 민주는 정말 예뻤다. 이렇게 가까이서 이렇게 바로 옆에서, 이렇게 바로 서로를 만질 수 있는 옆자리에 앉은 건 처음이었다.

둘은 아무 말이 없었다. 아무 소리도 들리지 않았다. 주변은 어두울 뿐이었다. 시간은 아주 천천히 흘러가기만 했다. 정민 속에 문득 아까 민주와 팔짱 꼈던 민주의 살결의 감촉이 스쳐 지나갔다. 지금은 직접 만질 수 있다. 자신의 카디건이 살짝 내려가 드러난 민주의 하얀 어깨를 흘깃 바라보았다. 그 하얀 어깨에 매료되어 정민은 천천히, 가까이 얼굴을, 입술이 민주를 향해 다가가고 있었다.

"똑똑, 대리운전 부르셨죠?"

대리운전 기사가 동그랗게 말은 주먹의 세 번째 손가락으로 차 문 유리를 두 번 두드렸다. 정민은 어떤 면에서 정말 다행이라 생각하고 낮은 한숨을 내쉬었다. 대리 기사의 시동으로 자동차는 출발했다. 민주는 그새 정민의 어깨에 고이 기대어 잠들었다. 잠결에 민주는 정민의 팔에 자신의 팔을 포개며 팔짱 꼈다. 정민은 조용히 흘러내린 카디건을 올려 민주의 드러난 어깨를 가려주었다.

정민은 차 문을 살짝 내리고 차가운 공기를 느꼈다. 그래야 견딜 수 있을 것 같았으니까. 바깥의 어둠이 둘 사이에 조용히 스몄다. 사람의 어떤 감각은 가만히 있어야 하는 게 형벌처럼 느껴질 때가 있다. 정민은 몸의 중간에서 자꾸 무언가가 꿈직거렸고 마음의 중간이 촉촉해졌다. 찬바람으로 신경을 틀어야 겨우 모른 척할 수 있었다.

차는 민주의 집 앞에 도착했다. 정민은 여전히 새근거리면서 잠들어 있는 민주를 어린아이 깨우듯 보드랍게 흔들었다. 고새 눈물이 살짝 고이고 노란 눈꼽이 생긴 민주가 동그란 눈을 떴다. 정민은 대리비를 드리고 민주의 품에 모모를 안긴 후 집에 들어가는 뒷모습을 확인한 뒤 다시 택시를 타고 집으로 향했다.

그렇게 민주와 친해지고 싶다던 PD는 같이 술을 마시고 난 후부터 영 건조해졌다. PD는 더 이상 민주에 대해 아무것도 묻지 않았다. 평소처럼 프로그램을 진행하고 선곡을 하고, 일을 할 뿐이었다.

"사랑 고백 이벤트 어때요?"

정민은 새로운 아이템이라며 고심하고 또 고심한 프러포즈 이벤트를 제안했다. 아무래도 사랑을 시작하는 사람에 대한 이야기를 하면 먹힐 것 같았다. 누구나 사랑을 시작하니까, 사랑을 시작하는 이야기가 궁금하기도 했다.

"그게 새로운 거 맞아? 뻔하고 뻔한, 흔하고 흔한."

PD는 여전히 전에도 몇 번 지은 적 있는, 마음에 안 든다는 표정으로 고개를 저었다.

"뻔하고 흔한데 특별하잖아요. 고백이라는 건."

"사랑에는 누구나 특별한 사연이 있으니까. 특별함 없이 사랑에 빠지는 일은 없으니까."

PD는 들고 있던 다이어리를 책상에 내리치고는 고민하는 눈초리였다.

"왜요? 첫사랑이 바람이 나도 우리는 잊고 새로운 사랑을 해야 하잖아요!"

"뭐야?"

"에이. 그때 다 들었어요. 연탄구이집에서 테이블에 머리 박을 때. 일주일 안 쉬고 울어...."

"헤헤헤. 그래 일단 해. 제대로 못하면 보자."

PD는 들고 있던 다이어리를 살짝 들고 허공으로 손짓한 후 창피한지 바로 자리에 앉아 등을 보였다. 정민은 자리로 돌아와 노트북을 열었다. 자세를 고쳐 앉아 사랑 고백 이벤트 기획안을 썼다. 기획 의도와 방송의 목적이 막힘없이 술술 써졌다. 노래 가사처럼 사랑을 시작할 때 얼마나 예쁜지, 그런 사랑의 설렘을 표현할 수 있는 이벤트 방송을 만들고 싶었다.

― 사랑이 메말라가는 현실에서 여전히 낭만에 고픈 사람들을 위한 이벤트를 준비 중입니다.

이벤트 카드 뉴스를 제작하면서 정민은 콧노래를 흥얼거렸다. 예전에는 카드 뉴스 제작도 작가가 하는 일이냐며 툴툴거렸었다. 디자이너를 구해달라, 용역을 주자고 했었다. 콧노래에 콧등 안이 찬찬히 울렸고 그 울림의 속도에 맞게 정민의 심장이 쿵쾅거렸다. 라디오를 들어도, 카페를 가도 고백하는 노래만 들렸다. 요즘은 예전의 감성이 없다며, 애절하게 고백하는 발라드 노래가 없다며 아쉬워했다. 정민은 그 아쉬움을 해소하고자 프로그램에서 사랑을 시작한, 사랑을 고백하는 노래를 선곡했다. 정민이 고백을 떠올리려면 초등학교 시절까지 돌아가야 했지만 정말 오랜만에 떠올려 보는 고백에 가슴이 흥건해졌다.

정민은 기획안을 쓰다가 문득, 지금 하는 일들보다 하지 않고 있는 일을 찬찬히 떠올려 보았다. 화를 내지 않고 울지 않았다. 그 감정의 틈을 소소한 미소와 셀 수 있는 한숨으로 채웠다. 여행을 가지 않았다. 그 틈은 추억이 채워주었다. 사랑하지 않았다. 사랑이 필요한 틈을 하늘이 채워주었다. 가득한지도 부족한지도 모른 채 살면서 일상은 그저 그랬다. 남들처럼.

정민은 민주와 함께했던 어제를 떠올리면서 어떤 고백 사연이 올지 한껏 들떴다.

하늘과 정민은 어젯밤, 똑같은 자세로 잠들고 똑같은 자세로 주말 아침을 맞았다. 정민이 오른쪽 팔을 괴고 돌아누우면 하늘도 그랬다. 정민이 천장을 보고 정자세로 누우면 하늘도 그렇게 잠들었고 그렇게 일어났다.

침대에 누운 채, 비몽사몽한 목소리로 브런치를 먹으러 나가자고 하늘이 말했다. 정민은 조금 더 자고 일어나 모자를 눌러썼다. 청바지에 아무 티셔츠를 갈아입었다. 선크림만 살짝 손바닥 전체로 대충 문질렀다. 가끔 거울을 보니 얼굴에는 거무튀튀한 기미가 올라와 있었다. 정민은 속상해하는 대신 피부 화장을 하지 않은 채 거울을 보지 않기로 했다. 하늘도 청바지에 운동화를 신고 나섰다.

집을 나선 엘리베이터 앞에서 정민은 주머니에 손을 찌르고 짝다리를 짚고서 말했다.

"뭐 할 거야? 오늘?"

"몰라?"

"브런치 먹자며?"

"먹으면 되지."

"그다음엔? 계획 뭐 그런 거 없어?"

"응"

"계획은 무슨. 우리가 언제부터 계획적으로 살았다고, 귀찮아."

하품하는 정민을 보며 하늘이 싱긋 웃었다. 하늘은 정민의 모자 챙을 툭 치고는 한 번 더 씨익 웃었다. 정민은 작은 주먹을 쥐어 어깨 옆으로 올렸다가 그것도 귀찮아서 잠잠히 하늘을 따라나섰다. 하늘은 발을 운동화에 넣기 위해 뒤꿈치를 만진 손으로 정민의 볼을 꼬집으려 했다.

"아. 하지 마."

정민의 반응이 재밌어서 하늘은 일부러 더 볼을 꼬집으려 했다. 목적은 정민을 놀리는 거였다. 정민이 딱 화내기 전까지 놀리려고,

"어디 가도 사람 많을 텐데."

엘리베이터를 타는 내내 둘은 핸드폰을 보고 있었다. 정민은 어제 쇼핑몰 장바구니에 담아둔 반지를 결제할까 말까

고민 중이었고 하늘은 스포츠 뉴스를 보고 탄식 중이었다. 1
층에 도착하기 전 정민은 결국 반바지를 결제했고 하늘은 스
포츠 뉴스를 반도 채 보지 못하고 엘리베이터에서 내렸다.

둘은 시내로 나갔다. 주말이라 차는 막혔고 맛집은 온통 웨
이팅이었다.

"배고픈데 대충 햄버거나 먹을까?"

늘 있었던 일이라 둘은 익숙했다. 둘에게 대충은 적응되어
있었다. 혼자 있을 때 허용되는 대충이, 둘 사이에는 함께 있
어도 잘 적용되었다. 정민은 하늘의 대충 하자고 말에 섭섭하
지 않았다. 하늘도 그럴 거라 믿었다. 서로는 서로에게 나 자
신에게 하는 만큼씩 대충 대했다. 그 대충의 의미를 서로 잘
알고 있었고 서로를 믿을 수 있었다. 대충의 익숙함에 다행히
도 기대도 실망도 없었다.

"잠시만 기다려 보소."

하늘은 잠시 차를 세우고 핸드폰을 꺼내 무언갈 검색했다.
그 와중에 아까 엘리베이터에서 다 보지 못한 스포츠 뉴스를
끝까지 보았다. 하늘의 차에 탈 때는 항상 운동화를 벗어 두고
다리를 세워 핸드폰을 보며 아무 말을 했다. 맨발에 운동화를
신는 버릇이 있었고 정민은 금방 발가락을 꼼지락거렸다. 의
미도 없고 해도 그만, 하지 않아도 그만인 이야기들로 차 안은

가득 찼다. '그래, 여기' 하늘이 잠시 탄식하고는 신나는 표정으로 드라이브에 기어를 넣었다. 그리고는 지금 이 순간은 대충이 아니라는 듯 시시콜콜하게 장난을 쳤다. 배고파, 안 고파를 서로 말하면서 말도 안 되는 리듬감으로 말을 주고받았는데 둘의 얼굴에는 웃음이 끊이지 않았다.

둘이 도착한 곳은 어느 초등학교 앞이었다.

"여기 내가 다녔던 초등학굔데?"

정민의 눈에 삼십 년 전에 탔던 미끄럼틀과 시소가 보였다. 그때는 세상에서 제일 거대하고 재미있던 놀이 기구였다. 정민은 종종거리며 미끄럼틀을 올라갔지만 엄마는 타지 못하게 했었는데 언제부턴가 엄마는 정민이 미끄럼틀 위로 올라가 갈 수 있게 도와주었고 짧은 내리막의 쾌감을 즐길 수 있었다. 짧은 내리막이 시시하게 느껴질 만큼 자란 정민은 미끄럼틀에 오르지 않고 가만히 걸터앉아 생각하던 시절을 지나고 그 미끄럼틀은 자연스럽게 잊었었다.

"나는 저 미끄럼틀을 처음 오르면서 엉덩이를 치켜들었을 때 차고 있던 기저귀가 생각나."

"웃기지 마. 세 살 때가 기억난다고?"

"응."

"너 혹시 초딩 때까지 기저귀를 찬 거 아니냐?"

하늘은 두 손의 손가락을 동그랗게 만들어 정민의 엉덩이에 대려 했고 정민은 피했다. 어쨌든 다 지나간 추억이고 아무 확신이 없는 과거일 뿐이다. 사람들은 미래가 불투명하다고 불안해하지만 사실 미래보다 더 불확실한 건 과거라고. 과거를 불안해하지 않는 건 이미 지나갔기에 책임질 게 없기 때문이라고. 처음 미끄럼틀을 내려올 때는 너무 무서웠지만 그 스릴이 재미있어졌고 나중에는 시시해졌다. 그리고 지금은 옆에 그곳으로 데려다주고 정민을 웃게 하는 하늘이 있었다. 미끄럼틀은 추억 버튼이 되어 정민은 과거의 자신을 추억할 수 있게 해주었다.

"내가 다닌 초등학교 알고 있었어?"

하늘은 고개를 까딱하며 으쓱했다.

"그럼. 한 번은 꼭 같이 와보고 싶었어."

"어떻게 알았어?"

"네가 말했잖아."

"내가?"

정민은 정말 기억이 나지 않았다. 자신의 추억에 대해서는 하늘에게 말한 적이 없다고, 말할 거리도 없다고, 다 잊고 살았다고 생각하고 있었다.

"정말 기억나지 않아."

"그때는 그 시절을 기억했겠지. 스무 살 땐 학창 시절을, 학창 시절엔 어린이였을 때를, 어린이였을 때는 아이였을 때를 기억하지 않을까? 지금은 다 잊었지만."

"그런가. 그 사이 잊은 건가."

"너랑 내가 함께한 시절이 얼만데. 우리가 함께한 대화가 얼마나 많은데, 그걸 어떻게 다 기억하겠어?"

"그건 그렇지."

정민은 하늘과 한 수많은 대화에 대해서 생각해 보았다. 어떤 말을 주고받았는지 생각나지 않았지만 따뜻하고 포근함이 몰려왔다. 기억은 기억을 이어 수많은 단어와 문장을 되돌려 주었고 느껴지는 것들은 일부분일 뿐이며 정민이 아는 자신보다 하늘이 아는 자신이 더 많을지도 모른다고 생각했다.

"그런데 여긴 왜 온 거야?"

"저기가 쫀드기 맛집이래."

정민은 하늘이 바라보는 쪽으로 바라보았다. 쫀드기란 글자에서 '쫀'의 쌍지읒의 지읒 하나와 '드'의 디귿이 떨어져 나간 분식점이 있었다.

"저기 나 어렸을 적 매일 가던 곳이야."

하늘은 씨익 웃고 있었다.

"내가 그 말도 했다고?"

둘은 마주 보고 웃은 뒤 그쪽으로 뛰어 들어갔다. 세월이 묻어 있는 문을 열고 둘은 조심히 안으로 들어갔다.

"여기 쫀드기 맛집이라고 해서 왔어요."

둘은 분식점 테이블에 앉았다. 정민과 하늘은 테이블에서도 계속 사장님을 향해 쫑알거렸다. 여기 초등학교를 나왔고 학교를 마치고 매일 왔다고, 수업을 마치고 이 분식집을 오는 게 초등학생의 삶의 이유였다고 말했다. 둘은 떡볶이와 순대, 쫀드기와 라면을 주문했고 호로록 먹으면서 지난날을 추억했다. 오래된 추억 같은 아직 남은 스무 살의 습관과 그때를 닮은 움직임은 작은 분식점과 꽤 잘 어울렸다. 정민은 어렸을 때의 추억을 말했고 하늘은 쫀드기의 맛을 평가했다. 하늘은 기필코 꼭 이렇게 만들고 말겠다고 다짐했다.

"사장님 들으실라. 조용히 말해."

사장님은 이미 들었다.

"아녀. 나는 이제 늙어서 여기 언제 닫을지도 몰라. 이 맛을 계속 유지해 준다면 나도 좋지."

사장님은 사람 좋게 웃었다. 하늘은 맛있게 먹으면서 자신이 레시피를 맞춰 보겠노라고 재롱을 부렸고 사장님은 흐뭇하게 바라보았다. 사장님과 함께 셋은 마치 이미 지난 듯한 또 다른 과거와 지금의 추억을 만들었다.

방송이 거듭될수록 민주는 유명해졌다. 경제 관련 유튜브 방송에 진행자로 참여했는데 당시 패널보다 더 많은 경제 지식을 알고 있었고 전화 인터뷰에서 갑자기 영어로 질문하는 신청자와 자연스럽게 대화하는 영상이 퍼지면서 화제가 되었다. 원래는 3분 안으로 진행하기로 했던 질문 시간은 10분 이상 진행되었고 그때 민주는 침착하게 진행자로서 신청자와 패널을 서로 이해시켜주는 프로다운 실력을 보여 주었다. 그 영상은 실제 방송보다 더 화제가 되어 100만 뷰를 돌파해 민주는 그때부터 연예인보다 더 유명한 기상 캐스터, 아나운서보다 더 똑똑한 기상 캐스터로 이름을 알렸다. 방송과 유튜브에서 섭외 제의가 꽤 있었다. 민주는 지금 남편의 일을 돕고 있어서 굳이 일을 늘리지 않는다고 했다. 민주에게로의 사람들이 관심은 여러 방법으로 증명되었다. 민주는 그중에서 간곡한 부탁이 있는 곳, 방송국에서 지정해 준 곳 몇 개를 했다. 민주는 적당하게, 지치지 않을 정도로만 일을 해 나갔다. 바쁘게 일하면서도 틈틈이 자기 계발을 하고 SNS에 고난도의 필라테스 자세를 하는 사진이 올라왔다.

정민은 민주의 일상을 SNS에서, 일은 유튜브와 뉴스에서 찾아볼 수 있었다. 민주가 유명해질수록 정민에게서 멀어지는 기분이 느껴졌다. 정민은 만능 엔터테이너가 되어 방송에서 웃고 있는 민주를 한걸음 멀리서 바라보고 챙겨보고 지켜보았다. 정민은 민주가 진행하는 프로그램을 볼 때면, 마치 예전의 자신처럼 민주의 혹시 모를 추락이 불안했다. 갑자기 집중된 관심은 한순간에 사그라들지도 모른다. 정민은 누구보다 높은 곳에서 순식간에 떨어지는 게 무언지 잘 알고 있었으니까.

유튜브에는 민주의 날씨 방송을 편집한 짤이 돌았다. 사람들은 민주의 허리가 몇 인치인지 예상하고 비율이 어떻게 되는지 움직일 때마다 허벅지가 몇 번 부딪혔는지 세어 영상을 제작했고 퍼트렸다. 한동안 정민은 방송국에서 점심시간에 자연스럽게 만나기보다 TV나 유튜브에서 더 많이 보았다. 정민은 아무런 흔적을 남기지 않은 채 민주를 검색하고 민주가 나온 영상을 찾아보았다. 민주를 찾아보고 핸드폰 검색 기록도 지웠다. 위치 공개에 동의하지 않았다. 그저 수많은 유튜브 시청자 중의 한 명으로 남았다. 100만 뷰에서 1이 없어진다고 해도 조회 수는 아무런 변함이 없으니까. 정민은 스스로 민주의 불특정 다수가 되어갔다. 민주를 알아보는 사람이 많아질수록 정민은 소외되고 있었다. 민주에게서 멀어지는 기분을 느끼며 스스로 민주로부터의 소외를 선택했다. 민주를 싫어하는 사람들은 그래봤자 기상 캐스터, 자기가 아나운서인지 안다, 갑자기 이 여자 왜 이렇게 많이 나오냐는 댓글을 달았다. 정민은 어떤 날은 민주의 악플에, 또 어떤 날은 민주의 선플에 좋아요를 눌렀다. 스스로는 아무런 댓글을 남기지 않은 채로.

방송국 식당에서 오랜만에 마주친 민주는 여전한 모습이었다. 혼자 밥을 먹고 있었고 사람들은 그런 민주 곁을 지나가며 한마디씩 했다. 달라진 게 있다면 민주를 바라보는 사람들의 표정에 더 큰 웃음이 가득했고 목소리가 높아졌으며 행동은 과장되고 있었다.

"민주 씨. 축하해. 요즘 연예인이야. 아주."

"악플 따위 신경 쓰지 마. 우린 모두 민주 씨 편. 원래 사람이 크게 되려면 그래. 축하해. 정말"

"축하해요. 진짜 잘되면 나 잊으면 안 돼. 막말하는 사람 있으면 내가 혼구녕을 내 줄게요."

잔뜩 흥이 난 사람들의 목소리가 크고 높아져 멀리서도 다 들릴 지경이었다. 그런 사람들을 보면서 민주는 예전처럼 웃어 보였다. 밥을 먹는 도중에 악수를 건네면 손을 맞잡고, 어깨를 토닥이면 고개를 숙여 인사했다. 밥알을 씹다가도 손에 젓가락을 든 채로 입을 가리고서 고맙습니다, 감사합니다를 반복했다. 민주는 말만으로도 힘이 난다며, 자신은 그런 악플에 신경 쓰지 않는다고 말하며 사람들을 안심시켰다.

정민은 민주의 눈에 띄지 않도록 조용히 반찬과 밥을 담아 민주에게서 가장 먼 곳에 자리 잡았다. 반찬으로 나온 두부를 젓가락으로 으깨며 사람들이 민주에게 말했던 축하한다는 말을, 그 신이 난 표정을, 홍분된 목소리 톤을 되뇌며 밥알을 씹어 넘겼다. 민주에게 들키지 않으려 몸을 낮춰 빠르게 밥을 먹고 자리를 떠났다.

그날 정민과 민주가 방송국에서 스친 건 정말로 우연이었다. 서로를 일부러 찾지도, 그렇다고 일부러 피하지도 않았을 때 만날 수 있는 그런 우연한 날이었다. 정민은 민주 쪽에서 먼저 아는 척을 하지 않으면 그냥 지나갈 요량이었다. 혹시 그냥 스쳐 지나가 버렸다면 다시 돌아볼지는 모르지만 어쨌든 마주 올 땐 아는 척을 하고 싶지 않았다. 오랜만에 방송국에서 만난 민주는 여전히 밝은 미소로 정민을 대했으며 조금 창백해 보였다. 정민은 모른 척하려 했던 마음이 금세 안쓰러움으로 바뀌었다.

"요즘 많이 바쁘지?"

"조금. 뭐. 그냥 그래."

민주는 말끝을 천천히 흐렸다.

"쉬엄쉬엄해. 얼굴이 안 좋아. 마음 편한 게 최고잖아."

정민은 민주를 보는 내내 마음이 횡설수설했다. 살이 살짝 빠진 민주의 볼을 보면 속상했고 타인을 향했을 그 부드러운 눈빛에 애가 탔고, 또 화가 났으며 원인 모를 많은 감정들이 자꾸만 일렁거렸다. 걱정하는 마음을 숨기기 좋은, 어딘가에서 불쑥불쑥 느껴지는 질투를 감출 수 있는 그런 위로가 담긴 말을 이었다.

"악플도 관심이라 하잖아."

어쩌면 이 말을 하는 정민에게 관심을 주길 바라며, 민주가 그 악플에 아파하고 있길 바라면서.

"보여주고 싶지 않는 모습으로 알려지는 게 제대로 사랑받는 건 아니잖아."

정민이 유명해지는 민주를 보면서 부러웠고, 불안했고, 질투가 났고, 안쓰러웠고, 화가 났다. 정민은 민주가 위로가 필요한 사람처럼 보였고 가슴이 아렸다. 그녀의 작은 어깨를 안아주고 싶은 충동을 애써 모르는 척 할 수밖에 없었다.

"뭐라고? 미쳤어?"

하늘이 그동안 장난처럼 말하던 쫀드기 사업을 한다며 쇼핑몰을 오픈하겠다고 했다. 며칠 전 하늘은 뭔가 숨기는 눈빛으로 정민을 바라보고는 어디 다녀온다는 말 없이 어색한 뒷모습을 보이곤 집을 나갔었다. 정민은 목욕탕이나 PC방을 가지 않을까, 하여 별 신경 쓰지 않은 며칠이 지났다. 하늘은 연간 5만 개의 쫀드기를 만들겠다는 계약서에 사인을 했고 식탁에 아무렇게나 올려놓았다가 너무도 허술하게 폭로되었다. 인감이 들어있던 서랍장은 그때까지 열려 있었다. 정말 중요한 때나 쓰는 인감이, 그러니까 나중에 아파트를 사면 쓰겠구나 생각하며 정민과 함께 만들었던 인감도장은 계약서와 함께 나뒹굴고 있었다.

정민은 그동안 하늘이 등을 돌리고 핸드폰을 유난히 오래 본다고 생각했다. 그저 게임이나 하겠지, 야동이나 보겠지 생각했지 정말 이렇게 사고를 쳤을지는 꿈에도 생각 못 했다.

하늘은 거실의 구석에 무릎을 꿇고 벽을 본 채 손을 들었다. 정민에게 혼날 직감이 들 때 하늘이 스스로 취하는 자세였다. 긴장했는지 하늘의 콧구멍에서 콧물이 찌익 흘렀다.

"이번엔 진짜 자신 있다니까."

여전히 벽에 대고 하늘이 말했고 정민은 그런 하늘의 뒤통수를 흘겨보았다.

"내가 언제 부자 되자고 했어? 그냥 집 사고, 마음 편하게 살자고. 우리가 무슨 사업이야? 그것도 쫀드기?"

"돈을 벌어야 집을 사지."

"계약금이 얼만데?"

"오천"

"그 돈은 어디서 났고?"

"엄마"

"시엄마 돌아가신 지 얼만데 엄마는 무슨."

"아니. 우리 엄마."

정민의 머릿속에 정민의 엄마가 떠올랐다. 우리 엄마가 하늘의 엄마인지 정민의 엄마인지 순간 헷갈려 눈을 두 번 끔뻑거렸고 머리가 쭈뼛 섰다. 핸드폰을 어디에 두었더라, 찾으면서도 헷갈렸다.

정민은 그 일이 있은 후부터, 그 말을 들은 후부터 엄마에게 연락하지 않으면서 살고 있었다. 정민이 유산을 했다고 엄마에게 말했을 때 엄마는 잠시 숨을 죽이고는 차라리 잘됐다고 했다. 차라리 잘됐다는 말을 증오하면서 사는 것, 차라리 잘됐다고 말하는 사람을 증오하면서 사는 것이 정민이 제정신으로 살 수 있는 유일한 방법이었으니까. 정민은 다시는 마음을 열지 않겠노라고 스스로에게 약속했고 그 약속은 지켜졌다.

그때 정민은 엄마 앞에서는 제대로 울고 싶었다. 어딜 가도 축하한다고 난리, 안됐다는 말이 난리였다. 그 난리 속에서 생명이 기쁨보다는 막막하다던지, 생명을 잃은 게 슬프기보다는 뭔지 모르겠다는 말을 하고 싶었다. 사람은 뭔지 모를 눈물도

흘린다. 마음 놓고 모르겠다는 말을 하고 싶어서, 모르는 눈물을 흘리고 싶어서, 엄마에게 전화했다. 미친 사람이 되어서 절규하고 다시 아이를 살려 달라고 매달려 보고 싶었다. 왜 이렇게 눈물이 나는지 모르겠다는 말을 들어줄 유일한 사람이라 믿었으니까. 그런데 엄마는 냉정한 목소리로 차라리 잘됐다고, 별일 아니라고, 잊으라고, 잊고 유학을 가라고 말했다. 엄마의 단호한 그 말이 정민의 모든 말을 막았다. 정민이 몰랐던 많은 것들이 정리되었다. 정민도 그냥 그렇게 생각한다고 말하고 그렇게 말하는 자신과 현실을 분리하며 그 순간 정민의 인생은 많은 것들이 멈추었다. 그 충격은 천천히 몰아쳤다. 엄마와의 통화를 끝내고 나서부터 온몸의 수분을 다 뽑아낼 듯이 눈물이 흘렀다. 몸속의 피가 투명하게 변해 눈을 통해 빠져나왔다.

엄마는 정민의 유학을 진정으로 바랐다. 해외에 나가서 더 자유롭게 글을 쓰고 하고 싶은 일을 다 하고 살라고. 소설을 어떻게 쓰는지는 잘 모르지만, 소설을 쓴다는 건 고귀한 일이며 아무나 할 수 없지 않냐고 딸을 자랑스러워했다. 소설을 쓰려면 경험이 많아야 좋은 거 아니냐고, 더 큰 세상에 가서 다른 문화를 경험하면 더 멋진 소설을 쓸 수 있지 않냐고. 세계로 뻗어 나갈 딸을 생각할 때 가장 흐뭇했고 부모로서 할 일을 다 했다고 죽어도 여한이 없다고 말했었다.

하지만 정민이 받아들일 수 있는 건 달랐다. 딸의 유산 소식을 듣고 차라리 잘되었다니, 예정대로 유학을 떠나고 가서 하고 싶은 것 다 하고 쉬면서 다 잊으라니, 그날 이후로 정민은 속에 남아있던 세상의 모든 감정의 화살을 엄마에게 쏘았다. 어쩌면 그 감정의 화살이 그래도 꾸역꾸역 정민을 살게 했는지도 모른다. 정민은 그 후로 엄마와 전화도 문자도, 전화도 아무것도 하지 않았다. 뱃속에서 사라진 생명체처럼 평생 모녀지간의 인연을 끊을 수 있는 것처럼 굴었다. 결혼 후, 정민의 엄마는 하늘의 엄마로 살았다. 결혼 과정을 전하고 청첩장 소식을 전하며 결혼식에 엄마를 정식으로 초대한 것도 하늘이었다. 하늘은 정민이 아플 때나 유독 기쁠 때, 생일날 엄마에게 소식을 전했다.

정민은 엄마에게 바로 전화를 걸었다. 우리 엄마가 전화를 받자마자 아무 설명 없이 마치 어제도 통화했다는 듯이, 우리의 엄마를 쏘아붙였다.

"엄마는 그 큰돈을 애한테 주면 어떡해."

"누가 들으면 너 어제도 전화해서 이렇게 화냈는 줄 알겠다."

정확하게 기억할 수 없을 시간이 지났고 눅진한 감정이 흘러 전해졌다. 수화기 너머로 퉁명스럽지만 다정한 엄마의 목소리가 들려왔다. 정민은 알지 못할 안도감이 들었다. 엄만 잘 지내고 있고 최소한 건강하다는, 그리고 정민을 딸이라고 생각하고 있음이 분명했으니까.

정민의 까랑까랑한 목소리가 온 방 안을 떠돌았다. 시간이 지나자 수화기 너머로 이상하게 따뜻하고 낮은 음성이 흘러들렸다. 정민은 이네 응, 응, 응, 을 반복하더니 전화를 끊었다.

엄마는 처음에 하늘의 돈 얘기에 덜컥 겁이 났는데 가만히 생각해 보니 하늘에게 받은 용돈이 그 정도는 된다고 했다. 새해, 명절, 생일, 계절이 바뀔 때마다 단 한 번도 용돈을 쉰 적이 없다고. 엄마는 정민이 모르는 하늘에 대해 말했다. 그 정성에 엄마도 모르는 척할 수 없었다고. 그래서 믿어주고 싶었고 힘이 되어 주고 싶었다고 했다. 정민이 따질 말이 없어져 조용해지자 엄마는 요즘 소설은 쓰냐고 물었다. 정민은 대답하지 않고 전화를 끊어버렸다. 전화를 끊은 정민은 잠시 생각에 잠겼다가 멀뚱히 서 있는 하늘을 바라보았다. 엄마의 표정을 상상하기 싫어서.

하늘은 벽을 보고 두 손을 들고 땀을 뻘뻘 흘리고 있었다.

"내려 손."

하늘은 바로 정민에게 다가와 정민의 어깨를 주물렀다.

"나 이번에 진짜 잘할 수 있어. 걱정 마."

정민이 화가 난 팔짱을 풀지 않자 엉덩이를 오른쪽으로 주욱 빼고 두 팔을 왼쪽으로 뻗어 춤을 출 준비를 하고선 한 번 더 정민의 눈치를 보았다. 하늘은 정민이 살짝 누그러졌음을 확인하자 바로 장난기 가득한 얼굴로 입꼬리를 올렸다.

"쫀돌, 쫀돌."

하늘은 마치 노래라도 부르듯 신이 난 아이처럼 리듬을 타며 엉덩이와 두 팔을 반대 방향으로 밀었다. 정민은 하늘의 춤이 하나도 웃기지 않았지만 마음은 풀렸다. 아무것도 모를 때, 아무것도 할 수 없을 때 오히려 세상은 쉽게 돌아가듯이.

정민은 하늘이 눈에 보이지 않는 방으로 들어가서 침대에 몸을 틀어박았다. 머릿속에는 지렁이가 꿈틀거리고 몸속에는 비가 오는 것 같았다. 이불에 머리를 박고 꽁꽁 싸매기만 하면 세상과 단절시켜 주는 듯이 하늘이 말하는 사업에 대해서는 아무것도 그려지지 않았다.

사실 엄마에게 돈을 빌렸다는 하늘의 말에 화가 났을 뿐, 오천만 원이라는 돈의 의미를 사업의 규모를 정민을 몰랐다. 그 관심의 끝은 남들 다 있다는 집이나 있었으면 하는 소망이었다. 하늘이 아무리 진지하게 사업을 설명해도 쫀드기를 열 개쯤 들고 입안 가득 쫀드기를 넣어 우걱우걱 씹고 있는 하늘의 모습만 그려졌다.

다음 날, 정민은 온몸에 보슬비가 내렸다. 이마를 짚어 보니 약하게 열이 났다. 침대에 그대로 누워 옆으로 팔을 뻗었다. 손바닥으로 온기가 전해왔다. 하늘이 출근한 지 얼마 안 된 모양이었다. 정민은 다시 잠들었다가 아침이 조금 지난 시간에 일어나 머리를 하나로 질끈 묶으며 거실로 걸어 나왔다. 찬장에서 가장 부드러운 맛으로 커피를 골라 머신에 넣었다. 정민은 식탁 앞에 서서 은은한 향을 뿜으며 머그컵에 떨어지는 검은 액체를 멍하니 바라보았다.

'쫀드기라니, 사업이라니. 그런데 심지어 쫀드기 사업이라니.'

정민은 손가락으로 머그컵을 그러안고 입술을 대며 생각했다. 생각할수록 기가 막혔다. 뜨거운 머그컵에 닿은 손가락이 빨갛게 달아오르는지도 모른 채.

정민은 생각할수록 기가 막힌 사업 아이템을 알아보기 위해 테이블에 다리를 세우고 앉아 노트북을 열고 노트북과 꽃병 사이, 따스하고 까만 머그컵을 내려놓았다. 얼마 전에 세탁한 하얀색 커튼이 창밖을 하얗게 비춰주고 있었다. 정민은 약간 식은 커피를 천천히 한 모금 마셨다.

정민이 사실 하늘이 말하는 사업에 집중하지 못한 이유는 따로 있었다. 정민은 민주가 유명해지면서부터 모모를 통해서 민주를 담고 싶어졌다. 정민은 모모의 눈을 바라볼 생각을 하면 무언가 짓누르고 있다는 게 느껴졌다. 그게 무언지 아직 정확하게 알 수 없지만 해야 할 말, 인정해야 할 마음 같은 것. 스스로 짓누르고 있지만 스스로 빼낼 수 없는 압박에 어떤 때는 호흡이 가빠져 숨이 막혔다.

둘은 지금 무엇을 하고 있을까.

정민은 미지근해진 커피를 또 한 모금 마셨다. 몸속으로 검은 액체가 들어갈수록 정민의 머릿속에는 온통 민주 생각으로 가득 찼다. 하나로 대충 묶어두었던 머리카락이 귀 아래로, 목덜미로 천천히 흘러내렸다.

정민은 세워 앉은 다리를 그러안으며 차가운 커피를 한 모금. 또 한 모금. 그날부터였다. PD와 셋이 술을 마시고 나란히 차의 뒷자리에 앉았던 그날, 민주가 정민의 어깨에 기대어 새근거리던 민주의 어깨를 감싸지 못했던 그날부터 정민 안에 민주가 가득 차버렸다.

도저히 잡히지 않는 마음을 안고 정민은 서재로 갔다. 서재의 한쪽 벽면에는 책으로 가득한 책장이 있었다. 여기저기 칠이 벗겨진 책장은 언제 산지도, 어떤 내용인지도 모를 책들로 꽂혀 있었다. 편집자인 하늘이 출판사에 보관되어 있는 책을 가져오기도 했고 정민도 서점에 서서 보았던 책들은 사 오는 편이었다. 특징적이라면 베스트셀러 책은 없다는 정도. 크기와 높이에 상관없이 세로로 꽂힌 책들 위로 가로로 누워 보관된 책도 많았다.

'민주에게 한번 물어볼까. 책을 크기별로 정리하면 좋을지, 작가별로 정리할지, 아니면 기역니은 순서로 정리할지. 시시콜콜한 얘기잖아.'

정민은 거실로 가서 핸드폰을 찾았다. 전화를 걸까, 말까. 또 걸까, 말까. 검지 손가락이 핸드폰의 액정 위를 바쁘게 움직였다. 의미 없는 고민을 끝내지 않은 채, 민주에게 전화를 걸었다. 똑같은 신호음은 계속해서 울렸지만, 민주는 전화를 받지 않았다.

정민은 꽂혀 있는 책들을 마구잡이로 꺼내 바닥에 쏟아내기 시작했다. 책장과 책들 사이에 쌓인 먼지들이 뿜어져 나왔다. 책은 묵직했고 무거웠다. 다섯 권 정도의 책을 손아귀에 힘을 주어 꺼내면 손가락 마디가 아렸다. 두꺼운 책 한 권이 정민의 발등 위로 떨어졌다. 발등 뼛속에서 통증이 느껴졌다.

— 앗, 아퍼.

정민은 책의 크기 순서대로 다시 책장을 채워 나갔다. 크기를 기준으로 정리하기 애매했다. 어떤 책은 가로가, 또 어떤 책은 세로가 길었다. 가장 크다고 생각하는 책을 들어 책장의 왼쪽부터 세워 꽂았다. 세로가 더 작아서 꽂은 책은 가로가 길어 책장을 비집고 나왔다. 생각했던 것처럼 깔끔하게 정리되지 않았다. 정민은 꽂았던 책들을 다시 꺼내 바닥에 쏟았다. 손바닥으로 책을 안아 바닥으로 떨어뜨리면 팔뚝이 아려왔다. 정민은 다시 색깔별로 정리하기 시작했다. 색깔도 마찬가지였다. 책 표지의 색깔도 너무나 많았다. 하얀색도 초록색도, 하늘색도 너무 종류가 많고 각각 다 달랐다. 표지에 사진이 있고 그림이 있으면 도대체 무슨 색깔인지 곤란해졌다. 정민은 이렇게 다른 색깔들을 어떻게 하얀색, 하늘색, 보라색으로 동질화시켜 불렀는지, 보라색의 종류가 이렇게 많은지 단어로 명명할 수 없는 애매한 색깔 앞에서 한참을 고민해야 했다.

스스로와 색깔의 이름을 한참 타협해야 비로소 책 정리를 할 수 있었다. 정민은 책장 정리를 제대로 시작하지 못하고 서둘러 출근 준비를 한 후, 집을 나섰다.

정민은 평소보다 많이 일찍 도착했다. 방송국에 도착하자마자 라디오 스튜디오로 가지 않고 민주가 일하고 있을 옆 건물로 갔다. 일주일 전 민주는 시현이 출장 간다고 했고 다음 날 모모를 빌려주었다. 그리고 이틀 전 남편이 한국으로 돌아왔다고 연락이 왔다. 정민은 민주의 연락이 까무러치게 반가웠지만 만날 시간과 장소, 언제쯤 돌려줄지, 꼭 필요한 말만 메시지로 답했다. 어쩌면 민주를 향한 마음도 그 메시지처럼 건조해지길 바랐다. 하지만 민주를 만나러 가는 동안의 촉촉해지는 마음의 중심을 잡을 도리가 없었다.

민주는 생방송을 준비 중이었다. 화사하게 메이크업을 하고 허리가 잘록 들어간 파스텔톤 정장 자켓을 입고, 아, 와, 오, 를 반복하며 입을 리듬에 맞춰 움직였다. 정민은 일하는 민주를 보면 눈앞에 펼쳐진 세상의 장면이 순식간에 바뀌었다. 마치, 어릴 적 꿈꾸던 막연한 꿈이 이루어진 기분, 정확하지 못한 채로 멋있는 삶을 살고 싶었던 시절, 아주 오래된 설렘이 느껴졌다. 모든 사람들의 시선은 민주를 향해 있었고, 그 중심에서 민주는 허리를 꼿꼿이 세우고 기분 좋게 긴장한 듯 카메라를 보며 해사하게 웃었다.

본격적으로 리허설을 위한 스탠바이가 시작되었다. 첫 장면을 시작하기 위해 민주는 표정을 경직시킨 채 큐 사인을 기다렸다. 큐, 를 알리는 신호와 동시에 민주는 완벽한 기상 캐스터가 되어 멘트를 시작했다.

정민은 벽의 귀퉁이로 몸을 밀착시키고 숨을 죽였다. 온화한 표정으로 멘트를 시작하는 민주에게로 향했던 시선을 바닥으로 떨구며 한 걸음 뒷걸음질 쳤다. 언제 샀는지 기억나지 않는 낡은 운동화가 눈에 들어왔다. 정민은 오로지 민주를 만난다는 생각으로 아파트 입구를 빠져나와 지하철역에 도착했다. 8정거장을 거쳐 개찰구를 빠져나와 계단을 오르고 또 걷고 걸어서 방송국에 도착했다. 정민은 자신이 걸어온 길이, 자신을 둘러싸고 있던 공간이 까마득하게 느껴졌다. 어쩌면 다시는 기억해 낼 필요 없는 찰나처럼, 관심을 두지 않아 정확히 떠올릴 수 없는 하찮은 순간처럼, 정민은 민주를 넋 놓고 훔쳐보았다.

민주는 리허설을 마치자 정민을 알아보고는 오른쪽 손을 들어 밝게 웃었다. 민주의 손짓에 정민의 아득함이 단번에 깨졌다. 정민도 손을 흔들며 자신이 있음을 알렸다. 민주는 이어 마이크를 빼면서 손가락으로 모니터 아래에 있는 모모를 가리켰다. '저기 있어.'라고 입을 움직이며 귀여운 반달눈이 싱긋, 눈썹이 같이 움직였다.

민주는 주변의 스텝들에게 공손하게 인사한 후, 정민에게 다가왔다.

"언제부터 왔던 거야? 많이 기다렸어?"

"아니. 금방 왔어."

정민은 짧은 대답 후 그저 민주를 빤히 바라보았다. 민주의 표정과 눈 끝, 목덜미의 작은 점, 귓바퀴의 솜털을 보며 그

동안의 안녕을 짐작했다. 민주는 잠깐만이라고 짧게 말한 후 사뿐하게 걸어가서 챙겨두었던 타포린백을 소중히 들고 정민 앞에 다시 섰다. 언젠가 정민이 질질 끌어 헤졌던 바닥 부분이 깔끔하게 수선되어 있었다. 민주는 다음에 보자는 짧은 인사를 남기고 생방송을 위해 많은 사람들에 둘러싸이는 자신의 자리로 돌아갔다. 정민은 민주의 뒷모습을 끝까지 바라보았다. 살짝살짝 들썩이는 어깨를, 잘록하게 들어간 허리를, 봉긋한 엉덩이를, 하얗고 매끈한 종아리를 민주가 알지 못하게 바라보고 또 바라보았다.

정민은 빠른 걸음으로 라디오 스튜디오로 돌아왔다. 자리에 앉아 모모가 든 타포린백을 테이블 위에 올려 두고 멍하니 앉아있는 정민을 보며 PD가 말했다.

"요즘 보면 정민 작가 생방송도 거뜬하다니까."

정민은 한 손으로 타포린백을 밀려고 손에 힘을 주었는데 꼼짝하지 않았다. 다시 두 손으로 힘껏 타포린백을 스윽, 하고 밀었다.

"노력이죠."

통했다고 믿고 싶은,

"많이 좋아졌어. 이젠 생방송 할 때 방송국이 무너지는 상상 안 돼?"

"제가 언제 그랬다고. 다 애송이일 때 일을."

"정민 작가가 생방송만 하면 방송국이 무너지는 상상된다고 했을 때, 난 솔직히 진짜로 방송국이 무너졌으면 했는데. 지진이라도 나서."

"진짜라면 너무 끔찍한데요?"

"응. 끔찍하지. 그때 너무 출근하기 싫었거든. 국장님과 회의도 겁나기도 했고."

"PD님도 그럴 때가 있었는지 몰랐네요."

"회의만 끝나면 자꾸 국장님이 자기가 한 말을 첫째, 둘째, 셋째로 요약해서 보고서를 쓰라고 하는 거야. 난 글 쓰는 거보다 소주 세 병 마시는 게 더 편한 사람이라."

PD는 소주 마시듯 손목을 꺾으며 또 느끼하게 웃으면서 말했다.

정민과 PD는 그런 점에서 잘 맞았다. 뭐든 그림과 말보다 글로 표현하는 게 편하면서 술은 마시지 못하는 정민과 기획안과 대본을 쓰는 게 가장 어렵지만 소주 세 병은 거뜬한 PD는 본능적으로 서로의 부족한 점을 채우고 채워주고 있었다. 일도 일인데, 일이 아닌 손과 발이 참 잘 맞았다.

"그러고 보니 정민 작가 아니었으면 나도 PD 생활 이렇게 오래 못했을 수도 있겠네."

PD는 쑥스러운 듯 괜히 한번 발을 구르고는 고개를 조금
돌려 시선을 피했다. 둘 사이에는 동질감이 흐르고 있었다.

 "저도 고맙게 생각하고 있어요. 우리 새로운 시즌 들어갈
때마다 회식했잖아요. 아마 다 마셨으면 방송국 무너지기 전
에 제가 먼저 녹아내렸을 거예요."

 ─몽몽

 정민의 목소리가 작아지며 말끝이 서서히 흐려졌다. 정민
은 PD의 말과 모모의 짖는 소리가 겹쳐 들렸다.

 "이제 생방송 두드러기 따윈 없는 거다? 생방송 두드러기
타파 기념 삼겹살 어때?"

 정민은 그대로 멍했다. PD는 손가락으로 노크하듯 정민의
어깨를 두 번 두드렸다.

 "저기요. 저녁 먹고 가자고. 삼겹살 어때?"

 정민은 낮은 목소리로 입술을 실룩거렸다.

 "안돼."

 정민의 입에서 비스듬하게 거절이 흘러내렸다.

 "왜? 약속 있어?"

 "볼 거 있어."

 "뭘?"

 "아. 아니. 어쨌든 안 돼요."

정민은 마음을 숨길 때 말이 짧아졌는데 그 모습을 너무도 쉽게 들켰다. 숨기는 게 있는데, 묻지 말아 달라고 부탁하는 표정. 들켰지만 모른 채 해주길 바라는 화들짝 놀란 동그란 눈, 어찌할 바를 모르는 입술, 곤란할 때마다 붉어지는 귓바퀴로 정민은 지금까지 과연 무엇을 들키지 않을 수 있었을까.

생방송을 끝내고 바로 택시를 타고 퇴근한 정민은 집에 오자마자 타포린백 속에서 모모를 꺼내었다. 정민은 두 손으로 모모를 안고 눈을 바라보았다. 모모는 청초한 눈빛으로 꼬리를 살랑 흔들었고 정민의 두 손에서 힘없이 입을 살짝 벌렸다. 분홍색 혀가 천천히 헥헥거렸다. 정민은 눈에 힘을 주고 모모의 눈을 바라보았다. 손끝이 시렸다. 머리카락이 천천히 어깨를 흘러내렸다.

모모의 눈에서 민주와 민주 남편, 시현의 대화가 들렸다,

"프로그램을 업그레이드 시킬 방법이 없을까요?"

"색깔을 바꾸어 보는 건? 요즘은 유광이 유행이래요."

"원가를 낮추고 판매 가격을 낮추는 게 무조건 답은 아니라고 봐요. 매출액도 중요하지만 수익성도 중요하니까. 가격을 낮추는 건 쉬워도 높이는 건 어렵잖아요. 판매가에 대한 검토가 필요한 거 같은데 다음 회의 때는 의견 받아보는 게

어때요?"

'이게 민주와 시현이라고? 이게 부부의 대화라고?'

정민은 둘이 무슨 말을 하는지 알아들을 수 없었다. 민주와 시현의 생활이 상상되지 않았지만 이렇게 정민이 전혀 모르는 세계에 살고 있을 거라곤 꿈에도 상상하지 못했다. 정민은 전혀 알아듣지 못하는 단어와 문장들로, 언뜻 들어도 사업과 관련된 중요한 대화를 하고 있었다. 그 와중에 민주의 목소리는 여전히 예쁘고 멋있었고 시현은 참 근사한 사업가처럼 보였다. 마치 멋진 사업가의 회의가 이어졌고 민주는 정말 멋있게 조력자 역할을 하고 있었다. 근사한 사업 파트너 같았다.

민주와 시현의 모습에 타인이 끼어 들어갈 틈은 없었으며 그래서 정민은 한뼘 더 무기력하게 느껴졌다.

그날 밤, 정민은 저녁도 먹지 않은 채 민주와 시현의 대화에서 나온 내용을 검색하고 공부했다. 세계 경제 흐름과 기업의 경영에 대해 세 시간 넘게 공부하고 나서도 민주와 시현의 대화를 반도 이해할 수 없었다. 어깨와 허리가 아파서 정신을 차리고 보니 시계는 밤 11시를 가리키고 있었다.

그때 하늘이 핸드폰을 보며 다리를 절뚝이면서 걸어 들어왔다.

"늦었네,"

"응."

하늘은 정민의 눈을 마주치지 않고 건성으로 대답했다. 정민은 하늘이 걸음걸이가 이상하다는 걸 금방 눈치챘다.

"다리는 왜? 오늘 무슨 일 있었니?"

"일은. 별일 아니야."

하늘은 고개를 약간 숙이고 흐릿한 눈빛으로 부자연스럽게 걸었다.

"말 안 할 거야?"

"그냥 사고야."

"무슨 사고?"

"작은 사고"

하늘은 왼쪽으로 반동을 주는 걸음으로 소파에 힘겹게 걸터앉았다. 얼핏 보아도 고되고 피곤한 기색이 영력했다. 잠시 생각을 정리하듯 침묵을 지키더니 하늘은 퇴근하는 길에 출판사 앞에서 교통사고가 났다고 말했다. 보험사를 불러서 사고를 수습하고 병원에서 치료받고 돌아오니 이 시간이라고. 차는 거의 다 망가져서 폐차해야 할지도 모르겠다고 왼쪽 다리를 두 손으로 주무르면서 말했다.

"괜찮아? 많이 다친 것 같은데."

"별거 아냐."

정민은 거실 식탁에 그대로 앉아 하늘의 상태를 살폈다.

뉴스에서 보았던 완전히 파손된 차량 현장이 머리를 스쳤다. 정민은 운전하면 이런 상황이 생길까 봐 운전하지 않았다. 정민은 괜찮다며, 건성으로 대답하면서 이 상황을 피하려 하는, 괜찮지 않아 보이는 하늘을 보면서 옅게 답답함과 무력함을 느꼈다. 하지만 그리 오래가지 않았다. 하늘은 자세히 말하지 않았고 정민은 자세히 묻지 않았으니까. 그날도 하늘은 쫀드기 공정을 검색하면서, 정민은 민주와 시현이 나눈 아리송한 경제용어, 사업과 관련된 대화를 생각하면서 등을 맞대고 잠들었다. 잠을 자는 동안 하늘은 몇 번의 앓는 소리를 냈고, 무서운 꿈을 꾸는지 몇 번 작은 경련을 일으켰다.

새벽 즈음, 정민은 하늘의 몸부림에 눈을 떴다. 스탠드 조명을 딸깍, 켜서 먼저 모모를 찾았다. 모모는 침대 아랫목에 몸을 웅크리고 편안히 잠들어 있었다. 정민은 모모의 등을 한 번 깊게 쓰다듬고 다시 잠을 청했다. 스탠드 조명을 끄려는데 자고 있던 하늘이 몸을 움직이며 앓는 소리를 냈다. 이불 사이로 빠져나온 하늘의 발에는 여러 개의 물집이 잡혀 있었고 아직 아물지 않은 상처에 피딱지가 붙어있었다. 정민은 조용히 일어나 비상 약통을 열어 연고와 밴드를 꺼냈다. 하늘의 발을 유심히 살펴본 후 약을 바르고 밴드를 붙였다.

그리고 아무 일도 없었다는 듯 부엌으로 가서 물을 한잔 마시고는 다시 잠들었다.

하늘이 정민을 지키는 방법은 단순했다. 결혼하기 전, 연애할 때는 혼자서 사랑해도 전혀 상관없었다. 서로의 삶을 책임지지 않고 사랑하기만 하면 되는 연애는 웃을 일이 많았고 정민의 행복한 표정만 봐도 하늘의 애정은 채워졌다. 하지만 결혼하고 나서부터는 달랐다. 정민과 함께 있어도 혼자 있는 기분이 들었고 자신과 다른 방향을 바라보는 정민을 느끼면 가슴이 아렸다. 대본을 쓴다는 핑계로 서재에서 잠드는 정민은 하늘의 지금을 가엾게 만들었다. 하늘은 정민이 집을 사자고 했을 때 자신이 최고로 한심하게 느껴졌다. 정민이 그렇게 원하고 다들 집은 대출해서 산다고 하니까, 하늘도 서류를 준비해서 은행을 방문한 적이 있었다. 하지만 대출은 승인 나지 않았다. 하늘의 월급으로는 대출 원금과 이자를 감당할 수 없을 거라고, 죄 없는 은행 직원은 하늘에게 죄송하다고 말했다.

결혼하고 하늘은 정민에게 매일매일 널 사랑하지 않는다고, 질문 없는 불편한 대답을 들으며 사는 기분이었다. 사랑을 바라는 일은 마치 마음을 구걸하는 것 같아서 그만두기로 했다. 해외에서 렌트한 차가 견인되어 끌려가도, 택시에 핸드폰을 두고 내려도 찾으면 된다고 생각했는데 그 태평함이 정민을 향해서는 통하지 않았다. 지금 당장 눈에 보이지 않으면 불안했고 헤어지면 다시 보고 싶었다. 하늘은 처음 만난 순간부터 오늘까지, 그 오늘을 포함한 지금까지 정민이 좋았고 사랑스러웠다. 말도 안 되는 장난을 치고 엉뚱한 춤을 추면 피식 웃는 정민의 표정을 보면 설렜다. 하늘에게는 정민을 받아들이지 않을 방도가 없었다.

하늘은 정민과 함께 살면서 점점 불안함이 느껴졌다. 정민의 세계가 커지면서 어쩌면 정민이 현실을 벗어나고 싶어 할지도 모른다는 것. 언젠가 보내줘야 하는 날이 올지도 모른다는 것, 정민은 세상을 향한 호기심이 생기고 새로운 사람을 세계로 경험할 준비를 하고 있음을 하늘은 느낄 수 있었다. 과거의 시간을 버리기 위해선 그 시절의 사람을 가장 먼저 쓰레기통에 던져야 한다고. 하늘은 자신이 정민의 꽉 막힌 과거였음을 잘 알고 있었다. 그렇다고 정민의 세계가 넓어지는 걸 방해할 수는 없었다. 하늘은 정민이 진심으로 잘되길 바랐고 진정으로 사랑했다. 하늘에게 정민은 세상의 모든 예외였다.

너무 일찍 만났다. 정민이 대학교를 졸업하고, 사회생활을 하고 그러다가 몇 번의 연애를 하고 실패한 후 만났다면 우리는 달라졌을까를 하늘은 몇 번이고 생각해 보았다. 그럴 때마다 괴로웠다. 그랬다면 둘은 결혼하지 않았을 것이다. 정민의 세계에, 미래에 하늘은 없었을 것이다. 하늘은 정민이 없는 삶을 한 번도 생각해 본 적이 없었다. 정민이 세계가 커져 다른 세계가 궁금했다면 하늘은 자신의 세계 속에 이미 정민으로 가득 찼다. 하늘의 세계에서 정민이 빠져나가면 바람 빠진 풍선처럼 정말 아무것도 남지 않았다. 공기 없는 세상에 살게 되는 것이었다.

사랑이 과해 흘러내리면 죄책감이 되는 걸까.

하늘에게는 어떤 선택지도 없었다. 그런데 자신이 없는 정민의 삶은 또렷이 그려졌다. 혹시 둘이 결혼하지 않았다면, 임신하지 않았다면, 유산되지 않았다면, 하는 만약의 경우의 수 뒤에 혹시 정민의 더 나은 삶이 있을지도 몰라 하늘은 마음이 아렸다.

다음 날 하늘은 두 시간 정도 일찍 일어나 출근했다. 그다음의 사건도 혼자서 다 해결할 것처럼. 그 어떤 짐도 정민에게는 지우지 않을 다짐하듯 서둘러 집을 나갔다.

그날, 퇴근하고 정민이 집으로 돌아왔을 때 거실에는 하늘과 모모가 마치 정민을 기다리다 지쳐 잠이 들었다는 듯 나란히 잠들어 있었다. 정민은 조용히 둘을 바라보며 현실에 힘들었던 시름을 잠시 잊는 시간을 보냈다. 조용히 욕실로 들어가 손과 발을 씻고 세수를 했다. 칫솔 질을 느리게 하면 시간이 천천히 가나.

오글오글, 퉤.

하늘의 손이 모모의 배를 부드럽게 감싸고 둘은 동시에 입맛을 다셨다. 낮게 코를 고는 소리도, 그 모습도 어딘가 닮아 있었다.

오글오글, 퉤.

정민은 가슴속에서 밀려오는 감동을 애써 모른 척하러 고개를 돌리고 천천히 칫솔을 움직였다.

정민이 추진했던 고백 이벤트는 성과가 없었다. 사연은 많이 왔지만 그 속에 특별함은 없었다. 사람들이 사연은 다 비슷비슷했고 대놓고 경품을 보내달라는 내용도 많았다. 특정 선물보다는 상품권이나 현금을 보내 달라는 사람도 있었다. 아무리 자세히 보고 또 봐도 방송으로 내보낼 만한 사연은 없었다.

"어떻게 이럴 수가 있죠? 어떻게 이렇게 성의 없이."

입에서는 하아, 하고 저절로 한숨이 나올 뿐이었다. 비슷한 동작만 반복하고 있는 정민에게 PD는 올곧은 목소리로 말했다.

"지금 이렇게 실망할 때가 아니야. 우리는 고백 대행사가 아니라 라디오 프로그램을 만드는 사람이잖아. 방송을 준비해야 해. 대안이 있어야 한다고."

PD는 침착하게 대안을 찾자고 했지만 정민은 기가 막혀서 다른 생각을 할 수가 없었다.

"우리가 사연 보내 준 사람만을 탓하고 있을 수만은 없어. 정민 작가의 생각은 어때? 그래서 이 프로그램 진행할 수 있을 것 같아? 결정해."

PD의 결정하라는 말을 듣는 순간 정민은 자신을 둘러싼 시간과 공간이 유리 파편처럼 깨어지고 있음을 느꼈다. 그 일이 있은 후로 정민에게 결정은 하지 않는 일이었다. 천천히, 다시, 나중에. 정민을 가엾게 여긴 걸까. 언제부턴가 정민에게 결정을 요구하는 타인은 없었다. 혼란스러웠다. 선택이란, 무엇을 원하는지 알아야 할 수 있다. 원하는 것이 명확할수록 선택은 쉽고 강압적이다.

고민하고 있는 정민을 보며 PD가 먼저 말했다.

"들어온 사연 각색하자. 사람들이 좋아할 만한 내용 넣어서 대본 다시 쓰면 되잖아. 어차피 분량 조절도 해야 하니까."

PD의 단호한 제안에도 정민은 혼란스러움에서 빠져나오지 못했다. 삶의 의도와 삶의 선택 사이. 어쩌면 지금의 삶은 의도 없이 한 선택이 모여 우연히 만들어진 엉성한 지금일지도 모른다는 생각에 정신이 아찔해졌다.

청취자의 사연을 받아 방송에 맞도록 재해석하는 건 자연스러운 일이었고 그게 정민의 일이었다. 청취자가 보내 준 사연 그대로 방송이 된 적은 단 한 번도 없었다. 시간에 맞게 분량을 조절하고 생동감을 주기 위해서 실제 말하는 투로 바꿔 글을 썼다. 그런데 사랑에 대한 글을 각색하라고 하니 정민은 거짓을 강요받는 기분이었다. 아무래도 처음 기획했던 의도와는 어긋났다.

정민은 PD에게 생각을 정리할 시간을 달라고 말하고 돌아와 자리에 앉았다. 시간을 벌기 위한 정민의 선택이었다. 카드 뉴스에는 온통 사랑, 프러포즈, 고백같은 세상을 황홀하고 아름답게 바라보는 시선이 담겨 있었다. 마치 지금 사랑을 하는, 사랑을 시작하는 사람이 쓴 속마음이었다.

정민은 이벤트를 홍보했던 카드 뉴스를 내리고 PD에게 프로포즈 이벤트를 대신할 아이디어를 생각해보겠노라고 말했다.

평범한 일상과 날씨 이야기, 날짜와 요일이 바뀌어도 아무도 모를 방송이 한동안 계속되었다. 변한 것이라곤 정민의 심장 두근거림 하나였고 민주를 만나지 않아도 정민의 심장은 오르락내리락했다. 유명해진 민주를 실제로 만나는 일보다 TV나 유튜브에서 만나는 일이 더 많았다. 아무래도 민주는 일을 늘린 듯했다. 정민은 민주가 거절하지 못해서 모든 프로그램을 하겠다고 하고 억지로 스케줄을 해낸다고 믿었다. 여기저기서 출연 제의가 들어왔었고 친절한 민주가 잘 거절하지 못해서 그 사람들에게 끌려다니고 있을지도 모른다고. 수척해져 있을 민주를 생각하면서 정민은 마음이 아팠다. 정민은 민주가 말했던 외로움이 떠올랐다. 그 외로움을 채우기 위해서 일을 하고 있음이 분명했다. 누군가 제대로 잡아줄 수 있는 사람이 필요했고 그게 자신이라 믿었다.

다음 날 점심, 방송국에서 민주를 만났다. 민주는 혼자서 밥을 먹기 위해 식당의 가장 구석 테이블에 앉아 있었고 숟가락으로 밥을 뜨려 하면 지나가는 사람들이 말을 걸었다. 여전히 민주는 모두에게 친절했고, 눈을 맞추고 다정하게 대답했다. 민주는 밥을 한 숟가락도 제대로 먹지 못하고 있었다.

정민이 그런 민주의 옆에 퉁명스럽게 다가갔다. 달그락 소리가 나도록 식판을 놓고 의자를 세차게 빼서 파닥거리며 요란하게 앉았다. 자리에 앉자마자 정민은 밥을 입에 꾸역꾸역 넣으면서 민주에게 말했다.

"사람들 인사받아 주느라 제대로 한 숟가락도 못 먹었지?"

정민은 뾰로통하게 민주를 노려보았다. 정민은 밥과 반찬을 구분하지 않고 숟가락으로 쓸어 담아 입에 우걱우걱 넣었다.

"요즘 부쩍 바빠져서 말이야. 다들 걱정되나 봐. 감사한 마음이잖아."

"난 네가 그렇게 바쁘게 살지 않았으면 좋겠어. 모든 사람들에게 잘할 필요는 없잖아. 피곤하게."

"피곤하지 않아. 괜찮아."

정민은 괜찮다는 민주의 말에 답답하고 화가 났다. 정민은 갑자기 숟가락을 손에 들어 테이블을 쾅, 내리쳤다. 테이블 주변 사람들이 밥을 먹다가 정민과 민주 쪽으로 시선을 모았다.

"그러다 추락하는 거 한순간이야. 내가 겪어 봐서 알잖아."

정민은 이 마음이 온전히 전해지길 빌었다. 민주 곁에서 빙빙 돌며 다가가지도 못하고, 자꾸만 토라지는 자신을 받아들이지 못한 채로.

"일이 많아져서 바빠진 건 사실이야. 그런데 아직 할 만해."

"할 만하다고? 그런데 나에게 쓸 시간은 없다는 거지?"

민주는 언제부턴가 아무 말도 하지 않고 잠잠히 정민의 말을 듣고 정민의 눈만 바라보고 있었다. 정민의 분노는 민주가 무슨 생각을 하고 있는지 몰라 답답함으로 변해갔다. 짧은 순간순간마다 다른 감정들이 정민의 온몸을, 온 마음을 훑었다. 상대방이 하는 말을 다 맞받아칠 때보다 아무 말도 하지 않을 때 사람은 더 솔직해진다.

민주가 입을 다문 채 자신을 응시하자 결국 정민은 가장 밑바닥에 있던 말을 꺼냈다.

"너 전화는 왜 안 받았니?"

사실 정민이 정말 궁금한 건 이거였다. 민주는 한동안 정민의 전화를 받지 않았다. 정민은 자꾸 섭섭한 마음이 들었고 그 섭섭함의 이유가 민주가 일을 많이 해서, 바빠져서라 애써 생각했다. 그 바쁨은 민주가 선택한 것이 아니라 타인과 일 때문이라는 생각이 닿을 때쯤엔 민주를 구해줘야 한다는 어그러진 믿음이 생겼는데, 정민은 민주를 힘든 삶에서 구해줄 구원자가 되어 주겠노라 다짐해야 불안을 잠재울 수 있었다.

"전화? 언제?"

정민은 사흘 전, 일주일 전, 열흘 전, 시간과 분을 똑똑히 기억했다. 몇 번의 전화를 했는지 그 당시에 민주가 방송이 있었는지 없었는지도, 자신이 무엇을 하고 있었고 어떤 옷을 입고 있었는지도 기억해 냈지만 입 밖으로 말을 꺼내지는 않았다.

"언제를 말하는 거야? 나 일이 있었나? 부재중 전화 본거 같긴 한데…"

아무것도 모른다는 민주의 표정 앞에서 정민은 할 수 있는 말이 별로 없었다.

자꾸 언성이 높아지는 둘의 싸움에 주변 사람들은 밥을 먹으며 숨을 죽였다. 식당 안은 전혀 모르는 사람들, 조금 아는 사람들, 예전에 잘 알았던 사람들, 앞으로 잘 알게 될 사람들이 두 사람의 눈치를 흘긋거리며 밥을 먹고 있었다.

EP.4

내일의 어제

선우가 한국으로 돌아왔다는 소식을 들었지만 정민은 애써 외면했다. 미국에 가 있는 동안 선우는 정민에게 성가신 과거 같은 친구가 되어 버렸다. 누군가 선우를 묻는다면 예전엔 친했는데 지금은 아니냐, 혹은 예전에 알고 지냈어, 하고 대답할 사이. 친했다는 과거형으로 표현할 수밖에 없는 지난 인연, 그랬었지, 라고 뜯어내려면 기어코 상처를 남기는 손톱 옆의 거스러미처럼 걸리적거렸다. 그 시절은 아무런 힘이 없는 과거다. 시절은 과거를 고스란히 과거로 만들어 준다. 지금 정민의 현재에는 어떤 과거가 들어올 자리가 남아 있지 않았다.

　얼마 전 친구들과의 단톡방에서 선우가 한국으로 돌아왔다며 인사를 했고 그 시절에 살던 곳 근처에서 살고 있다고 했다. 오랜만에 돌아온 선우를 반기는 집들이를 하자는 말을 모았지만 정민은 잠잠히 수없이 올라가는 카톡을 보고만 있었다. 선우가 살고 있는 곳은 정민의 집과 그리 멀지 않은 곳이었다. 정민은 혹시 편의점에서 우체국에서, 혹시 근처 카페에서 마주칠까 봐 동네에서 무엇을 하는 걸 최대한 피했다. 편의점을 지나갈 때는 슬쩍 안을 들여다보고 들어가고 우체국은 가지 않았다. 정민은 선우가 하는 말을 꼬박꼬박 챙겨 보며 혹시라도 마주치지 않기 위해 피해 다녔다.

둘 사이를 다 지난 일이라고 에두르기엔, 모모가 있었다. 사실 정민도 언젠가는 사과 해야겠다는 생각도 했지만 그건 아주 가끔이었다. 이미 다 지난 일이고, 타이밍을 잡지 못한 것도 사실이었다. 지금 정민의 삶에 중요한 사람은 따로 있었으니까.

정민은 솔직히 풀어야 할 게 많은 사람과 굳이 다시 묶이고 싶지 않았다. 연락하고 만나고 의미 없는 말로 인사하고 어색한 시간을 견디면 제자리로 돌아간다. 하지만 모모를 다시 내놓으라고 하면 어떻게 해야 하나, 혹시 돌려달라고 하면 뭐라고 해야 하나.

그날도 정민은 모모를 데리고 선우가 절대로 다니지 않을 것 같은 옆 동네를 산책하고 있었다. 정민은 모모와 함께 산책할 때 다 가진 정상 가족이 된 기분이었다. 하늘과 모모, 그리고 정민. 이렇게 셋이 모이면 마치 세상의 행복에 스며들 수 있을 것만 같았다. 모모는 궁금한 게 많다는 듯이 귀여운 꼬리를 흔들면서 거리를 뛰어다녔다. 산책 나온 다른 강아지들 속에서 자연스럽게 섞였다. 하늘은 깨끗하고 파랗게 높았다. 여기저기 지그재그로 산책을 하며 뛰어다니던 모모가 갑자기 천천히 일자로 걸어갔다. 정민은 노래를 흥얼거리면서 모모의 속도에 맞추어 걸었다.

여기저기 킁킁거리며 뛰어다니던 모모가 한 방향으로 걸어갔다. 천천히 다리를 움직이던 모모가 멈추어 서서 혓바닥을 내밀고 누군가의 신발을 핥았다. 정민은 모모의 꼬리에서 혀로, 날름거리는 분홍의 혀에서 신발로, 신발에서 그 신발을 신고 있는 사람의 무릎, 허리, 목, 얼굴까지 시선을 올렸다. 정민의 눈앞에 선우가 갸우뚱하게 서 있었다. 선우는 애매모호하게 방긋 웃었다. 선우는 길게 늘어트린 머리가 노랗게 탈색되어 있었고 짧은 가죽 치마를 입고 있었다. 까만 써클렌즈를 닮은 눈동자는 지나치게 동그랗게 보였다. 치마가 가죽이라는 것, 지나치게 짧았다는 것, 머리카락 색깔과 눈동자 말고는 모두 예전의 선우 그대로였다.

정민은 목줄에 힘을 주어 모모를 끌어당겨 품에 넣었다. 모모는 낑낑거리는 소리를 내며 안겨 정민의 품 쪽으로 고개를 돌렸다. 선우는 몸을 움직이지 않고 그 동그란 눈동자로 멀뚱하게 둘을 응시하고 있었다. 정민은 그런 선우가 처음보는 낯선 사람처럼 느껴졌다. 한 가지 분명한 건, 선우는 확실히 밝아졌다.

"안녕."

인사는 선우가 먼저 했다. 반가운 듯, 또 그건 아닌 듯.

"그래. 안녕. 너 한국 왔다는 소식은 들었어. 축하해. 귀국. 아니, 축하할 일은 아닌가."

"우리가 이렇게 어색하게 인사했던 사이였었니."

정민과 선우는 굳이 인사하지 않는 사이였다. 안녕, 잘 있었어, 뭐 해 같은 말이 둘 사이에 필요하지 않았다. 안녕이라 말하지 않아도 서로가 안녕한지, 그렇지 못한지 말했고 뭐 하냐고 묻지 않아도 될 만큼 서로의 일정과 행동을 잘 알고 있었다. 오랫동안 만나지 못하는 건 서로 바쁘다는 뜻이었고 아무 탈 없이 일하고 사는 삶에 서로 다행이라고 생각해 주었다.

선우는 예전의 모습을 닮지 않은 미소로 살짝 웃었다.

"잘 있었어?"

"그럭저럭."

"아니. 너 말고 모모."

정민은 모모의 안부를 묻는 선우의 말에 품 안의 모모를 강하게 그러안았다. 두 손으로 모모를 세게 감싸자 모모는 낑낑거리며 몸을 동그랗게 말면서 선우를 바라보고는 혀를 내밀며 헥헥 거렸다.

사실 정민은 선우를 만나 묻고 싶었다. 처음 모모와는 어떻게 만났는지, 자신에게 주고 떠난 진짜 이유가 무언지, 혹시 자신에게 버리고 간 건지, 선우에게 모모는 어떤 존재였는지 궁금했었다. 하지만 궁금증이 끝날 때쯤에는 의식적으로 궁금하지 않으려 애썼다. 선우를 만나면 다시 모모를 돌려달라고 할지도 모르니까. 정민은 궁금증보다 모모를 떠나보내는 일이 더 겁이 났다.

정민의 품에 안겨 있는 모모는 편안해 보였다. 선우의 품으로 건너가고 싶어 하지 않은 듯 꼬리를 내리고 정민의 팔뚝을 킁킁거렸다.

정민은 마음을 가다듬고 최소한만 확인하기로 했다.

"혹시 말이야. 너 알고 줬어?"

정민은 그래도 언젠가 한 번은 만나겠지, 꼭 직접 만나서 물어봐야지 했던 질문을 던졌다.

"무슨?"

"모모 말이야. 아니, 나한테 버리고 간 강아지 로봇, 녹음 기능 있는지 알고 나한테 보낸 거야?"

"우리 정말 오랜만에 얼굴 보는 건데, 궁금한 게 겨우 그거니?"

"묻는 말에 대답해."

"누가 그래? 내가 너한테 버렸다고?"

정민이 몰아세우려 한 건 아니었는데 선우는 눈에 힘을 주고 지지 않으려 했다. 정민은 겨우라는 단어에 말꼬리를 잡고 싶었지만, 그렇다면 지금 선우가 말하려는 걸 말해주지 않을까 봐 그만두기로 했다. 한결 여유 있는 표정으로 선우는 대답보다 또 다른 질문을 했다.

"왜 녹음 기능만 있다고 생각해?"

선우는 아직 그것도 몰랐냐고 한껏 비꼬았다. 어쩌면 조롱이었지만 정민은 개의치 않았다.

"그럼 또 뭐가 있어?"

선우는 한심하다는 듯 정민을 낮게 깔보았다.

정민은 깜짝 놀랐다. 모모에게 또 다른 기능이 있다니, 그게 무언지, 어떤 기능인지 궁금해서 다른 걸 신경 쓸 겨를이 없었다. 팔짱을 끼고 비스듬히 서 있던 선우가 한쪽 팔을 풀었다. 정민은 하마터면 그 팔을 잡을 뻔했다. 흔들리는 정민을 확인한 선우는 다시 팔짱을 꼈다.

"녹화 기능도 있어."

"녹화? 그건 어떻게 하는 거야? 아니. 왜 그걸 이제 알려주는 거야?"

정민의 눈빛은 빛났다. 마치 호소하듯 두 손으로 선우의 팔을 세차게 잡아끌었다. 그 모습이 참 불쌍하고도 애처로웠다.

모모에게 녹화 기능이 있다면 민주의 삶을 더 볼 수 있다. 사사로운 일상을 더 관찰할 수 있다. 정민의 눈에 보이지 않을 때 민주의 모습은 어떤지, 목소리뿐 아니라 태도와 행동, 표정과 공간까지 모두 알 수 있다. 한 번도 보지 못했던 민주의 남편, 시현도 볼 수 있을 것이다. 정민은 당장 알아내야 했다. 모모를 통해서 민주를 더 탐할 방법을. 정민의 머릿속은 순식간에 온통 민주 생각으로 가득 찼다.

선우는 눈동자를 하늘로 두었다 다시 시선을 내리며 차분한 목소리로 말했다.

"그땐 몰랐는데 시간이 지나니까 알게 되더라. 너라서 화가 났던 것 같아. 네가 아니었다면 난 미국으로 떠나지도 않았을 거야."

"나라서?"

"친구잖아. 우리. 이혼이 창피했던 건 아니야. 네 말대로 요즘 흔하지 이혼. 네 말도 다 맞아. 그런데 사람들이 자꾸 널 물으니까. 너랑 친구 아니냐고. 친구인데 어떻게 그럴 수 있냐고. 나도 그렇게 생각하더라고. 친구면 그럴 수 없다고."

정민은 우두커니 서서 모모가 자신에게 오기 전의 시간으로 돌아가 보았다. 그땐 지금과 많은 것이 달랐다. 한밤중의 까만 점처럼 그렇게 살았다. 누군가의 삶에 들어가기 두려웠다. 그때의 선우는 친한 친구, 소중한, 우정 같은 단어로 설명되지 않았다. 대본을 쓰는데 필요했던 소재 중 하나, 많은 사람들 중의 이름 없는 한 사람이었다. 정민은 이마와 머리카락 경계에서 땀을 송골송골 흘렸고 손가락 마디 사이가 아려왔다. 정민이 온몸 구석구석에서 솟아 나오는 감각을 애써 누르고 있는 동안 말을 이어간 건 선우였다.

　　"네가 아니었다면 난 한국에 있었겠지."

　　"그만하자. 지난 이야기."

　　정민이 그만하자는 말로 선우의 입을 막았다. 모모에게 녹화 기능이 있다는 선우의 말에, 정민은 과거 따위에 얽매여 있을 수가 없었다. 정민은 사과했다. 그래, 알겠어, 그러니까, 하여튼, 어쨌든 내가 잘못했어. 미안해. 사과가 필요한 과거라면 사과하고 그 과거가 끝나길 바랐다. 이로써 자신이 져야 할 지난날의 책임감에서 자유로워질 수 있다고 믿고 싶었다. 지금은 사랑하는 사람이 있고 지키고 싶은 일이 생겼으며 웃고, 어쩌면 울고 화날지도 모를 내일이 기대되니까.

　　"그래. 다 끝난 일인데 뭐. 어쨌든 한국을 떠난다고 결정한 건 나잖아? 나 잘 먹고 잘 산 거 같지 않아? 나 연애도 해. 사랑하는 사람이 생겼어. 미국인이다?"

선우는 두 팔을 벌리고 자신의 모습을 보란 듯 예쁘게 웃어 보였다. 정민은 갑자기 밝아진 듯한 선우가 어색해서 잠시 멍했다. 선우의 입에서 사랑이란 단어를 처음 들어보았다. 사랑을 시작하면 사람이 저렇게 달라질 수가 있나. 정민은 갑자기 이상한 궁금증에 사로잡혀 고개 숙여 오래된 운동화 끝의 매듭을 바라보았다. 정민은 다시 고개를 들어 선우의 얼굴을 응시했다. 선우는 그 매듭이 풀어진 듯한 표정이었다. 정민은 단단하게 매듭지어진 표정으로 다시 선우를 바라보았다.

"그래서 미안해."

마음을 다해 사과한 건 선우였다. 두 사람에게 어쩐지 어울리지 않는 공기가 흘렀고 바람이 불었다. 속 좁게 굴어서, 널 이해하지 못해서, 정민의 입장에서 한 번 더 생각해 보지 못해서, 입장을 전혀 들어보지 않고 몰아붙여서 미안하다고 했다. 선우는 그때를 생생하게 기억하고 있었다.

선우의 삶은 많이도 변했다. 떠나고 새로운 사랑을 할 수 있다는 건 아픔이 남겨 준 특권일지도 몰랐다. 잘 마무리한 사람만 누릴 수 있는 삶의 특권을, 정민은 선우의 표정이 아주 생소했다. 정민의 기억 속 선우는 자신의 처지를 탓하며 한국을 떠난다고 입술을 깨물던 표정으로 멈추어 있었다. 현실은 달랐다. 현실의 선우는 행복해 보였다. 행복이란 건 정말 시간이 해결해 주나. 정민에겐 그저 아주 생소한, 라디오의 사연이나 소설의 주인공들이 느끼는 감정처럼 멀고도 멀게 느껴졌다.

사실 정민을 더 미치게 했던 건 세상을 다 가진 듯 행복한 선우를 보면서 그 심장의 쫄깃함이 상상되지 않았던 것이었다. 미치도록 아련한 감정, 심장의 두근거림, 당장 세상이 무너질 것처럼 눈물 나는 순간, 사랑이라는 이름의 생기, 주고받는 사랑, 가슴 아린 사랑, 그 사랑을 정민은 해본 적 없어 상상할 수 없었다. 정민은 늘 피했고 잊었고 자신을 지켰다. 나만 잘 지켜진 삶에는 사랑이 남아 있지 않았다. 정민의 글에 나오는 사랑은 늘 담담했고 쉽고 자세하게 글로 표현할 수 있는, 주지 않고 받는 사랑이었다. 상황과 어울리지 않는 공기를 마시며 정민은 자신은 사랑에 빠지면 어떤 모습이 될까 더 어울리지 않는 모습이 궁금해졌다.

상상하지 못한 호기심의 끝에서 민주가 그려졌다. 민주는 시현을 어떤 시선으로 바라볼까, 둘은 어떤 자세로 침대에 누워있을까, 둘이 입을 맞출 때 민주는 어떤 표정을 지을까. 치명적인 호기심이 몰려왔다. 정민은 알아내야 했다. 모모의 녹화하는 기능을 사용할 수 있는 방법을.

"미안해. 정말 잘못했어. 선우아. 내가 이렇게 빌게."

"솔직히 네가 불행하길 바랐어. 그때의 나처럼, 나만큼 불행했으면 했어. 그런데 내 불행의 이유는 지호더라. 그리고 지호를 선택한 건 나니까. 네가 아니라. 너와 얘기할 때는 편안하고 쉴 수 있었어. 네가 밉기도 했지. 그런데 그 마음도 얼마가지 않더라."

선우는 순순히 말을 이어갔다.

"지금은 네가 행복하길 바라. 나처럼. 이 마음이 언제까지 갈질 모르겠지만."

선우는 의미심장한 웃음을 지었다.

"모모의 꼬리를 한 바퀴 돌려. 그리고 녹음 기능 버튼을 누르면 돼."

선우는 말을 흐렸다. 할 말이 남아 있지만 하지 않겠다는 의지와도 같았다. 조용히 정민을 바라보고는 어깨를 감쌌다. 손가락에 힘을 주고는 고민하듯 숨을 낮게 쉬고 말했다.

"진심이어야 한대."

"뭐가?"

홀짝이며 되묻는 정민에게 선우는 팔을 양쪽으로 벌리고는 잘 모르겠다는 듯 어깨를 으쓱했다. 장난스러운 선우의 표정을 보고선 정민도 작게나마 웃었다. 선우가 어깨를 으쓱하는 동안 둘은 예전의 사이로 돌아간 기분이었다. 말하지 않아도 기분을 알던 사이, 무소식의 다정함이 어떤 건지 일깨워준 친구, 정민은 지금의 선우가 그때의 선우처럼 느껴졌다. 정민이 진심이어야 한다는 말의 뜻을 정확히 몰라 한 번 더 물었는데 선우는 방금 했던 대답을 반복했다.

"전부 다. 모든 것이."

선우는 그윽한 눈빛으로 모모를 바라보았다. 모모는 걱정 어린 슬픈 눈빛으로 정민을 바라보고 있었다. 정민은 텅 빈 눈빛으로 고개를 떨구고 발로 땅을 서, 너 번 차며 바지에 묻은 흙먼지를 털어냈다.

"고마워."

정민은 절을 하듯이, 콧등을 선우의 발등에 처박을 만큼 고개를 숙였다.

"과연 고마울 일일까?"

선우의 마지막 말은 흐릿했다. 정민은 선우에게 절을 하듯 몇 번이나 고개를 숙이고는 집으로 돌아왔다. 정민은 모모를 힘껏 껴안았다. 모모의 온기가 보드라운 털을 타고 전해졌다.

정민은 내일 오전까지 PD에게 보내야 할 대본을 쓰고 있었다. 모모의 녹화 기능을 사용할 생각에 들떠서 인가, 글이 제대로 써지지 않았다. 정민은 대본을 마무리하지 못하고 거실로 나왔다. 언제 퇴근했는지 하늘이 모모를 껴안고 잠들어 있었다. 모모의 등에 올려진 하늘의 손가락 끝에는 치즈 과자 가루가 묻어있었고 모모의 등에서는 치즈 냄새가 났다.

하늘은 집에 와서 신발장에 오른손을 대고 신발을 벗었을 것이다. 냉장고 문을 열어 보고 늘 마시던 토마토 주스가 있는지 확인하고 찬장을 열어 과자 봉지를 뜯어 소파에 누웠을 것이다. 소파에 누워 과자를 먹다가 다시 일어나 냉장고에 가서 토마토 주스를 꺼내 그 자리에서 마셨을 것이다. 충전되고 있던 모모가 치즈 냄새를 맡고 꼬리를 살랑거리며 하늘에게 다가갔을 것이다. 하늘은 모모의 등을 몇 번 긁어주고는 잠들었을 것이다.

정민의 머릿속으로 하늘의 움직임 루트가 그려졌다. 정민은 하늘의 팔을 세게 걷어내면서 뻔하디 뻔한 편안함을 느꼈다. 정민은 잘 때 무슨 짓을 해도 깨지 않는 하늘에게서 모모를 데리고 나왔다.

정민은 두 손으로 모모를 잡고 한 손으로 꼬리를 돌려 보았다. 생살처럼 붙어있던 꼬리가 거짓말같이 한 바퀴 돌아갔다. 꺼져 있던 녹음 버튼을 눌렀다. 꼬리를 돌리지 않았을 때 녹음 버튼을 누르면 빨간색 불이 들어왔는데 이번에는 보라색 불이 들어왔다.

"예스!"

정민은 세상을 다 가진 듯 신이 나서 집 안을 뛰어다녔다. 정민은 방 안에 들어와 침대에 누웠다. 생각하느라 머리를 굴리고 눈동자를 굴렸다. 이제 모모를 민주에게 안겨주어야 한다. 어떻게 해야 민주가 침실로 모모를 데리고 갈까. 무슨 말을 해야 할까. 어떻게 해야 자연스러울까. 한참을 방정맞게 골똘하던 정민은 이내 점잖게 기다리기로 했지만 마음이 자꾸 널뛰었다. 민주에게 억지로 모모를 안겨줄 방법을 찾는 게 아니라 민주가 모모를 찾을 때까지, 그러니까 민주의 남편이 해외로 출장을 갈 때까지 기다리기로 했는데 자꾸만 속에서 무언가 일렁거렸다.

모모에게 녹화 기능이 있다는 걸 알고 난 후로 정민은 아침에 눈을 뜨자마자 민주 생각을 했다. 이불을 정리하며, 커피를 내리며, 커튼을 치면서도 모모를 민주에게 안길 궁리를 했다. 정민은 모모와 정이 들어가고 있었다. 반려견으로 가족처럼, 그리고 하늘과 함께 아이를 대신하듯 모모를 키웠는데 녹화 기능이 있다는 걸 알게 된 이후로는 마치 모모가 카메라의 렌즈처럼 느껴졌다. 모모에게 녹음 기능이 있다는 걸 알고 있을 때는 모모를 보며 민주의 목소리를 상상하는 정도였다. 모모를 바라보며 민주의 말투, 다정함을 상상하고 모모를 껴안으면서 그리워하는 마음을 대신했다. 하지만 녹화 기능은 달랐다. 모모를 보고 있으면 민주의 사생활이 궁금했고 침대에서, 욕실에서 샤워하는 모습이 상상되었다. 정민의 미묘한 감정 변화에 쾌감을 느꼈으며 쾌감은 더 강한 자극으로 정민을 중독시켰다. 정민은 모모의 녹화기능을 세상 그 누구에게도 알리지 않고 혼자서만 알기로 했다.

정민은 민주에게 모모를 보내기 전, 하늘에게 먼저 실험해 보기로 했다. 퇴근이 늦은 날 모모의 녹화 기능을 켜놓고 출근했다. 퇴근하고 집으로 돌아와서 모모의 녹화 기능을 돌려 보았다. 하늘은 정민의 예상대로 움직였다. 정민은 녹화되어 있는 하늘의 모습을 보며 걸음걸이 수, 냉장고 문을 열어놓는 초까지 비슷하게 맞추었다. 하늘은 거실에서 핸드폰을 보다가 잠들었는데 하늘이 잠드는 시간까지 정확했다. 하늘의 행동과 움직임을 보며 정민은 그럴 줄 알았다면서 당연하게 웃었고 하늘의 곁에서 떠나지 않고 하늘을 응시해 준 모모가 정말 사랑스러웠다.

예상과 빗나간 점이라면 하늘이 더없이 따뜻했다. 모모의 상태를 살피고 모모에게 말을 걸면서 마치 어린아이를 대하듯 친절하게 굴었다. 밥을 먹으면서도 모모를 살뜰히 챙겼고 손바닥으로 모모의 목과 등을 쉴 새 없이 쓰다듬었다. 유튜브 영상을 볼 때도 강아지들이 나오는 영상을 틀어 모모와 함께 보자고 말했다. 모모를 품에 넣고 함께 영상을 보는 하늘을 보며, 정민은 생각했다.

'모모가 태어났다면 저런 모습이겠구나. 현재가, 우리를 기다리고 있던 미래가.'

정민은 잠시 아득해졌다. 하늘의 옆구리에 딱 붙어 몸을 동그랗게 말아 꼬리를 살랑살랑 흔들며 눈을 꿈뻑거리는 모모는 정말 편안해 보였다. 정민은 하늘의 진지한 따뜻함에 조금 새삼스러웠지만 어떤 감정의 변화를 일으키지도 않았다. 단 한 번도 하늘이 차가운 사람일 거란 생각은 해본 적이 없으므로. 정민은 하늘의 따뜻한 친절함이 당연했다. 그게 평생이라는 것까지. 하늘은 정민에게 평생의 친절함을 선물한 사람이었다. 한 번 한 약속은 지키겠다는 사람처럼 하늘은 정민에게 평생 잘해주겠다는 약속을 지키는 사람처럼 굴었다. 정민은 매일 해주기에 고마움을 몰랐다. 당연히 챙겨주고 당연히 함께하는 시간. 부족하지 않았던 시간을 떠올렸다. 가끔은 떠올릴 수 없는 것들이 삶에서 가장 중요하기도 하다.

정민은 아침에 눈을 뜨면 원하는 게 생겼고 그랬으면 하는 것들이 많아졌다. 정민에게 간절한 것들이 생기기 시작했고 그 시작이 간절해졌다. 소망이 있다는 것, 소망이 이루어지길 원하는 마음이 어딘가에서 일렁였고 하루에도 몇 번씩 기분이 오르락내리락했다. 가만히 죽어있었던 과거를 보상하듯 현실이 팔딱거리고 살아 숨 쉬고 있다고 알려주는 듯이.

— 남편 출장 가는데 촬영이 새벽에 끝날 것 같아. 모모 보고 싶은데.

민주가 정민에게 양해를 구하며 연락이 왔다. 촬영을 마치고 돌아오면 새벽쯤 될 것 같다며, 민주는 정민에게 그 시간에 모모를 전해줄 수 있냐고 물었다.

정민은 기꺼이 그러겠다고 말했다. 쉬운 부탁은 누구에게나 할 수 있지만 어려운 부탁을 한다는 건, 자신을 특별하게 생각하고 있다는 의미니까. 오히려 좋았다. 정민은 민주의 부탁이 어려울수록 그걸 해결해 주면서 강렬한 희열을 느꼈다. 정민은 새벽에 일어나지 못할 것 같아 새벽까지 기다렸다가, 두 시 반이 넘어 택시를 타고 나와 모모를 전해주었다.

정민은 돌아오는 택시에서 이렇게 왔다 갔다 하느니 민주가 찾을 때마다 바로 모모를 건네줄 수 있게, 민주가 쉽게 찾아갈 수 있도록 차라리 방송국에 둘까 싶었다. 방송국 사물함에 넣어 두고 둘만 아는 비밀번호를 만들어 공유하는 건 어떤

지, 짖기 기능은 꺼두면 되고 굳이 충전해두지 않아도 되니까.

— 어차피 진짜도 아닌데.

모모의 눈에 어떤 목소리가 그려질까. 이제 목소리뿐만 아니라 모모의 눈에 어떤 모습이 담길까. 어떤 장면이 그려질까 생각하는 것만큼 짜릿한 일도 없었다.

모모를 민주에게 빌려준 정민의 아침은 싱그럽고 호기심 넘쳤다. 어떤 상상이든 기쁘게 하면서 행복하게 하루가 시작되었다. 하지만 밤이 되면 달랐다. 모모를 민주에게 넘겨준 날은 어쩐지 울적하고 잠이 잘 오지 않았다. 모모를 보내는 날은 참으로 이상하게 시간이 흘러갔다. 시현의 출장을 기다리고 기다리던 정민이었다. 민주가 모모를 보내 달라고 하면 기쁜 마음으로 보냈다. 그런데 집에 오면 뭔가 허전하고 울적했다. 거실을 뛰어다니던 모모가 자꾸 눈앞에 아른거리고 이유가 헷갈리는 눈물이 흐르곤 했다. 하늘이 올까 봐 방에서 혼자 꽁꽁 숨어 울었다. 하늘에게는 들키면 안 될 것 같은 눈물이 한동안 흐르면 더 괴상한 자책이 몰려왔다. 하지만 하룻밤 자고 나면 숙연하게 괜찮은 아침이 왔다.

정민은 민주 남편의 복귀를 누구보다 기다렸다. 민주 남편이 한국으로 돌아오면 모모가 온다. 모모가 정민의 품으로 돌아온다. 모모의 눈을 통해 민주의 일상이 정민에게 꽂힌다.

모모를 돌려받은 정민은 라디오 부스로 달려갔다. 다행히 아무도 없었다. 모모를 들고 꼬리를 돌리고 정면으로 바라보았다. 정민은 눈을 부릅뜨고 모모의 눈을 응시했다. 모모는 힘이 없는 듯 축 늘어져 녹아내렸다. 모모의 눈을 아무리 응시해도 녹화 장면이 보이지 않았다. 모모는 힘이 없는 듯 축 늘어져 녹아내렸다.

'아, 왜 안 되지.'

정민의 모모를 세차게 흔들었다. 축 늘어진 모모의 팔과 다리가 맥없이 흔들렸다. 정민의 손놀림은 다급했다. 아래의 짖기 기능과 똥 싸기 기능 버튼을 쉴 새 없이 눌렀다. 주먹을 동그랗게 쥐고 등을 톡톡 쳐보기도 했다. 그래도 모모의 눈은 반응이 없었다. 정민은 너무 답답해서 소리라도 지르고 싶은 심정이었다.

'왜 안 보이는 거야.'

정민은 모모가 고장이 났나 생각했다. 그저께 노트북이 고장 났을 때 거세게 손바닥으로 세 번 정도 내리쳤을 때 제대로 작동하던 게 생각났다. 정민은 모모를 정신없이 두드렸다. 하지만 모모는 반응이 없었다. 정민은 자세를 고쳐 앉은 후, 한 손위에 모모를 올려 두고 계속 노려보았다. 정민의 자세에는,

또 시선에는 어떤 분노가 서려 있었다. 눈이 시큰해져 눈물이 날 것 같았다. 분풀이가 끝난 정민이 잠시 쉬었고 다시 정성을 들여 꼬리를 돌렸다.

그때 갑자기 문이 열리고 PD가 들어왔다.

"정민 작가. 여기서 뭐 해? 그건 뭐야?"

"아무것도 아니에요."

정민은 모모를 숨기듯 품에 안고 부스를 빠져나왔다. 마치 화장실이 급한 사람처럼 복도를 오른쪽으로 왔다가, 왼쪽으로 갔다가를 반복하다가 직선으로 걷다가 뛰어갔다. 가까이 화장실이 보였다. 정민은 재빠르게 화장실로 들어가 칸칸이 아무도 없음을 확인했다. 모모를 안고 거울 속에 비친 수많은 자신과 모모를 바라보았다. 그리고 가장 안쪽 칸으로 들어가 변기 뚜껑을 내리고 다소곳하게 앉았다.

'제발. 제발. 모모야. 제발. 보여줘.'

정민은 두 손으로 모모를 감싸고 꼬리를 돌렸다. 간절함이 모여 눈가가 촉촉해졌다. 제발, 제발이라고 속으로 열 번은 넘게 외쳤다. 그리고 모모의 눈을 노려보았다. 하지만 모모는 다른 반응 없이 정민의 눈에 눈을 맞추고 낑낑거릴 뿐이었다.

'충전이 안 되었나.'

정민은 두 팔을 뻗어 천장으로 들어 올려 모모의 배쪽을 보

왔다. 모모의 팔과 다리가 대롱거리고 꼬리가 축 처졌다. 모모
는 언제나처럼 풀충전 상태였다. 민주는 단 한 번도 충전하지
않은 채 정민에게 돌려보낸 적이 없었다. 정민은 어쩔 도리가
없어서 미칠 지경이었다. 정민의 촉촉했던 눈가에서 눈물이
흘러내릴 것 같았다.

'제발 모모야.'

모모에게 세게 힘을 주고 고개를 숙여 정민의 눈에 눈물이
그렁그렁 맺힐 즈음, 진정으로 간절하게 모모의 눈을 바라보
았을 때 모모의 눈에서 녹화 장면이 보이기 시작했다.

민주는 어깨를 살짝 드러내고 얇은 실크 원피스에 가녀린
어깨를 드러내고 있었다. 침대에 반쯤 걸터 누워 시현을 기다
렸다. 시현이 샤워를 한 후 몸에 물기를 다 닦지 않은 채 침대
로 들어왔다. 머리를 덜 말린 듯 촉촉했고 방안은 옅은 어둠으
로 가득 차 있었다. 정민은 언젠가 술을 마시고 민주와 차의
뒷자리에 나란히 앉았던 밤, 카디건이 흘러내린 민주의 어깨
를 훔쳐보던 자신의 눈빛을 떠올렸다.

민주는 시현의 머리칼을 자연스럽게 만졌다.

"오후에 하기로 했던 계약은 잘 된 거예요?"

"그거 미뤄졌어요. 미국 본사와 직접 계약해야 한다고 해서.
새벽에 다시 화상 회의하고 전자 계약 진행할 예정이에요."

"새벽 두 시까지 안 자고 기다려야겠네요?"

"그래야죠."

은색으로 반짝이는 얇은 이불이 민주의 몸매 라인을 상상하게 했다. 정민의 눈에 민주는 마치 행운을 상징하는 천사 같았다.

"계약 준비는 끝났어요?"

"거의. 회의해 봐야 알겠지만 계약될 듯해요. 그 시간에 잠들지만 않는다면."

시현은 민주를 힘껏 껴안았다. 둘은 그렇게 사랑을 나누었다. 시현은 정민이 훔쳐보았던 민주의 여린 어깨를 거침없이 만지고 입을 맞췄다. 시현의 입술이 지나간 민주의 어깨에는 여린 떨림이 앉아 있었다. 민주는 시현의 손길이 닿았던 모든 피부를 곤두세워 흥분해갔다. 둘은 하나가 되어 서로를 애무하고 만졌다. 정민은 자신도 모르는 사이에 두 손으로 잡고 있던 모모의 몸뚱어리에 힘을 주었다. 손가락 사이로 땀이 줄줄 흐르고 있었다. 그때 갑자기 시현과 눈이 마주쳤다. 정민은 마치 훔쳐보다가 들킨 사람처럼 발라당 뒤로 넘어졌다. 손목이 삐끗했는지 통증이 느껴졌다. 그렇지만 민주와 시현의 잠자리를 계속 보고 싶어 참을 수 없었고 다시 기어 올라가 애써 아픈 손목에 힘을 주고 모모를 들었다. 간절하고 가녀린 눈빛으로 모모의 눈을 바라보았고 둘이 사랑을 나누는 장면은 계속 이어졌다. 정민에게는 견디는 시간처럼 더디게 흘러갔다. 시현과 민주는 마지막 키스를 나누고 꼬옥 껴안은 채 아득하게 눈을 감았다. 정민은 돌덩이처럼 굳어 아무런 움직임 없이 그 장면을 바라보고 또 바라보았다.

새벽 두 시쯤 시현은 침대에서 나와 샤워를 하고 셔츠를 입었다. 다시 샤워를 했는지 시현의 머리는 조금 젖어 있었다. 시현은 금방 근사한 사업가의 모습으로 노트북 앞에 앉았다. 유창한 영어로 회의를 진행하고는 삼십 분쯤 후 땡큐를 말하고 노트북을 덮었다.

시현은 노트북을 덮자마자 셔츠를 벗으며 침대로 다시 들어왔고 한 번 더 민주를 만지며 실크 원피스를 벗겼다. 시현의 손이 민주의 종아리에서 허벅지를 쓰다듬는데 화면이 끝나버렸다. 모모가 침대를 바라보지 않고 거실로 나간 모양이었다. 정민에게는 거실 공간과 흐릿한 신음 소리와 반쯤 흐느끼는 소리가 메아리처럼 울려 퍼질 뿐이었다. 모모가 잠들었는지 그마저도 흐릿해져 갔다.

정민은 미칠듯한 분노와 금방 미쳐버릴지도 모를 두근거림을 경험했다. 눈물이 차오르다가 더 이상 참을 수 없게 되었고, 집으로 오자마자 옷방으로 가서 민주에게 빌려주었던 카디건을 찾아 집어 던졌다. 그마저 성에 차지 않아 가위를 찾아 갈기갈기 잘라 버렸다. 정민은 어쩌면 내일이면 세상이 끝날지도 모른다는 생각으로 어디서 시작한 분노인지도 모른 채, 뿜어져 나오는 핏물 같은 분노를 쏟아내었다.

다음 날 아침, 끝나지 않는 세상에서 정민은 민주가 경멸스러우면서도 그리워 미칠 것 같은 이상한 아침을 맞이했다.

저녁도 거른 채 정민은 서재에서 대본을 쓰고 있었다. 머리는 복잡했고 글은 잘 나오지 않아 책을 보다 글을 쓰다, 또 책에 줄을 긋다를 반복했다. 화가 나고 눈물이 났지만 그들에게 꺼지라고 말할 수 없는 불결한 인내심을 삶에 깔아놓고 사는 것만 같았다. 민주와 시현은 정민에게 그 어떤 방해도, 말도 하지 않았지만.

그런 정민의 곁을 모모는 빙글빙글 돌고 있었다. 정민은 모모를 들어 올려 자신의 품에 껴안았다.

'넌 혹시 내 마음 아니?'

정민은 모모와 함께하면서 혼자 속으로 하는 생각을 입 밖으로 꺼내는 습관이 생겼다. 버스에서 혼자 속으로 했던 말에 서 있던 사람이 대답해서 놀란 적이 있었다. 낮게 '민주야'라고 불렀는데 앞에 서 있던 멀끔한 남자가 자신을 부른 거냐며 '저요?' 하고 정민을 집요하게 바라보았다. 마침, 그 사람의 이름이 민주였던 모양이었다. 그날 정민은 너무 무안해서 다음 정류장에서 내려 집까지 걸었다.

요즘 정민이 가장 많이 대화하는 대상은 모모였다. 하늘에게 하는 말은 거의 대답이었고 민주를 향한 말은 대부분 마음속에만 머무르는 혼잣말이었으니까. 방송국에서 하는 의미를 담은 말은 대부분 글이었다. 선우가 돌아온 이후로 친구들과는 자연스럽게 멀어졌고 전화하는 횟수는 현저히 줄어들었다. 정민은 정말 하고 싶은 말은 모모에게 했다. 모모에게 가장 많은 말을 했고 가장 많은 질문을 했다. 모모의 눈을 보고 있노라면, 마치 말로 일기를 쓰듯 자신의 생각을 읊었고 모모는 혓바닥을 낼름거리며 고개를 오른쪽, 왼쪽으로 갸우뚱거렸다. 어떤 질문은 그 질문 자체로 의미가 있다. 꼭 대답을 듣지 않아도, 대답을 듣지 못해도 스스로 대답을 만들어 낸다. 뱉은 말과 뱉지 않은 말은, 들리고 들리지 않고의 문제가 아니다. 입 밖으로 나온 말들은 생기가 생겨 어떤 행동을 하고 싶도록 자극했고 그 행동은 욕심이 되어 마음으로 전해지길 바라게 되었다. 그 끝에 하늘이 아니라 민주가 있어서 정민은 혼란스러웠다.

그럴 때마다 말로 대답하지 않는 모모를 보면 포근하고 따뜻해져 제법 위로가 되었다. 정민은 모모를 껴안고 턱으로 머리통을 문질렀다. 깨갱거리는 모모를 보며 정민은 편안함을 느꼈다. 사랑이 아닐지도 모를 사랑, 틀릴지도 모를 감정 앞에 정민은 어찌할 방도를 찾지 못하고 있었다.

복잡하게 지나가는 시간을 깨어내듯, 하늘이 서재 문을 노크했다.

"너 지금 라면 먹고 싶대."

"내가? 내가 지금 말을 했어?"

정민은 혹시 혼잣말을 해서 그 소리가 문밖의 하늘에게 들렸나 싶었다. 하늘은 정민의 표정만 봐도 알았다. 지금 깊은 생각에 빠져 있다는 사실을, 그 생각에 자신은 없음을,

"아니."

하늘이 웃었다.

"누가 끓여?"

"당연히 네가."

라고 말을 하면서 하늘은 얌전히 냄비에 물을 올렸다. 보글보글 물 끓는 소리, 촤라락 라면 봉지 소리, 수프 탈탈 터는 소리가 들리고는 집안에 금방 라면 냄새가 퍼졌다. 정민은 서재에서 나와 자연스럽게 테이블 위에 앉으며 양손에 숟가락과 젓가락을 들었다.

"무슨 일이야?"

하늘이 냄비 뚜껑을 열고 정민 앞에 작은 접시를 내밀었다. 하늘은 냉장고에서 김치를 꺼내 옮겨 담아 정민 가까운 곳에 갖다주면서 물었다.

"없어. 무슨 일 같은 건."

정민은 고개를 저었다. 방금 한 생각을 절대로 하늘에게 들켜선 안 되므로.

"왼손에 젓가락 쥐고 오른손에 숟가락 들고 멍 때리는 거, 너 무슨 일 있을 때마다 나오는 습관이잖아. 무릎 세우고 발가락 다 벌리고선."

정민은 고개를 숙여 자신의 폼을 바라봤다. 의자 위에 올린 엉덩이 앞에 세워진 정민의 발가락이 모두 뻗쳐있었다. 정민은 하늘의 말을 듣고서야 자신이 한참을 멍했다는 걸 알아차렸다. 정민은 오른손잡이였는데 긴장하면 왼손으로 젓가락을 드는 습관을 아는 건 세상에 하늘뿐이었다. 하늘과 연애할 때 밥 먹다가 싸우게 되면 정민은 당황해서 왼손으로 젓가락을 들고 밥을 푸다가 실패했다. 하늘은 그 모습을 보면 귀여워했고 마음이 저절로 풀어졌다. 둘의 추억 속에서 정민이 왼손으로 밥을 먹는 날은 둘이 싸웠다가 화해하는 날이었다.

하지만 오늘은 그런 날이 아니었다. 둘 사이에 처음 있는,

정민이 왼손으로 젓가락을 들고 있는 이유를 하늘이 모르는 날이었다. 하늘의 옆에서 정민이 어떠한 삶을 살고 있는지, 여자로서의 정민은 어떤 사랑을 꿈꾸는지. 둘 사이에 사랑이라는 감정이 남아있긴 한지. 둘 사이에 사랑이 남아있어야 하는지.

정민에게도 불안해야 사랑이라는 감정이 있을 때가 있었다. 대학교 다닐 때, 보기만 해도 화가 나는 선배가 있었다. 그 선배가 모임에 나와도 화가 났고 나오지 않아도 화가 났다. 모임에 나오면 다른 사람들과, 더 구체적으로 다른 여자들과 말만 해도 화가 났고 눈만 마주쳐도 화가 났다. 모임에 나오지 않으면 자신이 여기에 와 있는데 다른 곳에 갔다는 게 화가 났다. 그 곁에는 하늘이 있었다. 그 선배를 이야기하는 동안 정민은 얼굴이 발그스름해져 있었고, 마치 고장 난 인형처럼 어찌할 바를 몰라 안절부절못했다. 한 친구가 정민의 상태를 알아채고서는 그 선배 사랑하냐고 비아냥거렸는데 정민이 그때 먹고 있던 삼겹살과 쌈장을 맥주컵에 넣어 그대로 친구의 얼굴에 들이부었다. 사태를 수습하기 위해 하늘이 정민을 데리고 모임을 나왔고 그날 둘은 심야 영화를 봤다. 영화가 끝나기 전 정민은 하늘의 어깨에 기대어 잠이 들었는데, 영화가 끝나고 하늘의 어깨에 기댄 채로 울었다. 하늘은 그때 정민의 손을 가만히 잡아주었다.

영화가 끝나고 나서도 한참을 그렇게 머물렀다. 정민은 자신을 화나게 하고 불안하게 만드는 사람은 버리면서 불안한 마음을 버리는 법을 배웠다. 사람을 버리면 적어도 불안하지 않으니까.

다음 날 방송국에서 마주친 민주는 아주 피곤해 보였다. 어제 새벽까지 남편과 잠자리를 하고 사업 이야기를 하고 잠을 제대로 자지 못했을 터. 정민은 그런 민주가 너무 미워서 뺨이라도 한 대 후려치고 싶었다. 눈과 입꼬리는 피곤하지만 정민을 보고 웃는 민주의 미소는 싱그러웠다. 그 미소를 보면 정민은 한순간에 녹아내렸다. 정민은 그런 민주를 보고는 너무 화가 나서, 또 그 화가 너무 쉬이 누그러져서 눈물이 났다. 조절되지 않는 분노가 쏟아져 나오다 이내 미소 한 번에 무너지고 마는 자기 자신이 이해되지 않아 또 미칠 노릇이었다.

"무슨 일 있어? 왜 그래?"

민주가 걱정 가득한 표정으로 정민의 표정 앞에 가까이 다가왔다. 민주는 걱정 어린 눈빛으로 정민의 뺨에 손바닥을 갖다 대려 했다. 정민은 손바닥의 감촉이 따사롭고도 힘겨워 애써 고개를 돌렸다. 민주의 작은 움직임에도 정민의 심장은 쿵쿵 내려앉았다. 손가락이 작게 꺾일 때도, 팔꿈치가 접히는 움직임에도 정민의 시선을 어디에 둬야 할지 몰라 곤란하고 힘겨웠다. 민주가 정민의 발그레진 이마에 손을 올리자 정민은 자신도 모르게 뒷걸음질 쳤다.

"왜 그래?"

이유 모를 민주가 걱정 어린 표정으로 바라보았다.

"몰라."

"어제 잠 못 잤니? 무슨 일 있어?"

"잠은 네가 못 잤겠지. 나 좀 내버려 둬. 혼자 있고 싶어."

정민이 민주를 흘겨보았다. 그런 민주가 정민을 안으려 다가왔다. 정민은 그 품을 향해 다가가는 몸을 애써 돌리며 말했다.

"나 좀 내버려둬. 혼자 있고 싶어."

정민은 눈물이 그렁그렁한 눈망울로 힘없이 민주를 노려본 후, 한 걸음, 또 한걸음 뒷걸음질 쳐서 복도를 뛰어갔다.

정민은 쏟아져 나오는 눈물을 애써 참으며 제정신을 찾기 위해 일을 하기로 했다. 정민은 에코백을 뒤져 언젠가 카페에서 훔쳤던 티슈를 꺼내 눈물을 닦아냈다. 초록색 커피잔이 담긴 귀여운 스마일이 정민의 눈물을 훔쳐 가고 있었다. 정민은 마음을 가다듬고 라디오 대본을 쓰기 시작했다. 민주의 가녀린 허벅지와 맑은 눈동자가 떠올랐다. 다시 대본을 썼다. 민주의 살짝 올라간 입술이 떠올랐다.

정민은 그 자리에 엎드려 고개를 파묻고 눈을 감았다.

ON AIR.

반갑습니다. 현성의 사는 이야기 시작합니다. 혼자 멍하니 있을 때 생각나는 사람이 있죠. 그게 한 사람이라면 어떨까요? 하루 종일, 매시간, 매분, 매초 한 사람이 생각난다는 건 아마 많이도 아낀다는 의미일 겁니다. 함께 놀러 가고 싶은 사람, 심심할 때 보고 싶고 같이 놀고 싶고 밥은 먹었는지 걱정되는 사람이 있습니다. 걱정돼서 심장이 떨리기도 하고 가끔은 쿵 떨어지는 것 같기도 하고요. 우린 그런 사람을 사랑이라고 부릅니다. 노래 들을게요. 사랑과 우정 사이.

밖에서 듣고 있던 정민이 깜짝 놀라 부스 안과 연결할 수 있는 버튼을 눌렀다. 오프닝 멘트가 끝난 현성이 히죽히죽 웃고 있었다. 정민은 현성이 대본에 집중하지 않았다고 생각하고 정정 멘트를 요구한 참이었다.

"현성 DJ. 정정해야겠는데요? 사랑이 아니라 우정."

현성은 눈을 동그랗게 뜨고는 고개를 숙여 대본을 확인했다. 현성은 여전히 히죽거렸다. 정민은 마치 자신을 놀리는 기분이 들어 불쾌해지기 시작했다.

"정민 작가. 대본에 사랑이라고 적혀있는데?"

현성은 황당하다는 듯 자신 있게 대본을 들어 손가락으로 가리키고는 마이크를 죽이고 바로 방송을 이어 나갔다. 정민은 마이크 버튼에서 부들거리는 손을 뗐다. 그리고 자신의 손에 있는 대본을 내려다보았다. 정민이 보고 있던 대본에도 사랑이라고 적혀있었다. 어제 대본을 쓸 때 한순간도 민주 생각을 하지 않은 자신을 깨달았다.

'어쩌면....'

정민은 자꾸만 변해가고 있었지만 하늘은 마치 그 집의 지붕처럼 정민의 곁에 있었고 집 안에서 모모는 자신의 영역을 만들어 가고 있었다. 모모도 제법 이 집이 익숙해지고 편안해진 모양이었다. 모모는 언제부턴가 짖기 기능 버튼을 누르지 않아도 마치 정민을 지키는 듯 짖었다. 똥 싸기 버튼을 눌러놓지 않아도 똥을 싸고 치워달라는 듯이 정민을 바라보았다. 하늘과 정민이 하는 말 중에서 알아듣는 말이 많아졌다. 모모는 하늘이 배를 간질이면 마치 웃는 듯이 약하게 몽몽, 하고 짖었고 손을 내라고 말하면 손을 내고는 혓바닥을 내밀었다.

하늘은 처음에 정민이 모모를 집에 데리고 왔을 때, 모모를 안고 있는 정민을 보면서도 오로지 정민의 표정만 바라보았다. 유산되었던 아이를 안고 들어오는 모습이 저런 모습일까, 하는 생각이 스쳤던 건 사실이자, 평생 입 밖으로 꺼내지 않겠다고 다짐한 비밀이었다. 정민의 컨디션은 좋은지, 기분은 좋은지, 불편한 건 없는지 하늘의 눈에는 정민만 보였다. 정민이 모모라고 이름을 붙인다고 할 때 알게 모르게 찜찜했었는데 그게 유산되었던 아이의 태명이었다는 것도 한참 후에 알았다. 하늘에게 모모는 이미 없앤 존재였으니까. 둘 사이에 아이가 생겼다고 했을 때 하늘은 몹시 기뻤다. 세상을 다 가진 기분, 정민과의 사랑을 완성한 기분이었다. 하지만 기뻐만 할 수만 없는 노릇이었다. 하늘도 정민의 유학을 걱정했다. 하늘은 축하한다고 말하면서도 정민의 눈치를 보았고 임신이라고 했을 때, 축하한다고 말해도 될지 몰라 시간을 벌기 위해 제대로 듣지 못한 척했다.

하늘이 할 수 있는 건 유학에 대한 말은 꺼내지 않는 것이었다. 그저 정민이 어떤 선택을 해도 다 받아주리라 다짐하면서. 혹시 정민이 낳지 않겠다는 선택을 한다고 해도 따르리라고. 짧은 시간 뜻밖에 유산이라는 말로 정민의 결정은 쉽게 정해졌다. 어쩌면 정민에게 강압적이고 폭력적인 결정일 것이다. 하늘은 이때 무기력함을 느꼈다. 정민에게 도대체 해줄 수 있는 게 무엇이 있을까. 하늘은 아무리 생각해도 알 수 없었다. 그날 하늘은 평생 정민을 위해서 살겠다고 다짐했다. 평생 지켜주겠다는 다짐은 하늘에게 새로운 사랑을 시작하게 해주었다. 하늘은 그날부터 정민의 남편으로 새로운 삶을 살고자 다짐하고 또 다짐했다.

그 일이 있은 후, 하늘에겐 정민이 늘 우선이었고, 자신보다도 먼저였다. 정민이 자신의 품에서 자유롭고 행복하길 바랐다. 굳이 아이가 없어도 괜찮다고, 어쩌면 애초에 생기지 않아야 했다고, 나눌 수 없는 찰나의 기쁨과 상실의 대가를 헤아리고 헤아리며 반성했다.

하늘은 모모와 함께하는 시간이 길어질수록 모모에게 정이 들었고 모모라고 부를 때마다 아이가 다시 갖고 싶어졌다. 혹시 아이가 생기면 정민의 마음을 돌릴 수 있지 않을까 하는 착각 같은 희망도 품어 보았다.

토요일 오전, 정민은 샤워를 마치고 알몸으로 욕실 문을 열었다. 소파에 앉아 하늘이 정민을 바라보고 빙긋이 웃고 있었다.

"거기서 뭐 하는 거야?"

정민은 당장 다시 문을 열고 욕실로 들어가고 싶은 심정이었다.

"뭐 어때? 우리 오늘 아들이나 만들까?"

하늘은 장난하듯이 웃으며 능구렁이처럼 말했다. 정민은
짧은 반바지에 티셔츠를 얼른 입었다. 젖은 머리에 수건을 두
르며 부엌으로 걸어갔다. 뒤꿈치를 들어 찬장에서 토스트 기
를 꺼냈다. 식빵을 꺼내 토스트 기에 넣으니 그윽한 버터 향이
금방 났다. 정민은 토스트 기에서 톡, 하고 튀어나온 식빵을
손가락 두 개로 잡고 아삭하게 베어 물었다. 기분이 한결 나아
졌다. 하나 더 구울까 싶어 식빵 봉투에 손을 넣는데 허리를
감싸는 손이 느껴졌다. 정민은 마치 공포영화를 본 듯이 신경
이 곤두섰다.

토스트를 입에 문 채 돌아보는 정민에게 눈을 맞추고 하늘
은 웃고 있었다.

"같이 먹을까?"

"그래. 네 것도 넣을게."

요즘 정민은 하늘이 갑자기 만지면 참거나 피하거나 둘 중
하나였다. 하늘이 무안하지 않게 표현하는 건 하늘에 대한 배
려이자 아내로서 할 수 있는 책임감의 일부였다. 토스트 기에
서 식빵이 튀어 올랐다. 여전히 부엌은 은은한 버터 향으로 가
득했다. 하늘이 잼과 나이프, 우유를 꺼내 식탁 테이블에 앉아
있었다. 하늘의 느끼한 미소는 그대로였다. 하늘은 평소와 같

이 나이프로 정민을 자를 듯이 연기하고는 빵을 먹었다.

이런 평범한 주말을 보내는 건 꽤나 슬픈 일이었다. 비슷하게 반복되는, 함께하는 주말이 더 이상은 의미가 없는데, 무의미한 시간의 반복을 인내하며 사는 일. 지금을 잘 참아내면 훗날, 언젠가 이때가 추억이었다고 하겠지만 이 시간이 후회로 밀려올지도 모를 그런 토요일 오전.

정민은 아무것도 모른다며 웃고 있는 하늘을 보며 자꾸 둘 사이에서 무언가 소멸되고 있는 것만 같아서 눈물이 흘렀다.

EP.5

변화

오랜만에 잡힌 생방송이었다. 여성의 날을 기념하여 생방송을 진행하는 건 프로그램의 오랜 전통이었다. 정민은 요즘 비슷한 톤으로 반복되는 녹음 방송에 무료함을 느끼고 있던 터였다. 죽어있는 언어들, 숨을 쉬지 않는 공기, 정지시켜도 언제 그랬냐는 듯이 다시 들리는 목소리. 그 속에서 언어들의 시간은 거꾸로를 반복하고 있었다. 정민은 오랜만의 생방송에 야릇한 설렘이 느껴졌다. 어제 잠들기 전 무언가 기다리는 기분이 강하게 들었는데, 그게 생방송에 대한 기대감이란 건 출근 전 발걸음이 가볍다는 걸 느끼고선 깨달았다. 약간의 막연한 두려움은 여전했지만, 막상 방송이 시작되면 대본을 쓸 때 상상했던 감정과 목소리의 리듬이 다르게 나올 때는 신기하고 재밌기도 했다.

정민은 삶에서 없는 것들, 없어진 것들을 꼽아 보았다. 생방송에 대한 두려움, 하늘이 무너질 것 같은 오싹함, 일어나지 않은 일에 대한 공포가 없어졌다. 삶은 없는 것들을 잘 꼽아 보아야 지금 있는 것들을 제대로 세어볼 수 있다. 두렵지 않다는 이유가 모든 일의 극복이 될 순 없지만, 무뎌진 상태는 상처에 딱지가 붙을 수 있다. 딱지가 떨어진 이후에야 비로소 돋은 생살은 더 단단하기 마련이고.

정민은 생방송 세 시간 전 스튜디오에 도착했다. 방송 전까지 접수된 사연을 추가로 꼼꼼히 읽어보고 여유 있게 기다리기 위해서였다. 정민보다 먼저 도착해 있던 PD는 문을 열고 스튜디오를 들어오는 정민을 보자마자 인사도 하지 않은 채, 오늘은 차분한 분위기로 가는 게 좋겠다고 말했다.

"이런 회의 같은 인사라니. 현성 DJ 오면 얘기해 볼게요."

정민은 프린트해두었던 대본을 꺼내서 다시 읽었다. PD는 오늘 선곡 리스트를 다시 확인했다. 대본을 두 번 정도 정독한 후 정민은 시계를 보았다. 시간은 어느새 3시 반을 넘기고 있었다.

"현성 DJ 오늘은 좀 늦는 건가?"

"글쎄요."

정민이 전화해서 확인해 볼까, 핸드폰을 만지작거리다가 이내 내려놓았다. 현성이 실전에 더 강한 스타일이기도 했고,

오랜 시간 함께 일해 온 현성에 대한 믿음이었다. 현성은 함께 일하면서 단 한 번도 방송에서 늦거나 지각하지 않았으니까. 사람들이 여전히 콧대가 있다, 싸가지없다며 그래서 같이 일하기 힘들지 않냐고 물을 때도 정민은 한 가지는 확실히 말할 수 있었다. 현성의 성실성을 믿었다.

어느새 시계는 3시 50분을 향하고 있었다. PD도 정민도 다급해지기 시작했다.

"아직 도착 전이야? 통화는 했어?"

떨리는 마음으로, 진정하지 못한 손으로 핸드폰을 들고 정민은 현성에게 카톡을 보냈다. 1은 없어지지 않았다. 방송 10분 전, 1이 없어지는지 기다릴 수 있는 시간은 10분밖에 남지 않았다. 그것도 생방송, 방송 펑크를 담보해야 벌 수 있는 시간이었다. 믿음이라 믿었던 것들이 산산조각 깨어지며 정민의 목을 조여왔다. 숨이 막히도록 정민의 손이 떨렸다. 떨리는 손으로 핸드폰을 겨우 부여잡고 현성에게 전화를 걸었다.

"네. 아니요. 안 받아요. 전화."

"미친. 다시 해봐."

정민은 핸드폰에 올려놓은 손가락들이 떨리기 시작했다. PD는 머리카락을 쥐어뜯으며 정민 앞을 왔다, 갔다 했다. 머릿속이 까맣게 채워져 움직이지 않았다. 그새 시간은 3시 59

분 35초를 향하고 있었다. 정민과 PD는 할 수 있는 게 없어 어떻게 해야 하나 발을 동동 굴렀다. 아무리 머리를 굴려도 좋은 방법 같은 건 떠오르지 않았다. 없었으니까. 방법이라는 건. 하긴, 지금의 현실은 어떤 해결책이 생겨 해결이 나면 이상한 상황이었다. 시간은 없었고 틈은 있었고 해결할 사람도 방안도 없었다.

"일단 오프닝 없이 노래부터 틀어."

그들이 할 수 있는 유일한 선택이자 최선이었다.

"네. 오프닝 곡."

PD는 선곡해 두었던 노래를 틀고는 코로 몸속의 바람을 모두 빼내었다. 4분가량 현성이 나타나는 게 유일한 대책인, 별다른 대책 없을 대책 회의를 할 수 있는 시간이 벌어졌다. 정민은 잠시 휴, 하고 한숨을 내쉬었지만 진짜 문제는 지금부터였다.

"지금 당장 섭외할 수 있는 사람 있어?"

"모르겠어요."

정민은 땀으로 흠뻑 젖은 핸드폰을 다시 꺼내 들었다. 손에 물기 때문에 화면 터치가 제대로 되지 않았다. 기존에 특별 출연을 해주었던 배우와 몇몇 말을 잘하는 사람들이 스쳐 지나갔다. 그런데 섭외에 성공한다고 해도 그들이 이 노래가 끝나기 전에 스튜디오로 오긴 역부족이었다. 정민은 수많은 생각을 머릿속으로 스쳐내며 이 노래가 끝나지 않길 바라고 또 바랐다. PD는 어떤 결심을 한 듯이 냉정하게 말했다.

"정민 작가, 내 말 잘 들어. 질문 제대로 이해하고 대답해. 지금 대본 제일 잘 아는 사람이 누구야?"

"저요?"

두 번째 손가락으로 심장 쪽을 가리키던 정민의 고개가 어깨만큼 내려갔다. 거칠게 찢어지는 목소리로 물음표의 크기를 짐작할 수 있었다.

"오늘 특집 방송 취지 제일 잘 아는 사람 누구야?"

"그건 PD님이죠."

"기획 의도는 정민 작가가 썼잖아."

"대본은 기획 의도에 맞게 안 썼다고요. 그 기획 의도 다 뻥이에요. 결재받으려고 적은 거라고요."

정민은 눈을 동그랗게 뜨고 손바닥을 넓게 펴서 위아래로 휘저으며 도대체 무슨 말이냐는 신호를 보냈다. 지금 같은 상황에서는 직선적으로 직접적으로 하지 않는 말은 그 어떤 말도 머릿속에 들어오지 않았다.

"2분 30초 안에 결정해. 사실 결정이랄 것도 없지만."

"뭘 결정하라는 거예요?"

PD는 굳은 결심을 한 것처럼 말했다.

"지금 정민 작가밖에 없어. 정민 작가가 하자. 프로그램 취지를 제일 잘 알고 기획 의도를 쓴 사람도 바로 정민 작가잖아."

PD는 침착했고 정민은 그 앞에서 방방 뛰었다.

"말도 안 되는 말씀 마세요. 차라리 경찰에 실종 신고를 해서 현성 DJ를 찾아오는 게 더 좋은 방법 같아요. 전 못해요."

"지금 실종 신고하자고? 경찰에?"

"아니요."

정민은 '아니오'라는 말을 하면서 조금 정신이 돌아왔다. 그저 나오는 대로 말을 하고 있었다. 어떤 말은 진심이었지만 본심은 아니었다. 언젠가 방송 초창기 때 PD와의 술자리에서 작가가 승진하면 DJ가 될 수 있냐고 물었던 적이 있었다. 뒤에서 글이나 쓰는 사람 말고, 세상 밖으로 목소리를 낼 수 있는 사람. 속으로 고민하여 글로 겨우 풀어내는 사람 말고 세상으로 퍼트리는 사람이 되고 싶다고 했다. 그럼 정말 작가 말 잘 듣는 DJ가 되겠노라고. 정민은 놀란 눈을 뜨고 절대 할 수 없다가 아니라 준비되어 있지 않아 두렵다는 말을 돌려서 하고 있었다. 이렇게 갑자기 하면 잘하지 못할 테니까. 그렇게 꿈꿔왔던 일을, 그렇게 간절했던 일을.

"정민 작가, 꿈이잖아. 자신의 목소리로 이야기 전하는 거."

"PD님. 기억하고 있었어요?"

"예전 소설 쓸 때 정민 작가 인터뷰 거의 다 봤지. 말 잘하던데? 이대로라면 방송 펑크야. 아니면 두 시간 내내 노래만 나갈까? 나랑 정민 작가랑 나란히 불려가서 시말서 쓰고?"

PD의 눈은 결연하고 단호했다. 정민을 지긋이 바라보던 눈빛은 어떤 용기를 주는 다정한 눈빛으로 바뀌었다. 정민은 순간 PD와 마주 앉아 사장님 앞에서 무릎을 꿇고 시말서 쓰는 모습이 상상되자 웃음이 나왔다. PD는 글쓰기도 정말 싫어하고 글씨도 정말 못 썼다. 작가니까 시말서도 대신 써 줘야 하나, 하는 생각과 시말서를 쓰는 데는 PD보다 작가가 유리하겠다는 생각이 들었다. PD는 유난히 꿇어앉는 자세를 참 못했는데 벌 받기에 참 적절하지 않은 조건을 다 갖추고 있었다. 예전에 함께 기획안을 쓸 때도 사실 자신은 글은 죽어도 못 쓰겠다고 말하면서 차라리 한 대 때리고 대신 써주면 안 되냐고 했었다. 주먹으로 때려도 된다면서.

정민은 손에 있던 핸드폰을 테이블에 올려 두고 두 손으로 대본을 소중하게 잡았다. 손바닥에서 나온 땀이 흥건하게 대본을 적셨다. 프린트된 내용이 지워져도 상관없었다. 정민이 직접 쓴 글씨들이기에 편안하게 읽어갈 수 있었다. 어제 몇 번이고 소리 내서 읽었던 문장들이었다.

정민은 용기를 내어 부스로 들어가서 헤드폰을 머리에 썼다. 현성에게 맞춰져 있던 마이크의 높이를 자신에게 맞추고 살짝 끌어당겼다. 현성의 목소리에 어울릴 것 같아서 썼던 문장들을 머릿속에서 지웠다. 자신에게 어울리는 문장으로 고치며 되뇌었다.

노래는 끝나가고 있었고, 드디어 끝난 후 1초의 침묵이 다가왔다.

ON AIR

반갑습니다. 주현성의 사는 이야기 시작합니다. 오늘은 여성의 날인데요. 저희 프로그램도 여성을 위한, 여성들의 이야기를 잘하기 위해서 많은 노력을 했습니다. 청취자 여러분들은 어떻게 들으셨을지 잘 모르겠네요. 갑자기 다른 목소리가 들려서 놀라신 분도 많죠? 오늘은 특집이다 보니 이렇게 깜짝 이벤트를 마련했어요. 저는 이 방송의 대본을 쓰는 작가이구요. 글을 쓰는 사람이 말을 하는 사람이 되어 여러분을 찾아뵙게 되었네요. 여성의 날을 기념해서 잊혀 가는 여성들을 모시고 이야기해 보면 좋겠다고 했는데, 제가 선정되었어요. 한때는 저도 소설을 쓰는 사람이었는데요. 세상의 모든 지나버린 꿈을 응원합니다. 반갑습니다. 오늘을 기억할 작가, 저는 정민

입니다.

　정민의 대본은 자연스러웠다. 잊혀 가는 여성을 만난다는
건 애드리브이었고 실제로 자신의 이야기이기도 했다. 어디서
그런 아이디어가 나왔는지 정민도 신기할 따름이었다. 스스
로 잊혀 가는 사람이 되기로 한 건 정민으로서는 대단한 용기
를 낸 것이었다. 사실 생방송이라 무슨 정신에 그런 말이 나왔
는지 정민도 알 수 없었다. 현성의 부재에 대해서는 굳이 설명
하듯 이야기하지 않았다. 라디오를 들은 사람들이 질문을 해
서 몸이 좀 안 좋다는 이야기로 잘 넘어갔고 청취자들은 정민
의 목소리에 금방 적응해 갔다. 신선하다, 참신하다는 의견이
대부분이었다. 라디오 사연을 읽으니 오히려 더 쉬워졌다. 사
연을 읽고 공감하고 댓글 창을 확인하는 건 늘 하던 일이었다.
현성 DJ와 함께 할 때보다 시간이 단축되고 오히려 더 정민의
생각을 잘 말할 수 있어서 재미있었다. 1부가 끝날 때쯤 정민
은 전혀 긴장되지도 떨리지도 않았다.

　정민이 쓴 대본이 현성의 손에 들어가 현성의 목소리로 나
오면 어딘가 정민이 쓰지 않은 글처럼 읽혔다. 정민은 상상도
하지 못한 톤으로 읽기도 했다. 요즘 들어 부쩍 자주 히죽거리
는 현성이 대본의 분위기를 깬다고도 생각하고 있었다. 처음

엔 현성과 함께 하는 방송이 신기하기만 했지만 시간이 갈수록 아쉬움도 남았다. 진지하게 읽어 주길 바랐는데 현성 DJ가 신나고 가벼운 목소리로 읽어도 정민 입장에서는 어떤 방도가 없었다. 마치 나의 이야기를 타인이 틀리게 하는데도, 거짓말에도 용인해야 하는 기분이었지만 정민은 작가였고 DJ는 현성이었다.

나의 이야기를 직접 쓰고 나의 이야기를 나의 목소리로 말하는 기분이 짜릿하고 상쾌했다. 라디오 생방송은 안정적으로 지나갔다. 클로징 멘트까지 부드럽게 마무리하고 정민은 헤드폰을 벗었다. 온몸에 힘이 풀려 책상에 쓰러져 한참을 엎드려 있었다. 가까스로 정신을 차리고 부스를 나왔다. 정민은 부스에서 나오자마자 두 다리에 힘이 풀려 주저앉았다.

"뭐야. 너무 잘하는데? 정말 DJ 같았어. 정민의 사는 이야기인지 알았잖아. 청취자들 반응도 좋고."

"PD님. 목말라요."

정민이 말라가는 목소리로 겨우 말했다.

"그래. 여기 여기."

PD는 기분 좋게 생수병의 뚜껑을 따서 정민에게 내밀었다. 정민은 생수의 반을 한 번에 꿀꺽꿀꺽 넘겼다. 그제야 환하게 웃었다.

"뭐야. 막상 할 때는 그렇게 자연스럽게 하더니, 긴장한 거였어? 난 몰랐잖아. 아마 청취자들도 몰랐을걸?"

"고생하셨어요."

"축하해. DJ로서 첫 데뷔."

"고맙습니다. 저 앞으로도 잘할 수 있을 것 같은데요."

정민은 안도와 함께 작은 행복을 느꼈다. 생전 처음 느껴보는 마음 편하지 않은 행복이었다. 미친 불안함과 불편한 시간을 보냈는데 행복했다. 늘 부스 밖에서 들여다보던 안과 부스 안에서 바라본 스튜디오는 정말 다르게 느껴졌다. 꽉 채워서 흐르는 시간 속에 몸을 맡기고 몰입하는 즐거움은 이루 말할 수 없이 매력적이었다. 내 목소리로 이어가는 흐름, 목소리로 채우는 시간과 공간에서 정민은 우뚝 서 있는 기분이었다. 자신도 목소리로 무언가를 할 수 있다는 건 한걸음 물러서 있던 나의 삶에 스스로 걸어 들어가는 발걸음과도 같았다. 정민은 편안함보다 더 근사하고 농도 짙은 행복을 깨달았다. 불안하고 설레는 시간이 지나간 후 안도할 때의 가득 찬 기쁨은 행복이 될 수 있다는 사실도 알게 되었다.

언젠가 저 부스 안에서 현성처럼 자신의 목소리로 말하고 싶었을 때 정민은, 상상은 딱 상상일 때 더 아름다울 수 있다고. 정민은 그게 이루어지지 않았으면 하는 바람이라며 스스로를 가두었다. 세상에 이루어지지 않길 바라는 바람도 있으니까. 바람 뒤에 올 책임감과 의무감은 피하고 싶으니까.

상상을 이기는 현실도 있다. 오늘이 그러했다. 현성을 보며 너무 부러워서 일어나는 내 속의 변화를 애써 무시했기에 부러움 외의 다른 감정은 기억나지 않고, 그 이상의 순간은 내 것이 아니라고 믿었다. 그러기에 없는 일이었고 흐릿한 일이었다. 예전에 우연히 본 현성의 급여 입금 문자를 보고도 그렇게 분노하지 않았다. 대단한 사람은 대단한 돈을 받는구나, 생각할 뿐이었다.

책상 위에 올려 두었던 핸드폰이 계속해서 울리고 있었다. 정민은 아직 떨리고 있는 손으로 핸드폰을 들어 메시지를 확인했다. DJ로 데뷔한 거냐, 잘 들었다, 고생했다고 말하는 카톡 사이에서 선우의 엄마 카톡이 눈에 들어왔다. 평소 라디오 방송 작가라고 잘 듣고 있었다고 항상 자랑스러워했는데 이제 DJ가 된 거냐고 진심으로 축하한다고 하셨다.

정민은 벅찬 마음을 가라앉히고 자리에 앉았다. 한참을 어떻게 답을 해드려야 할까 고민해 보았지만, 도무지 어떤 말을 해야 할지 떠오르지 않았다.

현성은 그날 늦은 밤 정민에게 연락해왔다. 어제 술을 너무 많이 마셨고 이제 일어났다고 했다. 짧고 귀엽게 미안하다고도 허무하고 간단하게 전했다. 현성은 정민에게만 말해주는 거라며 아주 작고 낮은 목소리로 투자한 주식이 대박 났다고 했다. 어제 10억을 찍었고 그래서 어제 친구들에게 한턱 쏘고 일어나 보니 이 시간이라고. 정보를 주었던 사람들과 함께 한 사람들에게 대접하지 않을 수가 없었다고, 아마 정민 씨라도 그랬을 거라며 코웃음을 흘렸다.

정민은 그동안 라디오 부스에서 슬픈 사연도 기쁘게 읽던 현성의 눈꼬리와 입꼬리가 생각났다. 그저 자신이 대본을 잘 못 썼거나, 기분 좋은 분위기를 만들기 위함이라 생각했었다. 현성은 투자한 원금에 열 배가 올랐다며 사는 게 참 별거 아니고 살다 보니 이런 일도 있다고 술이 덜 깬 목소리로 하품을 하면서 말했다. 혹시 정민은 라디오 디제이는 그만할 거냐고 물었다. 안 그래도 친구들이 많이 묻더라고, 큰돈이 생겼으니 굳이 계속 일을 할 필요가 있냐고 묻더라고, 그런데 무슨 소리냐고 자기는 그런 사람 아니라면서 요즘 세상도 흉흉한데 돈 생긴 거 소문내고 다니면 안 되니까 비밀이라고 입단속을 시켰다. 현성은 낮고 조용한 목소리로 그 비밀 꼭 지켜주길 바란다며 내일부터는 정말 성실하게 다시 출근할 것을 약속했다.

전화를 끊으면서 정민은 이상한 안도감과 불편함, 그리고 불쾌함이 정해놓았던 감정선 이상 일렁였다.

다음날 현성은 사람들의 선물을 잔뜩 사 들고 스튜디오로 왔다. 누가 봐도 좋은 일이 있는 사람처럼 싱글벙글거리며 신나는 발걸음으로 인사했다. 마치 어제 생방송에는 아무런 책임도 없는 사람처럼, 정말 아무렇지도 않게, 아무 일도 없었던 사람처럼 나타났다. 정민은 이 순간을 견디기 위해서 어제를 잊고자 애썼다. 사람이라면 최소한 고개는 숙이면서 들어와야 하는 거 아닌가, 하고 잠시 생각하고는 또 다른 부러움이 머리꼭지에서 퍼지고 있음을 애써 외면했다.

"우리 팀 팀워크은 정말 끝내주네요. 내가 없어도 방송은 잘 될 거 같은데요?"

현성은 손에 들고 있던 종이 가방들을 음향 기기 위에 올리면서 말했다. 현성은 재미있다는 듯 시종일관 웃었다. 그런 현성을 보며 PD는 따라 웃기도 했다가 멍하니 바라보기도 했다가 또 자신의 일을 하기도 했다가 어떤 말에는 무관심했다. 현성은 스튜디오에 있는 사람들에게 종이 가방을 하나씩 안겼다. 여전히 방실방실 웃으며 정민에게도 정말 미안하다고 말하면서 민트색에 반짝거리는 은빛 왕관이 그려진 작은 종이 가방을 안겼다. 약간은 떨떠름하게 고맙다고 인사하는 정민에게 현성은 얼른 풀어 보라고 성화였다. 정민은 못 이기는 척

종이 가방에 들어있던 박스를 열어 보았다. 작은 왕관 모양의 은빛 목걸이가 반짝였다.

다들 어리둥절하면서도 묘하게 기분이 풀어지는 표정이었다.

"우와, 이거 엄청 비싼 거잖아요."

"이 운동화 월급 받으면 사려고 했었는데. 10개월 할부로."

박스가 하나씩 열릴 때마다 와, 하고 탄성이 나왔다. 그 속에서 정민만 묘한 표정을 짓고 있었다.

'이거 살 시간은 또 있었나.'

정민은 어제 현성과 연락되지 않던 시간에 자신이 떠올랐다. 10분의 시간이 하루 종일처럼 떠올랐다. 그 시간을 채우려 열심히 방송하던 자기 자신이 그려졌다. 가장 중요한 목소리가 없었던 그 시간, 결국 그 시간을 채운 건 정민의 대본과 정민의 목소리였다. 그런데 진짜 주인공이 다시 나타났다. 저렇게 반짝거리는 선물을 한 아름 안고.

"다들 나 용서해 주는 거지? 다음부턴 안 그럴게요."

그 누구보다 현성은 두 손을 모아 용서를 구하는 듯 고개를 까딱거리며 사과했고 표정은 가장 밝았다. 이미 전부 이해 받은 사람처럼 행복해 보였다.

"오늘 시간 괜찮으면 제가 저녁 살게요. 뭐 드시고 싶은 거

있으세요? 제가 진짜 죄송해서 그러는 거니까 다 같이 갑시다."

현성의 목소리는 밝고 우렁찼다. 녹음하는 내내 현성은 웃음이 끊이지 않았다. 덕분에 방송은 화기애애한 분위기로 녹음이 완성되었다. 현성의 밝은 에너지가 목소리로 그대로 전해졌고 어제를 잊은 듯 기쁘게 녹음을 끝내고 현성은 두 발로 씩씩하게 걸어 나왔다. 부스를 자신감 있게 걸어 나오는 현성을 보며 정민은 어제 생방송을 끝내고 무너졌던 자신의 두 다리를 내려다보았다.

회식 장소는 쉽게 정해졌다. 막내 작가가 그동안 비싸서 가지 못했던 고깃집을 가보고 싶다고 했고 현성은 흔쾌히 오케이를 외쳤다. 현성이 손가락으로 동그라미를 만들어 웃어 보일 때 모두들 환호했다. 현성이 정민을 챙겼다.

"정민 씨, 내 차 타고 가."

정민은 주섬주섬 묵직한 가방과 노트북을 챙겨 현성의 뒤를 따랐다.

"요즘도 그렇게 가방에 다 챙겨 다녀?"

"네."

"무거워 보여서."

정민의 연한 베이지색의 커다란 가방에는 책과 볼펜, 빗, 거울, 밴드. 화장품과 아주 오래전 카페에서 챙긴 티슈와 상비약,

최근에 산 다이어리와 펜 몇 개 등이 어지럽게 들어가 있었다.
정민은 가방을 메고 외출한 뒤 일을 볼일을 본 후, 집에 도착함
과 동시에 쉬고 싶다는 생각이 간절했다. 지금도 그랬다.

둘은 엘리베이터를 탔다. 정민이 1층 버튼을 눌렀다.

"아니, 지하 3층."

현성은 빨간 불이 들어와 있는 1층 버튼을 한 번 더 눌러 취
소시킨 뒤 지하 3층 버튼을 누른 후 여유 있게 웃어 보였다.

정민은 한 번도 지하 주차장에 가본 적이 없었다. 항상 1층
에 내려 로비를 건너고 정원을 돌고 돌아 방송국을 걸어서 빠
져나갔으니까. 엘리베이터에서 내린 현성은 손바닥만 한 보라
색 핸드백을 들고 앞서 걸어갔다. 스튜디오에서 나와 주차장
까지 현성은 정민보다 세 걸음 정도 앞서 걸으며 끊임없이 말
했다. 주식 이야기, 1억이 10억이 되는 것과 10억이 100억이
되는 건 다른 이야기라며, 지금은 10억인데 이 회사가 전망이
좋아서 자신은 열 배는 더 보고 있다는 둥, 당연히 시간은 더
걸릴 거라는 둥, 친구들에게 밥을 사는 이야기, 현재 부동산
시세와 명품 이야기를 늘어놓았다. 정민은 현성이 그렇게 말
이 많은 사람인지, 경제에 그렇게 관심이 많은 사람인지 처음
알았다. 하이힐을 신고도 성큼성큼 앞서 걸어가는 현성을 정
민은 어깨를 수그리고 종종거리며 뒤따라갔다. 먼저 걸어가는

현성의 입에서 나오는 말들이 뒤를 따르는 정민의 귀로 아무런 제외 없이 전해졌다. 현성은 뽑은 지 얼마 되지 않아 보이는 외제 차의 운전석 차 문을 열고 자연스럽게 차에 올랐다.

"새 차네요."

"응. 한 달 안 됐어. 이거 일시불이다?"

정민은 마땅히 무슨 말을 해야 할지 몰라 가만히 있었다. 축하해요, 대단하시네요, 멋져요, 같은 몇몇 단어가 떠올랐지만 굳이 말하고 싶진 않았고 이 상황에 맞게 떠오른 말 같진 않았다. 축하해요라는 말은 죽어도 하고 싶지 않았다. 물론 아랑곳하지 않고 현성은 말을 이어 갔다.

"요즘 차를 누가 일시불로 사냐고 하는데, 난 할부 별로더라. 부채감, 불편하더라고. 할부 기간 남았는데 나 또 망하면 어떡해?"

현성은 이 전의 망함이 아무 일도 아닌 일인 것처럼, 이제 나의 일은 아니라는 것처럼 말하고 웃었다. 은행에서 1억을 현금으로 찾을 날이 올지 몰랐다고, 수표는 안되니까 꼭 현금으로 달라고 했더니 은행 직원들이 놀라더라고 너스레를 떨었다. 차 내부는 정민이 소중히 안고 있는 종이 가방에 그려진 은빛 왕관처럼 깔끔하게 빛이 났다. 현성은 운전석이 정민은 보조석이 참 어울리는 자세로 앉아 정면을 응시했다.

"돈이 생기니까 집보다 차부터 바꾸고 싶더라고. 차가 더 티 나잖아. 집은 사람을 불러야 보여 줄 수 있는데 차를 타고 사람을 만나러 가니까."

현성은 두 번째 손가락으로 가볍게 버튼을 눌러 시동을 켰다. 엔진이 요란한 굉음을 내면서 부드럽게 출발했다. 정민은 잠시 현기증이 느껴져 자신의 무릎 위에 있는 노트북을, 그 위의 에코백을, 가장 위에 있는 은빛 왕관이 그려진 종이 가방을 든 손에 세게 힘을 주었다. 두 사람이 탄 차는 부드럽게 주차장을 빠져나와 도로를 달렸다. 정민은 어두운 밤을 이렇게 시원하고 편안하게 달릴 수 있음이 신기하다고 생각하고 있었다.

왼손으로 핸들을 잡고 현성이 오른쪽 손을 기어에 올리며 말했다. 현성의 손톱은 윤기 났고 가지런히 정돈되어 파란색 매니큐어가 발려져 있었다.

"돈 버니까 예전 생각 생각나더라고. 그동안 잊고 살았다고 생각했는데 안 잊었나 봐. 세상에 잊는 게 있나 싶어. 잊을 줄 알고 잊은 척, 아무렇지 않은 척, 그게 최선인 척 그렇게 살잖아."

"다들 그렇게 살죠. 뭐."

"하긴 그렇지? 나도 그렇고. 아니, 그랬고."

현성은 군이 과거를 반복해서 말하면서도, 그 과거를 번복하느라 한껏 들떠 있었다. 차 안에서는 희미하게 술 냄새가 났다. 어제 마신 술이 아직 몸속에 남아있는 듯했다. 정민은 미세하게 콧등을 찌그리다 창문을 살짝 내리고 차창 밖으로 시선을 돌렸다. 차가운 바깥공기가 정민의 눈을 따갑게 했다. 차창 밖의 풍경들은 둘의 속도에 맞춰주는 듯 지나가고 있었다.

모두 고깃집에 모였다. 어쨌든 생방송은 지나갔고 누군가는 그 일을 했고, 문제는 해결되었다. 그 누구도 무릎을 꿇지 않고 시말서를 쓰지 않았다. 그 정도면 잘 지나갔다고 말해도 되었다. 매일 녹음 방송을 마친 그 어느 저녁처럼. 정민의 피를 말리며 급박하게 돌아갔던 어제는 현재가 아니라 이미 지나간 어제가 된 후였다. 선물을 한 아름 들고 들어온 오늘, 지금의 주인공은 현성이었다.

정갈하게 준비된 고기를 불판 위에 올리면서 PD가 말했다.

"어젠 정말 식은땀 나서 죽는지 알았어."

푸념하는 사람들은 모두 표정이 밝았다.

"와, 얼마 만의 소고기냐 진짜. 타지 않게 잘 구워, 한 번만 뒤집어라. 우리 팀에 정말 좋은 추억이지. 앞으로 십 년은 얘기 나올 거야."

좋은 추억이란 단어로 사람들은 소망과 그때의 간절함을

무시하곤 한다.

"심장 쫄깃해서 저 정말 쫄면 됐었다니까요."

"정민 DJ 투입."

PD는 오른손으로 경례하는 모습을 하면서 현성을 보고 웃었다. 생방송 펑크 사건은 몇 마디로 말로 유쾌하고도 명료하게 정리되었다.

"정말 고마워요. 저 그 브랜드 카드 지갑 정말 갖고 싶었는데 가격이 부담스러워서 못 사고 있었거든요."

"생일도 얼마 안 남았잖아. 생일 선물 미리 받는다고 생각해."

"역시 세심하다니까요."

PD가 엄지를 치켜들었다. 현성도 오른쪽 엄지를 들어 맞받았다.

"박스 여는 순간 얼마나 설렜던지. 진짜 오랜만에 심장이 두근거렸어요."

"예전에 말했던 게 기억나더라고. 사람이 여유가 생기면 다시 기억이 나."

사람들은 현성 주변을 둘러싸고 앉았다. 메뉴판을 보고 현성의 눈치를 한 번 보았다.

"제일 맛있는 걸로 더 시켜요. 제일 비싼 거."

"너무, 비싼데?"

"에이, 메뉴판 줘봐요, 제가 주문할게요."

현성은 테이블의 버튼을 눌렀다. 메뉴판의 가장 위에 있는 추천 메뉴 중 가장 비싼 소고기를 넉넉하게 주문했다. PD는 자진해서 고기를 구웠다. 갑자기 고기 잘 굽는 남자가 되어서.

"와, 고기 질 정말 좋습니다. 입에서 녹네. 녹아."

추가 음식을 주문할 때마다 사람들은 현성에게 주문해도 되냐고 물었고 현성은 주문해도 된다고 쿨하게 대답했다. 다들 먹느라 바빴다. 고기를 두세 개씩 싸 먹을 수 있는 곳, 그곳이 천국이라며 신나게 먹고 마셨다. 실컷 먹은 사람들은 하나, 둘씩 더 이상은 못 먹겠다며 몸을 빼기 시작했다. 자신은 배가 터질 듯하고 남기긴 아까우니까 서로 먹으라고 권했다. 화롯불 위에는 A++ 바싹 타버린 소고기들이 의미 없이 굴러다녔다.

"현성 씨, 주식이 그렇게 전망이 좋다며? 이제 일 안 하고 쉬면서 평생 놀아도 되지 않아?"

PD는 고기를 뒤집으면서 한껏 들뜬 목소리로 말했다. 부럽다는 듯, 그 질문은 마치 대리 만족 같았다.

"에이, 심심해서 그렇게 어떻게 살아요?"

"주위에 대박 난 사람, 한 명은 있었으면 좋겠다 싶었는데. 일하는 게 취미인 사람 말이야. 내 주변에는 다들 너무 나 같은 월급쟁이거든. 한 달 월급 안 받으면 죽는 사람처럼 사는 거 진짜 꼴 보기 싫어. 마치 나 보는 거 같아서."

나의 모습을 되돌아보기보다 타인의 모습을 더 많이 보면서 사는 건 행운일까. 불행일까.

"타인을 보면서 나로 살잖아. 이거 너무 비교하고 혐오하기 좋은 구조 아냐? 생각해 보니까 열받네. 혹시 그만둘 거라면 미리 얘기해 줘야 해. DJ가 바뀌는 건 프로그램의 존폐가 결정되니까. 우리도 대책을 세워야 한다고."

"그런 일 없어요. 저는 계속 현성 DJ입니다. 오늘 현성 DJ가 쏠 테니까 다들 많이 먹고 마시세요."

현성은 술잔을 머리 위로 높이 들고 잔뜩 상기된 목소리로 말했다. 현성이 들어 올린 술잔을 정민은 흘끗 바라보았다. 현성은 소주와 맥주가 반반씩 섞인 시원한 잔을 시원하게 들이켰다. 술이 벌컥벌컥 넘어가는 목 넘김이, 현성의 옆모습은 반짝반짝 빛이 났다. 시간이 갈수록 만취해가는 현성을 정민은 또렷한 정신으로 바라보았다. 현성이 술잔을 넘길 때마다 현성의 눈이 얼마나 풀려가는지, 얼마나 취해가는지 점검하고 또 점검했다. 새벽 1시쯤, 도저히 알아들을 수 없는 꼬부라진 혓바닥으로 자신의 주식 투자 이야기를 세 번째 반복하는 현성의 목소리를 들으며 정민은 현성이 내일 늦을 거라고 확신했다.

정민은 현성의 컨디션을 보며 술을 마시지 않았다. 너무 배가 부르지 않도록, 과식하지 않고 목 컨디션을 조절했다. 새벽 2시 현성이 테이블에 쓰러졌을 때 아아, 목소리를 확인했다.

혹시, 내일 현성이 방송에 나타나지 않을 만약을 위하여.

정민은 선택 없는 삶도 제법 괜찮았다. 삶은 밀려나기만 해도 언젠가 어느 자리에 멈추게 되어있다. 그래서 살짝 밀려날 땐 어떤 안도감이 몰려온다. 한 번에 나락으로 떨어지진 않겠구나 자위할 수 있었다. 나락이 아닌 곳에 자리를 만들어 적당히 살면 되었다. 스스로 아무 선택을 하지 않아도 시간은, 상황은 그에 맞는 적정한 선택을 해준다. 내가 없어도 돌아가 주는 세상이 좋았다. 시간이 해준 선택은 정민이 한 선택보다 더 정민에게 적당했다. 그 선택을 따르면 평온하게 살 수 있었다. 산다는 건 멈춤이었다. 그저 그 자리가 제자리였다. 정민은 멈추면 비로소 느낄 수 있는 평온함으로 굳이 선택하지 않기에 생략할 수 있는 시간을 잊고 잊으며 살았다. 그 생략이 정민을 쉴 수 있게 해주었다. 그제야 숨통이 조금 트였다.

정민의 인생을 크게 흔든 일들은 정민의 선택과 아무런 상관이 없었다. 유산도, 베스트셀러도, 제대로 알기도 전에 치던 내리막도 정민이 한 선택이 아니었다. 어쩌다 보니, 정민의 삶에 일어난 일이었다. 그 일이 있은 후부터 정민은 삶에서 밀려나고 싶었다. 한 번에 낭떠러지로 떨어지지만 않아도 마치 꼭대기에서 한 계단씩 내려오듯 그렇게 한 계단씩 내려오고 싶었다. 삶은 내려와서 멀찍이 떨어져 있고 싶은 곳이 되었다.

민주에게서 모모를 데리고 가고 싶다고 연락이 왔다. 정민은 하고 있던 일을 당장 멈추고 모모를 전해주려 민주를 만났다. 그게 어떤 일이든, 자신이 어디에 있든 중요하지 않았다. 더 이상 정민은 타포린백에 담아서 다니지 않기로 했다. 옷을 입히고 목줄을 하고, 모모를 귀하게 안고 민주를 만나러 나갔다.

민주의 표정은 평소와는 달랐다. 하얀 피부는 창백해 보였고 까칠해진 볼은 열이 나듯 발그레했다. 차분하고 그윽했던 눈빛이 더 깊어 보였다. 민주는 모모를 안고 있는 정민을 보면서 힘없이 웃었다. 노력하는 웃음이란 걸 정민은 금방 눈치챘다. 정민은 민주의 눈 끝만 보아도, 콧볼의 발름거림만 보아도 민주의 기분을 알 수 있었다. 정민의 시선이 민주의 표정을 읽을 수 있는 곳을 향했다. 정민은 그저 조용히 모모를 전해주고 둘은 마주 보고 잠시 웃었다가 금세 서로의 무표정으로 돌아왔다. 사흘 뒤 모모는 다시 정민에게 돌아왔다. 그날도 둘은 별다른 말을 하지 않았다.

정민은 집으로 돌아와 모모의 눈을 통해 민주의 일상을 보았다. 시현이 없는 아침, 민주는 혼자서 침대에서 눈을 떴다. 민주는 아침에 눈을 뜨고 바로 봐도 예뻤다. 민주는 모모를 끌어안았다.

"잘 잤니? 모모야. 네가 있어서 얼마나 다행인지 몰라. 이 결혼 잘한 걸까. 결혼하면 외로움이 끝나는 줄 알았는데 아닌가 봐."

민주는 눈물을 훌쩍거리더니 다시 눈을 감았다. 민주네 집에는 아무 소리도 들리지 않았다. 한숨 더 자고 일어난 민주는 좀 편안해 보였다. 민주는 침대에서 나와 모모를 충전하고 뼈다귀를 꽂아 준 후 하루 종일 침대에서 일어나지 않았다. 정민은 마음이 뭉클해졌다.

인생이 사는 시간을 채워가는 과정이라면 정민이 가만히 있어도 정민의 시간을 하늘이 적당히 채워주고 있었다. 그리고 언제든 정민이 주인공이 될 수 있도록 하늘은 자리를 기꺼이 내어주었다. 함께 한 오랜 세월은 둘에게 선을 만들어 주었고 하늘이 그 선을 자유자재로 넘나들 수 있게 했다. 그저 적당한 선을 넘지 않아서 몰랐을 뿐이었다.

정민은 하늘과 함께 있으면 심각한 상황에서도 웃음이 나왔다. 정민은 하늘의 자는 모습을 보면 마음이 편했다. 밥을 먹고 있으면 그 모습이 또 든든했다. 밤사이의 편안함은 정민에게 큰 위로가 되어 주었다. 그런데 하늘에게 힘든 일이 있을 때는 함께하고 싶지 않았다. 묘하게 피하는 자신을 알고 있었지만, 하늘은 한 번도 정민을 탓한 적 없었다. 정민에게 하늘은 회피마저 편안한 사람이었다. 정민은 하늘이 자신을 두고 어딘가로 떠난다는 생각을 단 한 번도 해보지 못했다. 정민은 민주에게서 자신을 보았다. 민주는 외로움이란 말을 했지만 정민에게도 외로움이라는 단어로 명확하게 설명되지 않는 빈틈이 있었다.

민주가 느끼는 멀건 외로움이 정민에게 진한 사랑의 빈자리였다.

생방송 펑크 사건 이후 현성은 성실하게 나왔다. 한 일주일쯤.

그 이후부터 다시 지각하는 횟수가 늘어났고 태도도 묘하게 달라졌다. 처음에 늦게 도착할 때는 문에 얼굴을 빼꼼 내밀고 웃는 눈으로 혀를 빼꼼 내밀었지만, 언제부턴가 자연스럽게 문을 열고 편하게 걸어 부스로 들어갔다. 인사도 없이 몸을 꼿꼿이 세운 채로, 커피를 홀짝 마시며. 현성은 이전에도 특별히 기분 좋을 때 말고는 인사하지 않았으니 그 속을 알 방법이 없었다. 대본 리딩은 정해진 출근 시간이거나 강요는 아니었지만 암묵적인 약속이었고 지금까지 함께 일하면서 지켜지던 규칙이었다.

물론 현성은 워낙 베테랑이라 대본 리딩을 하지 않아도 방송은 척척 해냈다. 슬픈 사연이나 공감해야 하는 사연을 모두 기쁘게 읽기는 했지만, 어느 정도는 자연스럽게 넘어갔다. 한번은 감기에 걸려서 출근을 할지 연차를 쓸지 고민이라는 사연에 월급 없어도 죽는 거 아니니 그냥 때려치우라고 대답해 버린 적도 있었다. 그 순간 단체로 일어나 미쳤냐는 입 모양을 날렸는데, 현성은 느긋하게 웃으면서 저의 속마음은 이렇다며 얼른 컨디션을 챙겨 낫길 바란다고 실실 웃으면서 넘어갔다.

그래도 현성은 잘리지 않고 꽤 오래 방송을 이어나갔다. PD는 정민에게 현성을 잘 달래서 지각하지 않도록 하라고 당부했다. 그 누구도 현성에게 직접적으로 일찍 오라고 말하거나 책임을 묻지 않았다. 그저 제시간에만 와 주길 바란다고 부탁할 뿐이었다. 시간이 지날수록 현성의 지각은 정민이 제대로 관리하지 않은, 정민의 잘못이 되어갔고 PD는 현성이 보는 앞에서 방송 시작 시간을 문제 삼으며 정민을 다그쳤다. 현성이 보는 앞에서. 도대체 어디에서 욕먹는 이유를 찾아야 할지 몰라 황당하게 자리에 앉아있는 정민을 PD는 따로 불렀다.

"현성 DJ 보라고 일부러 그러는 거 알지? 마음 쓰지 마. 근데 정민 작가가 좀 더 신경 써."

PD는 현성에게 직접 말할 수 없으니 일부러 액션을 취하는 거라며 정민에게 이해해달라고 부탁하긴 했지만, DJ의 잦은 지각은 작가의 이해로 해결될 수 있는 문제는 아니었다. 팀원들은 시간이 지날수록 점점 현성의 지각에 익숙해져 갔다. 5분 지각은 지각도 아니라고 생각하게 되었고 멘트 보다 노래가 먼저 나가도 현성이 오기만 하면 다행이라는 분위기였다. 속이 타들어가는 건 정민뿐이었다. 정민은 현성이 차라리 아예 나오지 않았으면, 그만두겠다고 말하길 바랐다.

그날도 현성은 네 시 정각이 되어도 나타나지 않았다. 정민이 썼던 오프닝 멘트를 건너뛰고 선곡해두었던 노래가 먼저 나갔다.

"정민 작가. 오늘 현성 DJ 대신 들어가."

노래가 끝날 때 즈음 PD는 정민을 보며 라디오 부스로 들어가라는 듯 손가락으로 가리켰다. 정민은 목을 가다듬고 부스 안으로 들어가 자신이 쓴 대본을 보며 방송 준비를 했다. 노래가 끝나고, 정민이 천천히 대본을 읽어 나갔다. 그런데 긴장을 해서인지 생각처럼 자연스럽게 말이 나오지 않았다. 머릿속에는 잘하고 싶다는 생각뿐이었다. 만약 이 자리가 내 자리가 된다면, 글만 쓰는 게 아니라 직접 이야기를 진행하고픈 마음이 간절해지니 머릿속이 멍해져 책을 읽는 듯, 더듬더듬 말이 나오고 있었다.

부스 밖에서 팔짱을 끼고 이마에 주름을 만들고 있던 PD는 마치 당장이라도 혼을 낼 듯 얼굴이 굳어졌다. 그렇게 정민이 어렵게 방송을 이어가고 있는 찰나에 현성이 왔다. PD는 정민에게 바로 노래로 돌리라고 했다. 정민은 다음 선곡을 전한 채 부스에서 천천히 걸어 나왔다. 현성은 정민에게 가볍게 눈 인사하고는 부스에 앉았다. 마이크를 타고 자연스럽게 현성의 목소리를 타고 흘러갔다.

"역시 프로는 다르네."

PD는 만족감을 담은 엄지를 치켜들었다. 현성은 눈웃음을 한번 짓고는 멘트를 이어갔다. 정민은 스튜디오 벽 가장자리에 다리를 세우고 앉았다. 생방송이 진행되고 있는 부스와 마주하지 않는 자리, 부스에서 보면 자신의 옆모습이 보일 자리, 생방송 라디오 부스 안을 들여다보려면 몸을 꺾어야 하는 자리가 본래 정민의 자리에서.

"고생하셨습니다."

"수고!"

방송을 마친 현성이 빠르게 스튜디오를 빠져나갔다. 결연한 표정으로 정민은 PD와 마주 앉았다.

"우리 언제까지 이렇게 방송할 순 없지 않아요?"

"나도 미치겠어. 생각 중이긴 해. 어떻게 해야 할지. 오프닝만이라도 녹음을 해놓아야 할지, 여분으로 녹음을 해놔야 할지."

PD는 현성을 바꾸거나 대처할 생각은 하지 않고 있는 듯했다.

"DJ를 바꿀 수는 없어요?"

어이없다는 듯 PD는 정민을 바라보았고 말이 되냐는 표정으로 정민의 표정을 되받아치고 있었다.

"당장 대처할 DJ는 있어?"

정민은 고개를 숙인 채 바지 주머니에 손을 넣고 발을 툴툴 찰 뿐이었다.

"더 좋은 DJ 못 찾을 거라면 말도 하지 마. 이 페이에 이렇게 일해주는 것도 감사한 거지."

PD의 말도 틀린 건 아니었다. 지역 방송이라 DJ에게 잡힌 예산이 그리 많지 않았다. 그 페이에 그만큼 시간을 내주는 DJ는 없었고 약간의 지각 말고는 현성은 프로다웠다. 이제 오래되어서 손발도 정말 잘 맞았고 현성 DJ의 목소리가 프로그램과 잘 맞았다. 무엇보다 DJ가 바뀌면 프로그램명이 바뀌어야 하고 새로 결재를 올려야 하고 신경 써야 할 것들이 한두 가지가 아니었다.

"해도 너무 하잖아요. 이렇게 자꾸 늦으면."

정민은 주머니에 넣었던 손을 빼면서 어떤 용기를 밀어내어 말을 이었다.

"그럼 대안을 내봐. 주변에 DJ 맡아줄 사람 있어?"

PD는 정민의 눈을 똑바로 바라보며 타인을 물었다.

"아뇨. 찾아 보려고요."

정민이 눈을 크게 뜨고 마치 노려보듯 PD를 응시하고 있어 잠시 침묵이 흘렀다. 오랫동안 함께 일했지만 서로에게 처음 보여주는 냉정한 표정이었다. 정민 나름의 반항이었다. PD는 천천히 한걸음 물러났다.

"그래. 알았어. 생각은 해보자고. 그런데 뭐 지금도 어떻게든 굴러는 가잖아. 어떻게든 굴러는 가잖아. 개편 때 얘기해도 늦지 않고."

그 와중에 PD는 웃었다. 정민은 뒤돌기 전에 PD를 쏘아보았다. 그 순간 정민의 전화벨이 울렸다. 하늘이었다.

"전화 좀."

"받아."

사실 정민은 준비한 말이 있었다. 예전에 나를 정민 DJ라고 부르지 않았냐고, 첫 데뷔 축하한다고 말하지 않았냐고 혹시 물어볼 심산이었다. 기억난다면 정말 해보는 건 어떠냐고, 한번 해보고 싶다는 말을 하려 했다. 정민을 약간은 떨떠름한, 알 수 없는 표정으로 한번 내려다보고 PD는 자신의 자리로 돌아갔다. 그러고는 고민 없다는 표정으로 자리에서 집으로 갈 채비를 시작했다.

"왜 전화야? 무슨 일 있어?"

전화기 너머로 잠시 침묵이 흘렀다. 불길한 낌새가 정민을 맴돌고 있었다.

"돈 좀 있어? 천만 원 정도만?"

전화한 하늘은 여보세요 없이 돈 얘기를 시작했다.

"돈? 천만 원만?"

"응. 급하게 쓸 때가 있어서. 쫀드기 사업 구매 사이트를 만드는 데... 계약금이...."

"네가 벌인 사업, 네가 알아서 하기로 했잖아. 없어."

정민은 두 손으로 두 눈을 감춘 채, 스튜디오 밖으로 빠져나왔다.

"띠띠띠"

그날 밤, 눈치 보며 누른 도어록 전자음이 안까지 요란하게 들렸다. 하늘은 얼굴에 잔뜩 주눅 든 채 정민의 눈치를 보며 현관을 들어왔다. 정민은 거실에 앉아 소파의 작은 스탠드만 켜 놓고는 들어오는 하늘을 바라보았다.

"거기서 뭐 해? 헤헤."

하늘이 어깨를 한 줌으로 움츠린 채 한쪽 눈만 뜨고는 말했다. 자초지종을 들어보니 온라인 쇼핑몰 완수금을 줘야 하는데 자금이 부족하다는 거였다.

"너 이러지 않아도 나 힘들어."

하늘이 고개를 숙이고 있어 정민은 애써 하늘의 얼굴을 보지 않았다. 하늘은 그런 정민의 표정을 제대로 보지 못했다.

그날 이후로 둘 사이에, 사업 이야기, 돈 이야기는 더더욱 하지 않게 되었다. 하늘은 추가로 대출을 냈다고 정민에게 슬쩍 말했는데 정민은 듣지 않으려 했다. 하늘은 대출을 받은 이후로 더 바빠져 늦게 들어오는 날이 많아졌고, 더 이상 정민 앞에서 엉덩이를 한쪽으로 빼고 팔을 반대 방향으로 뻗는 추는 춤을 추지 않았다.

정민의 일상에 하늘과의 거리감이 생길수록 그 자리를 민주가 비집고 들어왔다. 하늘의 사업에 대해 고민이라고 말하면, 민주는 오히려 하늘의 입장에서 정민을 이해시켜주었다. 정민이 사업적으로 잘 모르는 부분을 고분고분 들어주면서도 사업의 체계를 잘 설명해 주었다. 지금쯤 자금이 더 필요할 거다, 지금쯤 매출 계획을 세우고 있을 거다, 어떤 사람들을 만나야 할거다 했는데, 기가 막히게 잘 맞았다.

정민은 민주의 목소리에 빠져 있다 보면 마음이 편해졌고 그제야 하늘을 조금씩 이해할 수 있었다.

현성은 결국 라디오를 그만두겠다고 했다. 당분간 쉬고 싶다는 말을 남기고 여행을 가겠다고 했다. 예전의 어떤 날처럼 해맑고 간결하게 미안하다고 했다. 이렇게 이야기하고 얼굴 보면 마음이 약해질지도 모르니 비행기 티켓과 호텔은 이미 예약 완료되었다고 되돌릴 수 없다고 말했다. 현성 외에 아무에게도 선택권이 없었다. 그동안 즐거웠고 행복했다고 말하면서 자신이 할 수 있는 예의에 최선을 다했다. PD는 아주 많이 당황하면서 갑자기 이러면 어떻게 하냐며 혹시 서운한 게 있냐며 현성을 설득했다. 현성은 그런 게 아니라 쉬고 싶다면서 새로운 자신의 꿈을 찾아가겠다고 말했다. 대화의 결말에 달라진 건 없었다. 그만두겠다는 사람이 입장을 뒤집지 않았으니까.

현성의 그만두겠다는 한마디로 라디오 팀은 긴급 대책 회의가 열렸다. 스튜디오의 동그란 테이블에 모여 앉았다.

"우리 전부 잘리지는 않겠지?"

"설마 잘리기야 하겠어? 다음 편성까지 기다려야 하나?"

"현성 DJ가 없으면 우리 프로그램 폐지 아닌가요?"

"DJ 없다고 프로그램 자체가 없어진다는 게 말이 되나요? 이렇게 쉽게요?"

정민은 한 뼘 무기력해진 팀원들 사이에서 당차게 말했다.

"누가 폐지하고 싶대? 대안이 없잖아. 대안이."

PD는 당장이라도 주먹으로 테이블을 내리칠 것 같았다. 매번 주식 같은 건 거품이라며, 거품 따위에 땀 흘려 번 고귀한 월급을 갖다 바칠 수 없다던 PD였다. 꼬박꼬박 저축만 하다가, 자신도 이제 경제 공부를 해보겠노라고 선언한 지 얼마 되지 않았다.

"찾아보면 되잖아요. 진행할 사람, 저도 있고요."

"그래. 정민 작가가 노력해 줘. 있겠지. 우리 프로그램을 진행할 DJ는."

PD가 정민의 어깨에 손을 올리고 힘을 주려는 찰나, 쾅, 하고 닫혔던 문이 열렸다. 마치 뒷걸음쳐서 온 것처럼 현성이 다시 몸을 내밀었다.

"정민 DJ가 하면 되잖아요. 그때 잘 하더만. 나보다."

현성은 환하게 웃고는 문을 쾅, 소리가 나도록 닫은 채 구두 소리를 내며 스튜디오에서 멀어졌다.

그날 밤 정민은 일찍 침대에 누웠다. 이불을 뒤집어쓰고 모모를 안은 채 옆으로 누웠지만, 잠을 이룰 수 없었다. 모모는 정민의 품이 답답한지 이리저리 몸을 움직여 정민의 품을 빠져나갔다. 정민은 침대에서 일어나 핸드폰을 손에 쥐고 종종걸음으로 거실을 왔다 갔다 반복했다. 정민의 품에서 빠져나간 모모는 하늘의 품에 쏘옥 안겼다. 하늘은 소파에 누워 모모를 껴안고 그런 정민을 묵묵히 바라보고 있었다. 하늘은 팔짱을 끼고 거실을 배회하는 정민을 바라본 후, 두 팔을 올려 모모를 들어 올렸다.

하늘은 정민에게서 모모에게로 시선을 돌리며 말했다.

"모모야. 너희 엄마 왜 그러니? 이 밤에 거실 산책? 아님 화장실이 가고 싶은 건가."

하늘은 모모를 다시 품에 넣었다가 배에 올렸다. 하늘의 배 위에서 모모는 눈을 부볐다. 항상 민주를 담아오는 모모의 눈동자가 제법 선하고 나약하게 응시하고 있었다. 모모는 졸린지 눈을 껌뻑거리면서 하늘의 배꼽을 핥았다.

— 띵동. 남편 출장 갔어. 모모 볼 수 있을까?

민주였다. 정민은 다리에 힘이 풀려 그 자리에 주저앉고 말았다. 손바닥으로 거실 바닥을 받치고 겨우 몸의 중심을 잡았다. 정민 머릿속은 온통 민주를 보러 가야 한다는 생각뿐이었다.

— 지금이어야 해. 당장이어야 해.

정민은 갑자기 하늘을 쏘아 보았다. 하늘의 배꼽을 핥던 모모가 혓바닥을 넣고 얌전해졌다. 정민이 원망의 눈빛을 담아 하늘에게 말했다.

"우리 프로그램 없어질지도 몰라. 라디오 작가로 일할 수 없을지도 모른다고."

정민의 눈빛을 무시하는 듯, 하늘은 태평하게 말을 받았다.

"잘됐네. 그럼 다시 소설을 쓰는 건 어때?"

하늘은 졸려서 꾸벅꾸벅 졸고 있는 모모의 머리를 다정하게 쓰다듬으면서 모모에게 말했다.

"아빠는 엄마가 다시 소설을 썼으면 좋겠어요. 엄마 소설 쓸 때 정말 섹시하거든."

"넌 그렇게 쉽지? 대본 썼다가 소설 썼다가 그게 그렇게 간단한 문제인지 알아?"

정민은 하늘과 함께 있는 공간을 벗어나 민주가 있는 공간으로 가야 했다. 모모가 녹화해오던 민주의 공간, 민주의 냄새가 나는 공간, 민주가 맨발로 직접 걸어 다니고 맨손으로 만지는 물건들이 있는 손때 묻은 공간, 씻고 머리카락을 흘리고,

손의 지문 자국이 묻어있는 그 공간으로 가야만 했다.

정민은 옷방으로 가서 깔끔한 트레이닝 복으로 갈아입었다. 핸드폰만 들고 마치 마음이 상한 사람처럼 집을 나섰다. 하지만 헷갈렸다. 화가 난 건 사실이었다. 다만 그 화가 난 이유를 말로 설명할 수 없을 뿐. 민주를 보러 가야 하는 것도 분명했다. 다만 그다음의 장면은 정민도 도무지 짐작되지 않았다. 정민은 아파트를 빠져나와 민주에게 전화를 걸었다. 두 번째 신호가 채 가기 전에 민주가 전화를 받았다. 정민은 침을 한번 꼴깍 삼켰다.

"민주야. 나 지금 너희 집에 가도 되니?"

"무슨 일이야. 이 시간에."

"싸웠어. 하늘이랑. 나왔는데 갈 데가 없네."

"그래. 얼른 와."

민주네 집에 도착하자 모모의 눈빛을 통해서 보았던 장면들이 눈앞에 펼쳐졌다. 민주의 집은 좁은 복도를 걸어가면 거실과 방이 나오는 구조였다. 거실의 큰 조명과 두 개의 스탠드 조명이 하얀색을 내뿜고 있었다. 민주의 몸매 라인이 잘 드러난 언젠가 본 적 있는 로브를 걸치고 있었다. 민주는 끈 슬림 원피스를 입어 가슴골이 살짝 드러났다. 로브가 살짝 어깨를 흘러내렸고 패인 쇄골이 여리해 보였다. 정민은 민주의 여성스러움에 숨이 막혔다. 슬리퍼를 신고 복도를 걸어 들어가며 찬찬히 민주의 집을 둘러보았다. 민주의 취향이 반영된 이 공간은 참 아늑하게 느껴졌다.

"온다고 고생했어."

싱긋 웃는 민주의 웃음에 정민은 모든 것이 녹아내렸다.

"차 한 잔 줄까?"

정민은 민주를 반한 듯 바라보았다.

"넌 밤에도 커피지? 너무 늦었으니까 좀 연하게 내려 줄게. 앉아."

정민은 두근거리는 마음으로 테이블에 앉았다.

하늘과 싸운 건 결혼하고 처음이었다. 함께한 시간이 오래라 의견이 다를 때는 있었지만 언성을 높인 적 없는 하늘이었다. 하늘은 언제나 정민을 배려했고 눈치를 보았고 정민은 하늘과 끝까지 싸우지 않았다. 하늘은 언제나 정민을 배려했고 눈치를 보았고 기다려주었으니까. 따지고 보면 오늘도 화를 낸 사람은 정민이었지 싸웠다고 말하긴 애매했다. 정민은 하늘에게 화를 내고 있는 자신이 어색하고 생경했는데, 자신이 어떻게 싸우는지, 어떻게 화를 내는지, 자신의 모습을 잃고 살고 있음을 상기했다. 익숙함 속에 녹아 있을 미운 모습을 놓치는 게 편안함이라고 착각하며 살았던 것이다. 정민 역시 그 편안함이 좋아 언제 그랬냐는 듯이 감정은 누그러졌다. 언제든 싸우려면 다스려지는 학습처럼, 정민과 하늘 사이에는 누그러 뜨려지는 기계가 있는 듯했다.

"좋네. 민주가 다 해주니까."

"왜 싸우고 그래. 애도 아니고."

"이상하게 하늘이랑만 싸우면 유치해져. 10년 전, 20년 전 대화를 여전히 하거든. 우리는."

여전히라는 말은 참 오묘하게 둘의 분위기를 감싸고 있었 다. 민주가 내려주는 커피를 마시며 곰곰이 생각해 보니 타임 머신을 타고 과거로 돌아가서 싸운 기분이었다. 절대 미래로 는 갈 수 없는, 과거로만 가는 타임머신을 타고.

"오늘은 자고 가."

민주가 옷방에서 편한 옷을 가지고 나와 정민에게 내어주 었다.

"남편 없을 때 혼자 자는 거 아무리 반복해도 익숙해지지 않네. 난 그 사람 없으면 안 되나 봐"

커피를 반쯤 남기고 정민은 민주의 앞에서 옷을 갈아입었 다. 티셔츠를 벗는 정민을 보며 민주가 물었다.

"모모는?"

"아. 미안해."

"어쩔 수 없지."

둘은 한 시간 정도 대화한 후 한 침대에 나란히 누웠다. 민주와의 대화는 별 의미가 없었지만 정민의 마음은 꽤 편안해졌다. 둘은 같은 이불을 덮고 하나의 베개를 베고 서로를 바라본 채 잠을 청했다.

"잘 자."

"너도."

"불 끌게."

민주는 침대 옆의 스탠드 스위치를 부드럽게 끄고 두 손을 머리맡에 넣었다. 밝음을 잃은 주변에 어둠이 몰려왔다가 약간 빠져나갔다. 민주는 정민을 향한 채 눈을 감았다. 금방 잠이 들었는지 새근거리는 소리가 들렸다. 정민은 밤의 안녕을 빌어주는 다정한, 잘 자라는 인사가 참 오랜만 같다고 생각하며 민주의 눈 감은 얼굴을 바라보았다. 짙지 못한 어둠 속에서 민주를 훔쳐본 정민의 심장이 야릇하게 두근거렸다. 정민은 민주의 얼굴을 만지고 머리칼을 넘기고 싶었다. 머리칼을 귀 뒤로 넘겼다면 손을 잡았을 것이다. 손을 잡았으면 안았을 것이고 안았다면 입 맞췄을 것이다. 그럼 되돌릴 수 없었겠지.

정민은 참을 수 있는 존재가 지킬 수 있는 것들을 상기하며 민주 곁에서 마치 죽은 사람처럼 꼼짝도 하지 않고 잠들었다.

출국 일주일 전, 현성과 정민은 업무 인수인계를 하기로 했다. 어차피 담당 작가인 정민이 라디오 상황을 빠삭하게 잘 알고 있었기에 인수인계를 핑계로 술 한잔하자는 거였다. 현성은 방송에서 피식피식거리던 웃음을 섞어 정민이 하게 된 걸 매우 기쁘게 생각한다며, 이제 프로그램 걱정은 하지 않아도 되겠다고 했다. 이번에도 자신이 쏠 테니 맛있게 먹으라고. 정민은 현성의 모습에서 과거의 현성을 보았다. 어디서든 당당하고 호탕했던 배우, 연기를 못한다는 말에도 눈 하나 깜짝하지 않던 꼿꼿함, 어느 감독 앞에서도 기죽지 않던 그 표정을.

누가 봐도 평범한 일상 같지만, 생방송을 해내는 일이, 자신의 쓴 대본을 자신의 목소리로 전하는 일이, 타인과의 저녁 약속이 생기는 일은 정민 인생에서 엄청난 변화였다.

"고생 많으셨습니다. 모레 봐요."

생방송을 마치고 정민은 방송국을 나서려고 평소 어깨에 메고 다니던 에코백을 어깨에 걸쳤는데, 어깨가 아려왔다. 정민은 테이블 위에 안에 있는 물건들을 쏟아내어 보았다. 손수건, 선크림, 핸드크림, 손톱깎이 세트, 우산, 녹았다가 굳었다가를 몇 번이나 반복했을 초콜릿, 훔쳤던 티슈, 종이로 돌돌 말린 머그컵, 먼지 묻은 동전이 가득한 동전 지갑이 나뒹굴었다. 언제 샀는지 모를 물건의 잉크 바랜 구겨진 영수증이 바닥으로 떨어졌다. 카페에서 커피를 마시는데 하얀색 잔에 립스틱 자국이 서려 있었던 이후로 정민은 머그컵도 챙겨 다녔다. 서, 너 번 정도 사용한 후 귀찮아져 사용하지 않았지만 머그컵은 계속 넣고 다녔던 것이다. 혹시 깨질까 봐 조심조심, 모든 걸음을 조심하면서. 정민은 핸드크림과 립밤만 가방에 다시 넣어 방송국을 빠져나갔다.

금요일 밤이라 거리는 시끌시끌했다. 정민이 먼저 도착해서 안도, 밖도 북적거리는 가게 안을 서성거렸다. 자리가 있나 가게 안을 둘러보고 있는데 "정민"하고 부르는 목소리가 들렸다. 현성은 가슴골이 보일 만큼 세 번째 단추까지 풀어 입은 하얀 셔츠에, 얇게 반짝이는 목걸이를 치렁치렁 흔들며 다가왔다. 한 손엔 명품백을 들고, 다른 한 손을 들어 올렸다.

고깃집 점원은 한 시간은 기다려야 한다고 했다. 다른 곳을 가도 상황은 비슷하기에 둘은 그냥 기다리기로 했다. 현성과 정민은 가게 앞에 줄을 서 있는 사람들의 가장 마지막에 섰다.

"괜찮겠어요? 구두도 높고 옷도 불편해 보이는데."

"이 정도야 뭐."

정민은 거리에서 손을 잡고 걷는 연인들을 보며, 술에 취해 얼굴이 발개진 채 소리 지르는 사람을 보며, 여럿이 뭉쳐 장난치는 친구들 무리를 보며, 다들 자기만의 표정으로 사는구나,

하는 생각을 했다. 기다리던 줄은 예상보다 빨리 줄어들었고 사십 분 정도 기다렸을 때 들어갈 수 있었다. 실내는 연기가 자욱하고 공기가 메케했으며 기름때 진 테이블에 덕지 묻어 있는 음식물을 아랑곳하지 않은 채 사람들은 고기를 먹고 있었다.

현성은 양쪽 팔을 걷어붙이고는 동그란 의자에 다리를 꼬고 앉았다. 셔츠 아래로 뻗어 나온 얇은 손목이 가련해 보였고, 가느다란 손가락에는 다이아가 박힌 반지가 끼워져 있다. 정민은 현성의 맞은편에 앉아 가볍게 에코백을 내려놓은 후, 삼겹살 3인분과 소주, 맥주를 주문했다.

이제 함께 일을 하지 않으니 둘은 마치 친구가 된 기분이었다. 현성의 젊었을 적 배우 모습을 기억하는 정민은 마치 오랜 친구를 얻은 것 같았다. 사실 사회생활을 하면서 친구를 사귀는 것도 힘들지만, 오랜 친구를 만드는 건 불가능하다. 과정이야 어쨌든, 우연히도 결과적으로 현성은 정민에게 많은 것을 해결해 준 인생의 구원자가 되어 주었다.

지글거리는 삼겹살에서 기름기가 쭈욱, 흘러나왔다. 자욱한 연기가 퍼지는 시끄러운 가게 안에서 현성이 반쯤 따라진 소주잔을 입에 털어 넣으면서 정민에게 말했다.

"내가 왜 그렇게 까칠했는지 알아? 나 불안했어. PD가 일 제대로 안 할까 봐. 작가가 제대로 글 안 써올까 봐. 웃기지? 예전에 처음 악역 맡았던 드라마 솔직히 대본이 정말 말도 안 됐거든. 내가 연기를 못한 게 아니라 그 정도 개연성도 겨우 만든 거야. 솔직히 너무 힘들었다? 혹시 라디오도 그렇게 될까 봐. 난 이 라디오가 너무 좋아서 여기에선 그런 식으로 사라지고 싶지 않았어."

"그러면 열심히 해야죠. 말없이 안 나타나서 제가 얼마나 쫄렸는지 알아요?"

"그래. 그건 그렇지. 정민 DJ 인정."

현성은 빈 소주잔을 들고 흐리멍덩한 눈빛으로 한쪽 입꼬리를 올렸다. 그런 현성이 정민은 어쩐지 믿음직스러웠다. 어쨌든 현성에게 거짓은 없었다는, 최소한 속이는 사람은 아니라는 얄궂은 믿음이 느껴졌다. 이제 현성 대신이 아닌 정민도 오늘은 실컷 마시기로 했다. 정민의 혀도 꼬부라질 만큼 한껏 취했다. 현성은 빈 소주잔을 살랑 흔들며 알 수 없는 미소를 보이곤 흐릿한 시선으로 눈을 내리깔아 정민과 소주잔을 번갈아 보았다.

"나 그런 것도 한번은 해보고 싶었다? 지랄하는 거 말이야. 아무도 나한테 뭐라고 못하는데 자꾸 내가 지랄하는 거. 있잖아. 옛날에, 그러니까 옛날 옛적에. 한참 잘 나갈 때 내가 자꾸 대본 이상하다고 하니까 그 작가 새끼는 상대방을 주인공으로 만들더라고. 그 새끼 분명 조연이었는데. 그 새끼는 자꾸 지각하고, 또 감독님은 봐주고. 나도 그 정도밖에 안 되는 사람인가 봐."

"미친놈들이었네요."

술이 오른 정민이 현성의 말을 맞장구를 쳤다.

"놉. 미친 년놈들!!"

둘은 도대체 어떻게 굴러가는지 모를 세상의 미친 년놈들 앞에서 한패가 되어 술잔을 부딪쳤다.

"나도 알아. 갑자기 그만둔다고 한 거, 이것도 지랄인 거. 그래도 정민 DJ가 있으니까 이번에도 지랄할 수 있는 거야. 자긴 정말 잘할 거야. 나보다 더."

정민은 현성의 주사가 언제 드라마에서 들어봤던 대사 같아서, 재미있게 감상하며 삼겹살을 구웠다. 현성은 드라마와 일상을 구분하지 못하는 사람처럼 드라마에서 했을 대사를 섞어가며 했던 말을 하고 또 했다. 정민은 그런 현성의 말이 녹음기에서 재생되는 음성처럼 편안하게 들렸다. 얼마 전 재방송으로 다시 본 아주 오래된 토크쇼를 보듯이.

정민은 맥주를 현성에게 한잔 따라주고 자신의 잔에도 따랐다. 탄산이 터질 듯이 올라왔다. 이유야 어쨌든 다 과거다.

이제 다 쓸데없는 망할 과거.

"이제 스스로 해보려고."

현성은 매니저와 주식으로 대박 난 돈으로 지금부터 제 인생을 스스로 살아보겠노라고 다짐했다고 한다. 지난날을 허투루 살지 않았으니 공짜는 아니라고 강조했다.

"앞으로 뭐 할 거예요?"

"글쎄. 오디션이나 보겠지."

현성은 소주잔을 들어 천천히 마시면서 말끝을 흐렸다. 그러면서 매니저는 꼭 있어야 한다고, 평생 자신만 바라본 사람의 인생은 책임져 줘야 하지 않나. 그러니까 현성은 처음부터 함께한 매니저는 평생 갈 사람, 나중에 함께한 라디오 동료들은 버려야 할 사람처럼 나누었다. 정민은 현성을 보며 선택된 사람은 선택된 대로, 버려진 사람은 또 버려진 대로 삶을 만들어 가게 되어 있다고 생각했다.

현성이 술에 취해갈수록, 현성이 같은 말을 반복할수록 정민은 민주가 떠올랐다. 정민은 현성에게 화장실을 다녀오겠노라 말을 하고 자리에서 빠져나왔다. 화장실 문 앞에서 잠시 마음을 가다듬고 정민은 핸드폰을 꺼내 민주에게 전화했다.

"뭐 해? 자니?"

전화기 너머로 민주의 목소리가 들렸다. 차 안이었고 블루

투스로 연결된 목소리임을 짐작할 수 있었다. 민주는 갑자기 일이 생겨 부산으로 내려가고 있다고 했다. 사업과 관련해서 거래처가 갑자기 말을 바꾸어서 얼굴을 직접 보고 이야기해야 겠다고 판단하고 운전대를 잡고 내려가고 있다고 말했다.

"오늘 밤엔 한숨도 못 자는 거야?"

"아마도. 지금 잠이 중요한 게 아니야. 일단 최종 미팅하기 전에 만나보는 게 최선일 것 같아서. 겨우 도착할 것 같아."

"운전 조심해."

정민은 알 수 없는 무기력함이 느껴졌다. 정민이 지금 무엇을 할 수 있을까.

"그런데 이 시간에 웬일이야? 할 말 있어서 전화한 거야?"

정민은 발음이 제대로 들리지 않도록 입을 오므렸다. 이상하게도 왈칵 섭섭한 마음이 들었다.

"이유 같은 건 없어. 그냥 지금 즐거운데 네 생각이 났어. 그런데 민주야. 그렇게 힘든데 왜 나한테 제일 먼저 전화 안했어? 너에게 난 도대체 뭐니?"

전화기 너머로 세차게 움직이는 공기 소리가 들렸다. 정민은 한참을 전화기를 귀에 대고 서 있었다.

둘 사이에 이유가 전해지지 않은 채 전화는 오랫동안 끊어지지 않았다.

방송을 반복할수록 정민은 안정적인 DJ로 자연스럽게 방송을 이어나갔다. 개편하기 전까지 '주현영의 사는 이야기'에서 '정민의 사는 이야기'로 DJ이름만 바꾸고 진행하기로 했다. 정민의 사는 이야기도 반응이 괜찮아 개편 이후에는 정민을 위한 프로그램을 구상해 보자는 제안을 받았다. 그때 다시 이야기하자고. 정민은 개편 때 자신의 이름으로 만들어질 프로그램명을 고민해 보기로 했다. 정민이 직접 대본을 쓰고 직접 말을 하는 일을 혼자 하니 해야 하는 일이 반은 줄어들었다. 대본이 완벽하지 않아도 대화하듯이 정민은 방송을 진행할 수 있었다. PD보다 정민이 더 방송을 잘 이끌어갈 수 있었다.

방송뿐만 아니라 정민의 일상도 기쁨과 나쁨이 밸런스를 맞춰져 가고 있었다. 정민은 청취자의 사연을 모아, 자신의 방송 경험을 담아 글을 쓰고 책을 내고 싶다는 생각을 했다. 일상이 튼튼하게 반복되자 정민은 다시 노트북 앞에 앉아서 한글 파일을 켜놓고 이야기를 만들 수 있었다. 정민은 본격적으로 소설도 쓰기로 했다. 사람들의 이야기를, 어쩌면 자신이 주인공인 이야기를. 정민은 기억을 도려낸 시간이 아니라, 기억을 이겨내는 이야기를 쓰기로 마음먹었다. 나 자신을 위해서, 그리고 그 소설을 읽고 웃고 울며 기억해 줄 독자들을 위해서.

정민은 방송 외에 모든 시간을 책을 읽고 글을 쓰는 시간,

스트레스가 쌓일 때는 책장의 책을 정리하는 시간으로 보냈다. 오로지 소설을 쓰는 데만 집중했다. 모모가 정민의 곁을 지켜주었다.

내일과 어제가 무수히 반복된 후 먼저 연락해 온 쪽은 민주였다. 잘 지내냐는 민주의 말에 아주 오랜만에 둘은 만나기로 했다. 정민은 그동안의 민주를 향한 마음을 고백해야겠다고 마음먹었다. 용기 내어 차분히 전하면 민주는 이해해 주지 않을까.

정민은 민주를 만나러 나가는 길에 모모를 먼저 챙겼다. 그동안 정민의 옷방에는 모모의 옷을 걸어둘 수 있는 작은 옷장이 생겼다. 타포린백보다 모모가 안전하게 들어갈 수 있는 가방도 샀고, 거실에는 편안하게 잠들 수 있는 집도 마련해 주었다. 정민과 민주는 강아지를 데리고 갈 수 있는 카페로 약속 장소를 정하고, 한 시간 후에 만나기로 했다. 정민은 청바지에 오래된 운동화, 하얀 티셔츠를 입고, 포근한 구름 가방 안에 모모를 소중히 챙겨 넣었다. 정민은 더 이상 모모를 혼자 두지도, 이용하지도 않을 것이다.

둘은 여느 친구들처럼 대화하고 어떻게 지냈냐, 왜 이렇게 오랜만이냐는 인사를 했다. 민주는 일을 줄이고 남편과 함께하는 시간을 늘렸다고 했다. 둘은 커피잔을 그러안고 마주 보고 웃었다.

"나 시작하려고."

"요즘 다시 소설 쓴다고 했지?"

"응. 그런데 다시 시작하는 거 말고. 그냥 시작."

기억을 안은 채 살아가면 다시 시작해야 하지만, 그 기억을 도려낼 수 있다면 처음처럼 시작할 수 있지 않을까.

정민은 그동안 모모를 통해 훔쳐 들었던 민주의 목소리, 훔쳐보았던 장면들을 용기 내어 이야기했다. 진심을 다해 솔직하게 말하고 용서받길 바라는 마음으로. 용서해 주지 않는다면 그것도 어쩔 수 없다고 마음을 굳게 먹고는.

"할 말이 있어."

민주는 가만히 들었다.

"꼭 해야 할 말이야."

꼭 해야 할 말이었다. 민주를 위해서가 아닌 정민을 위해서.

"사실 널, 듣고 있었고 보고 있었어."

담담한 목소리와 리듬 없는 높낮이로 전해지는 정민의 말을 듣고 있는 민주는 지극히 차분하고 평온했다. 모모의 눈을 바라본 후, 잠시 생각에 잠긴 민주는 말을 이었다.

"나도 그랬어. 나도 봤어. 너."

" … "

"나도 볼 수 있었어. 모모와 함께 있는 너의 모습들."

정민은 너무 놀라 말을 이을 수 없었다. 들을 수 있었던 게 아니라 볼 수 있었다니. 그리고 다 보았다니. 다 알면서도 그렇게 정민을 대했다니.

"알고 있었어. 나를 보고 있다는 거."

"뭐라고? 그런데 왜 계속...."

민주는 처음과 똑같은 눈빛으로 정민을 그윽하게 바라보고 있었다.

"교환 일기라고 생각했어. 어렸을 때 친구들이랑 쓰던 그런 보여 주기 위한 일기장 말이야."

"민주야...."

"네 말이 맞아. 돌아보니까 터놓고 얘기할 사람이 없더라고. 그래서 모모 눈을 보면서 말했고, 그럼 너에게 전해질 거고."

"왜 말하지 않았던 거야?"

"모모에게 정이 들었으니까. 널 믿었으니까. 우리 사이에 보이지 않는 약속이 생겼다고 생각했지."

민주는 민주답게 자신의 생각을 또렷하고 당당하게 이어 갔다.

"아이들이 엄마가 카메라로 보고 있으면 더 착하게 행동한다고 하잖아. 골목의 CCTV에서도 안도감을 느끼고. 나도 그랬어. 네가 지켜본다고 생각하니까 안심되고, 일상을 공유하는 것 같았어. 그러니까 덜 외롭더라고."

믿음이란 정말 믿을 때만 믿을 수 있다. 지금까지 정민은 무엇을 믿었나. 그동안 모모의 동그란 눈을 통해 들렸던 민주와 시현의 목소리와 모습들. 그리고 모모의 눈이 아닌 자신의 눈으로 직업 바라본 하늘. 정민은 이제 무엇을 믿어야 할까.

모모가 말없이 둘 사이를 번갈아 보며 꼬리를 흔들고 있었다.

EP.6

그저 최선의 하루

고급 레스토랑에서 정민은 선우에게서 청첩장을 받았다.
결혼식은 한 달 후, 화요일 저녁 8시였다. 선우는 결혼식 예산
상 술과 안주만 제공하니 저녁은 든든히 먹고 오라고 했다. 선
우는 정민과 대화할 때도 마이클의 손을 꼭 잡고 눈을 맞추고
입을 맞추었다. 둘은 아직 한국에서 살지, 미국으로 갈지 결정
하지 못했는데, 결혼식을 올리고 호텔에 가서 진지하게 대화
해 보겠다고. 그건 그날 만약 술을 진탕 마시지 않아야 가능하
다고 말하면서 마이클은 해맑게 웃었다.

　　"추억은 미국에서 더 많잖아."

　　"앞으로 할 일은 한국에서 더 많겠지."

　　정민은 서로 사랑하기 때문에 마주 볼 수 있는 표정과 선우
와 마이클이 지금 서로를 향해서 보여주고 있는 얼굴에 대해
생각하며 묵묵히 그들의 대화를 들었다. 와인 몇 잔에 더 행복

해진 선우는 우아한 말투로 말했다.

"다들 잊어. 다 지나가고 다 잊더라고. 진짜 나를 욕하던 사람들도 실제로는 나한테 별로 관심도 없어. 왜 그런지, 어떻게 그렇게 되었는지 모를 때 더 쉽게 잊으니까."

"그래, 그냥 모르고 살자. 우리."

선우는 한 호흡을 쉬고 이야기를 이어 갔다. 둘 사이에 제법 다정한 침입자 같은 조명 빛이 내리꽂혔다. 마이클은 스테이크를 부지런히도 썰어 선우의 접시로, 선우의 입속으로 옮겼다. 작은 스테이크를 오물거리면서 선우가 말했다.

"우리 엄마도 잊더라. 네가 방송에서 내 이혼 얘기한 거. 그거 다 잊고 요즘 너 라디오 DJ되었다고 자기가 딸처럼 키운 베스트셀러 작가라고 자랑하고 다닌다고 엄청 바빠. 솔직히 우리 엄마가 널 무슨 딸처럼 키웠냐? 스무 살 지나고 처음 봤으면서."

정민과 선우는 킥킥거렸다. 선우는 입속에 남은 고기를 삼키고선 말을 이었다.

"어쨌든 우리 엄마 너 때문에 결혼하는 나보다 더 바쁘다니까. 한 번 해봤으니 두 번째는 나보고 알아서 하라나 뭐라나."

선우는 새끼손가락을 우아하게 들고 와인을 마셨다. 미안함과 고마움이 동시에 느껴지면 사람의 눈에 눈물이 고인다는 걸 정민은 그때 처음 알았다. 정민의 눈물을 바라보며 조용히 선우가 말을 이었다.

"나 두 번째는 진짜 잘 살아 볼 거야. 그땐 나만 옳다는 생각만 했어. 뭐, 비교 대상이 있어야 이리저리 따져나 보지. 이젠 내가 틀릴 수도 있다고 생각하고 살려고."

혹시 선우가 말했던 파멸이 이런 건가. 잊고 없애고 지우는 것. 사람이 사람을 파멸시키는 건 이렇게 다 꺼내는 건가.

선우는 얼굴빛이 레드 와인처럼 물들자, 마음의 안식처를 찾았고 이제 결혼 생활에 충실한 사람이 되겠노라고 선언했다. 그 모습이 너무 신이 나 보여 정민은 어이없는 웃음이 새어 나왔다.

정민은 진정으로 잘 살겠다는 선우의 다짐이 어쩐지 '우리 이제 헤어지자'는 말처럼 들렸다. 선우는 이제 정말 정민을 미워하지 않을 테고, 미움이라는 신경도 쓰지 않고 살아갈 테니까.

"결혼 축하해."

정민은 새로운 미래를 그리는 선우 앞에서 덩그러니 혼자가 된 기분이었다.

선우를 만나고 돌아온 후, 정민은 일주일을 앓아누웠다.

특별히 아픈 건 아닌데도 침대에서 꼼짝을 할 수 없었다. 하늘은 닫힌 안방의 문을 조용히 노크했지만, 정민은 대답하지 않았다.

하늘은 정민을 위해 전복을 사와 손질을 하고 죽을 끓였다. 전복 내장을 가득 넣은 연둣빛 죽에 참기름을 한 바퀴 둘러 작은 그릇에 담고 김치를 덜어 숟가락과 함께 트레이 위에 올렸다. 하늘은 응답 없는 안방에 조심히 들어가 시체처럼 누워있는 정민에게 다가가 따스한 죽을 내밀었다.

"어디가 아픈 거야? 좀 먹고 기운 차려."

"쉬고 싶어."

하늘은 한 시간 넘게 손질하고 두 시간 동안 약한 불에 끓여 낸 전복죽을 두고 나왔다.

오랜 고민 끝에 하늘은 제주도행 비행기를 예약했다. 과거의 어느 날, 정민이 한창 바빠서 힘들어하던 날 정민이 제주도에 가고 싶다고 말한 적이 있었다. 이유는 정확히 몰랐지만 하늘은 정민을 쉬도록, 쉬면서 웃게 해주고 싶었다. 다행히도 정민이 너무 좋아해서 3박 4일이었던 일정은 일주일이 넘어갔다. 덕분에 회사에서 잘릴 뻔했지만 하늘은 잘리지 않는 사건으로, 그러니까 정민이 행복해했던 기억으로 남아 있었다. 하늘은 정민이 좋아할 것이라고 믿으며 어깨를 들썩였고 호텔은 정민의 취향이 반영된 바다가 보이는 후보군 세 개를 선정해서 다시 정민의 침대로 갔다.

정민 앞의 전복죽은 그대로 차갑게 식어 있었다. 하늘이 정민의 온몸을 감싸고 있는 이불을 조심스레 들추어 인기척을 냈다. 정민이 천천히 눈을 뜨자 하늘은 시원한 바다뷰를 자랑하는 호텔이 보이는 화면을 들이밀었다. 정민이 황당하다는 듯 이마를 짚고 있는 손을 내리며 몸을 일으켜 앉아 하늘을 바라보았다.

"우와, 드디어 나를 봤다."

하늘은 금방 아이처럼 웃으면서 다정한 눈빛으로 정민을 바라보았다.

"제주도?"

"쉬고 싶다며? 이 중에서 어디가..."

"내가 쉬고 싶다고 혼자 있고 싶으니 내버려 둬 달라고 했잖아. 여행 가고 싶다고 했니?"

정민이 하늘이 내민 핸드폰을 손으로 쳤다. 핸드폰이 바닥으로 나뒹굴어 떨어졌다. 정민이 도려낸 그날은, 한창 일이 바쁠 때 제주도였다. 그때도 하늘이 갑자기 비행기 티켓을 예약하는 바람에 정민은 이미 잡아 두었던 인터뷰와 미팅을 몇 개나 미뤄야 했다. 스케줄을 정리하면서 관계자들에게 몇 번이나 죄송하다고 사과 전화를 돌렸는지 모른다. 막상 제주도에 도착하니 힐링이 되어 잘 왔다고 생각하기도 했다. 처음엔 하늘에게 고마웠다. 정민은 그때 제주도에서 열린 전시회를 꼭 가보고 싶었는데 하늘이 취향은 아니라 선뜻 말이 나오지 않았다. 하늘은 제주도 여행 내내 아침에 늦잠을 자면서도 하루 세끼를 다 챙겨 먹었다. 여기까지 왔으니 제주도 특식으로 맛집은 줄을 서서라도 꼭 먹자고. 정민이 제대로 쉴 수 있는 시간은 오후의 잠깐뿐이었다. 그 시간마저도 먹은 것들이 부대껴서 컨디션이 좋지 않았다. 4일이 지나고 하늘을 먼저 보내고 혼자 남아 조금 더 쉬려고 했으나 기어코 하늘은 같이 남아서 3일 내내 늦잠을 잤고 모든 끼니를 제주도 특식으로 챙겨 먹었다.

정민이 하늘에게 말했다.

"내가 요즘 너무 혼란스러워서 혼자 여행이라도 갈까 생각해 봤어. 그런데 내가 혼자서 갈 수 있는 곳이 없더라. 혼자 할 수 있는 게 없더라고. 그리고 생각했어. 혹시 나는 가고 싶은 곳 하나 없이 살고 있는 건 아닌지."

"나랑 같이 가면 되잖아."

하늘이 쭈뼛거리는 말투로 어찌할 바를 모르며 말했다.

"모르겠어. 내 삶을 결정조차 하지 못하는 사람이 된 것 같아."

"그럼 어때? 내가 해줄게. 그러려고 우리 결혼한 거잖아."

"숨 막혀. 넌 아직 나를 잘 몰라."

"내가 널 왜 몰라. 우리 함께한 시간이 얼만데."

정민은 며칠 앓아누워서 내린 결론을 담담하게 말했다.

"운전 연습할 거야."

"갑자기?"

정민은 하늘의 갑자기라는 말에 한층 진하게 짜증의 눈물이 났다. 운전 연수를 도와주겠다, 당장 내일부터 하자고 말하는 하늘의 표정이 흐릿해졌고, 그 목소리가 아득하게 전해왔다.

정민은 하늘의 시선이 닿지 않는 곳으로 도망치고 싶었다.

정민의 사는 이야기는 마지막 방송을 앞두고 있었다. 아직 프로그램 이름이 바뀔지, 살아남을지 제대로 결정된 건 아무것도 없었다. 정민은 그저 최선을 다하기로 마음먹었다.

"오늘 막 가는 거야. 정민 DJ하고 싶은 거 다 해."

"좋습니다."

스탠바이. 4,3,2,1.

마지막 생방송이 시작되었다. 정민은 준비한 대본은 없이 마이크 앞에 앉았다. 그동안 함께했던 청취자들이 문자를 보내면 정민이 대화를 이어가는 방식이었다. 포맷은 그랬지만 특별한 형식도 정해진 건 없었다. 정민은 방송 시간 내내 침착했고 솔직했고, 청취자의 메시지를 진심을 다해 읽어 내려갔다.

마지막 방송을 마친 후 라디오 팀은 서로의 안녕을 빌면서 헤어졌다. 언젠가 다시 더 좋은 자리에서 만나자는 약속만을 남긴 채로. 정민의 머릿속으로 많은 기억들이 스쳐 지나갔다. 어떤 기억은 총알이 되어 박혔다. 어떤 기억은 먼지가 되려 준비하고 있었다. 먼지 같은 기억도 털어내지 않으면 쉽게 사라지지 않는다.

그날 밤, 침착하고도 고요하게 정민은 하늘에게 말했다.

"우리 헤어질까?"

정민이 우리 내일 여행 갈까? 같은 억양으로, 하늘의 얼굴을 똑바로 바라보지 않았다. 정민과 하늘 사이에 다정한 침묵이 흘렀다.

"우리 지금까지 잘 살았잖아. 사이좋게. 행복하게. 서로 사랑하면서."

정민은 지금, 행복. 몇 개의 단어가 거슬렸지만 그중에서 가장 혼탁한 단어를 골라 하늘에게 되물었다.

"사랑?"

정민은 기가 차듯 웃었다.

"넌 나를 사랑하니?"

"그럼. 당연하지."

하늘의 눈빛에는 흔들림이 없었다. 분명 확신과 사랑이 있는 눈빛으로 정민을 그윽하게 바라보았다. 얼굴 근육이 작게 실룩거리는 하늘을 보며 정민은 마음이 아팠다. 지금 하늘을 바라봐야 할지 눈길을 피해야 할지 알 수 없었다.

하늘이 과거의 언젠가를 떠올리듯 천천히 말을 이어갔다.

"나를 째려보는 여자가 네가 처음이었어. 나를 째려보는 게 너무 예뻐서 심장이 멎을 뻔했어. 어떻게 사람 눈이 한쪽으로 치우쳐서 그렇게 쏘아볼 수 있는지. 그래서 누군갈 째려보는 것과 사랑이 깊은 연관이 있다고 생각했어. 그런데 다른 사람이 나를 그런 눈빛으로 보면 화나고 역겨운 거야. 너만 그랬어. 너만 예뻤어. 난 아직도 기억나. 너와 처음 만난 그 순간 말이야. 나는 너밖에 없어. 그 순간부터 지금까지."

정민은 하늘의 얼굴과 허공을 묘하게 오갔던 시선을 허공으로 옮겼다. 그 눈빛을 하늘에게 들키지 않길 간절히 바라면서. 하늘은 여전히 그 어떤 것도 이해해줄 눈빛으로 눈물을 머금고 정민을 바라보고 있었다.

"널 사랑하지 않아."

정민은 담담했다.

"아니야. 아니야. 난 너 사랑했어. 너도 나 사랑했을 거야. 지금도 사랑할 거야."

하늘의 눈에는 눈물이 고여 터져 나오고 있었다. 마치 부모에게 버려지는 아이처럼 매달리며 어찌할 바를 몰라 입을 벌린 채 울고 있을 뿐이었다.

"난 요즘 바깥을 생각해. 네 눈빛이 닿지 않은 곳, 이 하늘 아래 네가 없는 곳. 그런데 그런 곳이 없는 거야. 내 삶에서 네가 없는 틈이 없어. 그래서 숨이 막혀. 하늘아. 넌 나에게 세계고 안이야. 너와 함께 있으면 그저 온실에 사는 것 같아. 이제 바깥이 궁금해. 너와 함께는 바깥으로 나갈 수 없어. 너 없는 계절, 네가 없는 추억을 만들고 싶어."

정민은 기어코 다 말했다. 하늘이 어떤 마음인지 알고 정민의 마음도 찢어질 듯 아팠다.

"미안해."

정민이 깊은 곳에 담아 두었던 말을 꺼냈다. 미안하다고 하면, 널 사랑하지 않는다는 걸 인정하는 것 같아 미루고 미룬 말이었다. 오늘은 말하기로 했다. 둘 사이에 꼭 해야 할 말이었다.

"아니야. 내가 미안해. 앞으로 김치찌개 끓여달라고도 안 하고, 집도 사자. 대출 까짓것 갚으면 되지. 평생 갚는 거라며.

네가 하지 말라는 거 안 할게. 쫀드기 사업 그것도 네가 싫으면 안 할게. 난 그 사업으로 돈 벌어서 집도 사고 싶었어. 그 집에서 너와 함께 살...."

두 손을 모으고 간절히 토해내는 하늘의 말을 정민이 잘랐다.

"난 이제 남들처럼 살고 싶어. 남들 속도에 맞춰서 세상만큼 넓어지면서 살고 싶다고. 내가 세상에 섞이려면 네가 없어야 해. 네가 내 옆에 있으면 난 널 벗어날 수가 없어."

"내 인생의 시간은 너야. 내 삶의 공간은 너라고."

하늘은 정민을 안으려 했다. 정민은 그 힘을 뿌리치며 울었다. 하늘은 힘으로 억지로 정민을 품에 넣었다. 정민은 아무것도 이해하지 않을 사람처럼 온 힘을 다해 뿌리치다가 그마저 힘을 뺐다.

발버둥 치지 않는 정민을 느낀 하늘이 가만히 온몸의 힘을 풀었다.

"나 있잖아. 마음껏 불안하고 싶어."

"그게 무슨 말이야. 안정적으로 편안하게 살고 싶었던 거 아냐?"

"나 사랑하고 싶어."

"한 번만 더 생각해 봐. 우리 재밌었잖아. 행복했잖아."

"하늘아. 나 이제 행복 말고 사랑, 사랑이 하고 싶어."

정민은 캐리어를 열고 짐을 챙겼다. 옷방에서 당장 입을 옷과 화장품 몇 개를 집어 캐리어에 넣었다. 그 옆을 모모가 무심히 바라보고 있었다. 정민은 쪼그려 앉아 슬픈 눈으로 엷게 웃은 후 모모를 소중히 담아 가방 속에 넣었다.

〈ETC〉

선우의 결혼식은 파티처럼 진행되었다.

첫 번째 결혼식에서 축의금을 냈던 사람은 무료로 식권을 지급했다. 선우는 혼인서약서 대신 첫 번째, 두 번째 결혼식에 모두 참석해 준 친구들에게 그들이 세 번째 결혼식을 올린다고 해도 참석해 줄 것을 서약했다. 선우는 노란 탈색 머리 그대로 분홍색 웨딩드레스를 입었다. 신부, 신랑은 결혼반지 대신 다시는 헤어지지 않는다는 증표로 커플 타투를 하고 식장에 나타났다. 선우의 목에, 마이클의 왼쪽 종아리에 클럽 조명 모양의 타투가 있었다. 종아리의 타투를 잘 보이기 위해서 반바지에 턱시도를 입었다. 두 사람은 클럽에서 만났다고 EDM으로 결혼식은 시작되었고 클럽 댄스를 추면서 동시 입장했다. 그 뒤를 따라 모모가 입에 꽃잎이 들어있는 바구니를 물고 버진로드를 걸어들어왔다.

결혼식이라 할 것도 없었다. 혼인 서약은 어차피 잊게 되고, 평생을 건 약속은 오늘 밤 만나자는 약속보다 못하다는 걸 두 사람은 잘 알고 있었다. 서약하지 않는 결혼식도 결혼이고 식이었다. 지금 즐거우면 그게 전부인 결혼식이었다.

선우와 마이클은 그 어떤 약속보다 지금 행복하기로 했다. 식장 안에는 계속 클럽 음악이 울렸고 참여한 사람들은 춤을 추며 맛있는 음식을 먹고 술을 마셨다.

마지막 순서는 결혼사진 촬영이었는데, 이 소설의 진짜 주인공이 모모를 안고 활짝 웃고 있었다. 과연 누가 모모를 안고 활짝 웃고 있었을까?